2017 中国散文诗年选

王幅明 陈惠琼 编选

南方出版传媒
花城出版社
中国·广州

图书在版编目（CIP）数据

2017中国散文诗年选 / 王幅明，陈惠琼编选. -- 广
州：花城出版社，2018.1
（花城年选系列）
ISBN 978-7-5360-8588-6

Ⅰ. ①2… Ⅱ. ①王… ②陈… Ⅲ. ①散文诗－诗集－
中国－当代 Ⅳ. ①I227

中国版本图书馆CIP数据核字(2017)第327621号

出 版 人：詹秀敏
责任编辑：李珊珊　欧阳蘅　蔡　安
技术编辑：薛伟民　凌春梅
封面设计：庄海萌

丛书篆刻：朱　涛
书名题字：陈以泰
封 面 图：南宋　马麟　杨竹图

书　　名	2017 中国散文诗年选
	2017 ZHONGGUO SANWENSHI NIANXUAN
出版发行	花城出版社
	（广州市环市东路水荫路 11 号）
经　　销	全国新华书店
印　　刷	广东新华印刷有限公司
	（广东省佛山市南海区盐步河东中心路 23 号）
开　　本	787 毫米×1092 毫米　16 开
印　　张	19.75　1 插页
字　　数	300,000 字
版　　次	2018 年 1 月第 1 版　2018 年 1 月第 1 次印刷
定　　价	55.00 元

如发现印装质量问题，请直接与印刷厂联系调换。
购书热线：020 - 37604658　37602954
花城出版社网站：http://www.fcph.com.cn

编　委　会

目录　contents

辑三　起伏的音界

辑四　网风的馨香

散文诗观

润物细无声的写作

——代序

陈惠琼

"一种东西，必须属于有同样情调的人。"（艾青）

散文诗的丰富内涵，如那天外吹拂来的风一样"无定向的流动"。这种流动的陌生感，说它神秘、奇谲，意象显示广阔的审美情境，这种微妙、细腻的散文诗句，不仅为读者欣赏，亦能产生魔力。

正是象征艺术个性的追求带给人们的审美效应。

亦在散文诗的无限之上让灵魂产生别样的感觉。

"随风潜入夜，润物细无声"的写作，内涵厚实，意蕴高旷。"梦幻的波涛和良知的惊厥"美妙的天籁的境界，把丰富的想象力与深沉的哲思融于一体，循着自己心灵的轨道，发展独特的世界，潜移默化，甚至是细微的一种从自己内心的艺术追求外射的具象化，直达生命本质的力量。让读者用想象来填补，亦是作者深思熟虑后的一种提炼，是酿酒一样经过多次处理之后的一种净化……潜在于散文诗的血液里，是深沉在散文诗生命意识里的不朽，感受这种诗意的表达，诗意盎然的宇宙，具有内在的神思，含着的是一个别有洞天的世界。

散文诗的"深度"不断，建立在诗歌语言与技术的基础之上，乃真实情感的流露。这样的散文诗，是抹不掉的，不会忘却。不但属于作者，亦属于读者，支托这样的散文诗的是作者高远的心灵。作者抚摸泥土下蛰眠的种子，不是随风飘荡，依然要随风潜入。读者从诗的灵魂深处感受回响，微颤……一草一木，一人一事折射，由表及里，故而从美学上要求，一种喻示，一种鲜活的穿透性，一种无声似有声的想象。遐想，功到自然成，一首好的散文诗，潜入人心，就是这样不经意之中呈现读者面前。

散文诗的真谛，在于获得玩味无穷的享受，由此成为读者的诗人。如果无富于表现力的润物无声的诗艺，没有在自然流露诗个性上下功夫，这种诗苍白无力，失去散文诗的审美，不会打动人，忽视了散文诗的内在与本质。

泰戈尔说："世界对于我来说，永远是新鲜的。"在美的质地上，构筑着自己的艺术王国。而这风格的底蕴，是润物细无声的写作，让散文诗有一种以内在成分凝定灵魂运行，对大自然或者生活，透过字里行间，感受到心在忐忑跳动！语句的精炼，驾驭语言的能力，"独特的个性和情调的一致是诗人成熟的最重要的标志"。显然达到的艺术水准是作者对自我的超越，也在当代散文诗创作中具有拓宽思路与独具风采的审美穿透力。散文诗需要作者以细致入微的观察和淋漓的笔触，深刻而有层次的内涵，依托大自然、生活的景象，奇妙构思之中，发挥个人的艺术感染力，借助特定环境里特殊的感受、渴望、敏感，这是"真景物"与"真感情"淬火升华的力量，启示着散文诗创作的今天，还有将来。

散文诗要有大胸襟开掘，以小致大，以大寓小，举重若轻，不致于使自己的情感围困于个人的细小里，像本年选的散文诗《大海的眼睛》《金胶州仁庄纪事》《金丝银练》，迎接那"天外拂来的风"，发出隐藏在内心最柔软也最生动的那份深情。心中澎湃着，热忱与激情是诗本质的力量呵！"作者要有与时代潮流合拍的宽阔的胸怀和情调，摆脱对别人的模仿和追随，而创造自己独特的艺术个性。"这自有其精神的价值，寻找到属于自己的诗句，给读者留下大气蓬勃的文字。

从其自身开始启程，由此赋予自身以最为珍贵的写作品质，赋予诗歌以更厚重的底蕴，诗歌里有自己里程碑的意义，创作一些让人记住的诗句，能够证明境界和尺度。

回环、气势、磅礴、余音绕梁……散文诗考验的是一个作者的语言、思想、审美等等。散文诗风格意蕴，像泉水不经意间流泻而出，情感真挚，笔墨清新流丽，又似大地畅饮着雨露。每一行都有弦外之音，见浑成具隐约，增人遐想。它寻找更为恰当的关联性，洞察一份对生命力量的坚守。

简析韩嘉川散文诗组章《大海的眼睛》，一组写人物的作品。借助人物本身所含有的诗意进行"嫁接"与延伸，作者本人又是事件的亲历者、参与者，或者说，某种程度上是诗意的创造者，那就又有不同了。韩嘉川的这组散文诗，除了人物的特质，又充分调动散文诗的语境展开了对人物精神的叙述；既有人物命运的轨迹，又有境界的高度，更有散文诗写作方法上的探索与创新。

耿林莽先生和韩嘉川相识在一个荒诞的年代，是"书"的媒介将他们联系在了一起，但又恰恰因为没有书。这组作品中的《饥饿少年》，写的便是那个时期。"我是一个饥饿少年，徘徊在那间荒芜的书店/文字铺满街道，还有纸张和浆糊，唯书店四壁与橱窗镶饰着饥饿。"一方面是应该有书卖的书店是饥饿的，另一方面文字与纸张铺天盖地，然而，少年在该读书的年龄却备受没有书读的"饥饿"折磨。然而韩嘉川却因为认识了耿林莽先生开始了他的早期阅读。"那时候，你在书店用诗的惶恐关注成长的少年。"后来耿先生又调到了图书馆，便为韩嘉川办理了借书证，然而那时"解放"的文学书籍本就不多，韩嘉川很快就读完了，看到依然忍受读书"饥饿"之苦的少年，耿先生提出把自己家里的藏书借给他读。"那时候，你眼神慈祥烛照一篇辽阔的蔚蓝……"

作为散文诗人的耿林莽先生在那个年代不能创作，本身也是很痛苦的。《鲁迅公园的雾》中，用通感的技巧写出了散文诗人的那种状态。诗中写道："六月的迷雾在响，街巷与灯火的咸湿滋味儿在响，生活的骨头在咯咯响。/即使隔着窗玻璃，也在切切（不是耳语）地烁动。/沿岸际线伸向海面的岬角，却有小艇从那里驶出一片静谧。"迷雾是那种难以辨别方向的雾，那个年月的散文诗人，大都是在混沌、迷惘的"迷雾"中生存。而散文诗人耿林莽却从中听到了一种声音，一种诗的召唤，"咸湿的滋味儿"是诗的声音，街巷里的人间烟火是诗的声音。大有"感时花溅泪，恨别鸟惊心"，一旦心中有了灵动，便无处不是诗的声音。进而散文诗人的心中便有"小艇从那里驶出一片静谧"，在那些声音之外，小艇却无声地行驶。用声音反衬出"静谧"的心境之美。在耿林莽先生的散文诗创作历程中，美是他忠贞不渝的追求。即便是韩嘉川的读书"饥饿"，恰好又是对美好人生追求的残缺美的体现。因而，美也是这组散文诗的诗意之所在。

这一组散文诗是韩嘉川所勾勒出的耿老人生轨迹。其中的关于古城文化的底蕴之美与耿老的散文诗意境是相融合的。古典美是渗透在耿先生的骨子里的，而在少年时便吸收了若干外来的现代诗歌写作的养料，使他的作品又具有了亮丽的色彩。这组散文诗的艺术特色是营造了几个主要的意境，譬如由意象"墨迹"展开了小城之夜的状写，整个氛围都在一种古老墨迹之中，主人公就是从这样的"墨迹"走出的，其中蕴含有"挣脱""逃离"之意，因此墨迹与黑是相呼应的。在这里的"墨迹"又是一种象征。

然而，古老的小城又是著名女诗人熊儋仙的居住地，她凄婉的人生经历又使小城有一种悲剧的苍凉的底色。尽管女诗人的诗意是美的，就像秀女巷的韵脚一样，而那种墨迹的底色是难以淡化的。因此，韩嘉川找到了一个主意象，由此展开了一组三章散文诗的意境。让读者在凄然中感受到耿老诗意的人生。

在《鲁迅公园的雾》中，"雾"是一个中心意象。在这个意象中，我们看到了诗人的迷惘与惆怅，"潮间带伸展的思索的纱布，层层裹起夜晚令人心痛的蓝"。人的思索是受伤的，而大自然的美，也是"令人心痛"地受伤的。"那时的野蔷薇是一种遁词，抑或是隐喻"进一步表述了作者对于美的表述，在真正的丑恶大行其道的时候，美只能是隐性的、地下的。

当然，在层层的雾中还含有其他丰富的涵义，譬如"一双眼睛透出深深的黎明，是别样的问候。/悬铃木以诗的风采，雕刻着眸子里的天空。"等等，刻刀一样雕刻出了诗人内在的心境。"松枝的指节描述着对礁石、砂砾，还有曲折小路的尊重"，这是诗人气质的描述，其中的意象使用，随手拈来，使用得贴切而准确。

韩嘉川以娴熟地使用意象与象征的现代技法为长，在这一组散文诗中几乎随处可见。在《尾诗》中，将"一滴"的形象，铺展开大河长江进而是大海，是对诗人胸襟的概括，而"鱼""海蚀柱"等意象又不是原来的物质了，被作者赋予了新的使命；象征来自于对物象属性的转移与特征使用。

晓弦《金胶州仁庄纪事》，仁庄一下子矗立在面前，虚与实相结合，坍塌的茅屋，草民的草，大晒场，外祖母，乡村炊烟……仁庄用她的血肉酿成，养育了晓弦，"我成长的骨骼，黧黑的肌肤，咸腥的血液，甚至，生命里每个歪歪扭扭的脚印，都散发出浓烈的泥腥味"，细节的描绘，是晓弦忧伤的灵魂，在乡村的寻觅。接着情绪更加浓烈，"草民的草，被原野哄着闹着爱着宠着的草"，晓弦让自己全部的感应去感应仁庄。《考古一个村庄》，一种生存环境，一种乡村场景，使读者有一种身临其景，并感受到民族的深远与土地的苍茫所带来的令灵魂惊魄的沉重感。用"外祖母"这个可感触的鲜活的意象，渗入对于乡村的思考之中。"许多事情，开始干的人，多如蝗虫，后来，便成了一个人的残局……"晓弦如何把仁庄的事，关联地形成一个情境？流动的感情特色，仁庄——生命活体。从题目突出"仁庄"而晓弦是怎样写出自己对仁庄这块土地之爱？"我爱将自己，比作乡村欲望的清道夫，排除岁月积瘀的疼痛。"

饶远的《金丝银练》中的金丝银练，无疑是这篇散文诗中的一种象征，是一条丝绸之路流动在读者面前……

"让不愿衰落的繁荣再续荣光"，使散文诗的内在韵律与外在形式融为一体。"腾空，渡海，飞轮，轰然辗过陆地。像一条五彩飘带，围在地球的脖子上，裁剪时间，截取一段。"饶远的心打开，那对国土的感情便汩汩而出。饶远的描绘形成流畅的艺术感觉，可以说，渗透到大地的血液里，血液就是感情，"用串起的世界智慧珍珠，献给所有国家一条富足的项链"。通过语言，清晰地感觉到此文凝练的一种表达情感的形式。这篇散文诗不仅以思想力量打动人，还以它的感情力量打动人，感染读者。"让地球上所有的河流浇出富裕的金花"，找到流溢之口，"差点跳出海面"，符合诗的本意，"差点"把冲荡起来的感情隐匿着，把它含在生动的描绘中，使散文诗有鲜活的气息。

"疯人们集中所有的武器，想去炸毁美梦雕琢的图画，却把自己炸了……"这段的前后呈现散文诗的空白美，散文诗的艺术魅力油然而生。接着跳跃，最后这句的挥洒"中国的金丝银练必将助跑地球的起飞"！饶远思想力的丰富必然表现在对于丝绸之路以及人类的关注上。广阔的胸襟，深厚的底蕴，从《金丝银练》中可以感觉到，一层一层展开，忠实自己的体现，道出了真正散文诗的真谛。应该说，饶远感到一个新的时代要来临了，来讴歌这一伟大的时代。这一契机，饶远把自己的情感燃烧起来，《金丝银练》概括了这历史的态势，这篇散文诗的巧思，是诗人极强的敏感力锤炼的结晶。

本年选中，我们看到了散文诗表现方法的丰富与多样，更看到了散文诗诗意的浓重与语言的减缩、舒张调度的自由，这便是其不同于其它之处。本年选编选的散文诗，紧贴着这个伟大时代，与民族、土地的忧患和欢欣血肉相连。

2017 年 10 月

辑一　大地的璀璨

我的玫瑰，带着
有刺的露水……

刘　虔

在低处仰望

来自土地汗浸血浴的哀歌与壮歌，已然点亮了整个天堂。

诗人说：古老的村庄，要在低洼处，仰望上苍……

不求神佑，不求财神爷天天烙好馅饼如约送到嘴边一饱皮囊。

我的村庄暂且低下不屈的头颅，凝眸脚下死生与共的乡土，然后叩开黑夜半掩的门扉，将目光投向高高的云端。

而在身后，如影相随着泥路草径上前世今生的寂寥。

我的村庄命定苦涩，蹉跎岁月如神魔掠夺，纠结着九曲愁肠。

依从几头黄牛黑牯的牵引，背负全村人的吆喝，往返于斜阳苦雨。

茫茫稼禾之野，一缕炊烟缠绵在晚风里，越千年而有殇。

我的村庄，何时褪去草屑蒙头的旧时装了？

从地头柴堆前的细声喁语，到城市工地上的汗流浃背，你已将一个西沉旷远的落日，扛到了东方的山冈上。

仰望。这战栗山河的跪拜，或以灵魂的涅槃，令顽石重光……

出发，就在今夜

当烛光之芒寂灭了野性的羞赧，丢失的神谕已经归来。

今夜，我的眼眸噙住了远方的一片海，一个春天的命脉。

众声喧哗时，我全身心的翅羽，都已张开。

把一千重往年月光下的记忆叠起，放进箱底。

让一万种美不胜收的幻景饮憾，逃出围城。

就在今夜，出发。揽住从不折腰的灯光，出发……

揽住未来不曾玷污的岁月，在大地苍莽的辽阔里，飞翔。

别了，积习经年的谎花，那些滥竽炫目的尘埃。

不带惆怅。不要慵懒与猩红。拒绝迷眼的雾瘴。

只想高飞的白天鹅，一声长唳，震住世上的风霜。

只想水中的夏莲，用酷热的难耐在泥淖里隐忍，绽放。

"不说疼痛，不说孤独。"这是一粒贝里珍珠的倾诉，

大海熔铸风涛的经典，在紫罗兰摇曳的圣殿里咏诵，发光。

今夜，我的眼眸噙住了远方的一片海，永存春天的命脉。

一颗明洁之心的激荡，是我唯一恣意的飞翔。

今夜，出发，出发。箭，就在弦上。箭在弦上……

我门前的一条河

这是我门前的一条河，像一曲江南丝竹低回沉醉，流过，流过……

清澈的思绪有着丝绸般的自在、自由、欢乐与富有。

一生的繁华，都在昼夜不息拥抱天光云影的奔腾中。

哦，我的旷原之野，我灵性里的雅歌。

这条河是纯粹的呀，拒绝一切风暴骚动、干涸与击打的混浊。

它很绵远，从不停止水性的流动，一浪紧跟一浪，没有尽头。

在冷酷的年代，它低下过头颅，附着于泥土深处，珍藏了全部秋波。

没有谁能懂得它血液的语言，一只波斯猫只因听信虚假神话而溺亡。

所有雨雪雷电与之携手时光之旅，可以洞见它的诚实与明慧。

唯独火焰之王无缘它的敦厚之爱，一个飞吻，便化为乌有。

这是我门前的一条河，一幅用尊严的宁静书写的长卷。

无关施虐的淫威，不秀谦卑，也从不向神明禀报任何心上的风流雨骤。

哦，我的旷原之野，我灵性里的雅歌……

生命的辽阔

大地。一万重雷霆不可移易的土地，不可压抑、欺凌与毁弃的欢乐呵！

此生辽阔。这是我的眠床，我的故乡，我灵魂寄寓千年不朽的高堂……

陈仓难度，也要把酒临风。

也要遥听那长唳浩天气韵磅礴的白天鹅的吟哦！

那是天堂的浪波，来自云中的汪洋。

一重又一重无怨的惶惑，与浪风联袂而舞，演奏万顷幻象与畅想。

缓缓的节律。缓缓地遍及乡野岁月。

缓缓地融贯着先祖们永生传递的遗爱。

一如行走在山村泥路上那些无声的躁动，撞击着屹立不倒的巅峰。

那是标举着的隐匿的春光，是我的雪中雨中醒里梦里月光粼粼的全部欲望。

紫铜色的日子是强旺的。

但时而也战栗着，在荆莽丛丛的芒刺上，游走。

唯祈天公助我重抖擞，赐以大地敏思多情的浑厚与辽阔。

就像雷雨的拼搏，在夜的每一个细节里迸发、耕耘、劳作。

我的心，你要学江河之水长流向远方，领我兼程，一路放歌……

（选自邵阳文库之《刘虔的文学世界》，光明日报出版社，2016 年 11 月）

云间的山

王剑冰

一

你的美，构成与普通山水的奇特对峙。

你想当然的展现，颠覆那些想当然的意识。

你无法让人用言语来描述。

你是完不成的篇章，读不尽的诗。

二

风的飞刀，开裂一闪一闪的峡，一跌一跌的谷。

云的火苗蹿起，把丰收的秋实赐给蓝天。

蓝天在此处塌陷，光焰透射出万丈奇观。

三

若要寻找太行的根，就到这里来吧，你到这里才知道，什么叫根深蒂固。

这根直接、深裸、劲拔、凛然，散发出千古幽香。

这根被瀑泉滋润，有些瀑泉成了标本。

亿万年的太行巨树，就是从这样的根部猛然跃起，跃成云台盛景。

四

峡谷在上，峡谷不能望，越望越峡谷，越望越失落。

失落成谷中的水滴，水滴石穿，溅起天大回响。

我想随一滴水，韵化在你的怀里，感知你的柔润、透明与冰洁。

五

佛在这里打坐。

梦在这里开花。

你在我的隔壁，隔壁的隔壁香风依然馥郁。

雨灿烂成水的荷，荷又灿烂成阳光的虹。

一个小童开始了他的新生活，小嗓音把一峡的激灵叫醒。

巨石凝止于降落，苍木放射于横生。你取你的所有，我找我的所需。

这里什么都不缺，就缺尽情。

六

有一场雪等着落。

不需要声明。

我知道你知道冷，但你喜欢马踏黎明，喜欢鹰疾云风。那你等我，我把一片白色覆你，让云台做满冰洁的梦。

人不能唯以温暖为享，寒冷同样给你美好和象征。那么就在寒冷中颤抖，在寒冷中惊呼吧，寒冷会让一座山变得癫狂。

不，那种癫狂不在表面而在内里。内里越癫狂表面越沉静。

所有的激情，在雪下涌动。

你必然能感觉到，所以你能在这大片白色中开出一朵花，艳红地照亮整个冬天。

七

这里不怕水多，有多少你就来，能量用尽，积蓄花光，也填不满这无尽的欲壑。

水漫金山，不能漫云台，即使把云都变成水。

没有想到来一群水做的女人。女人挤在峡中，挤在石上，挤在树间，挤在任何能够或不能够挤的地方。把爱泼洒，把笑泼洒，把叫泼洒。今天是女人的泼水节。

云台山被泼得猝不及防。

八

我十分相信在今天以及今后的情况下，你都是孤独的。在这个复杂纷繁的世界，你的孤芳独立显然不大合群。

即使你很想合群，同他们挽起手来，共唱一支山水之歌，你仍然毫无悬念地成为领唱。

你的歌唱排山倒海，翻越寂寥而漫长的造山史。

（选自《散文诗》2017 年 5 期）

鸡足山，传说中的传说

海　梦

一

3248 米，是你的神性的高度。头顶蓝天白云，禅坐茫茫雾海，敞开宽厚胸怀普度众生。华首苍苔，万级石阶是走进佛心之路。石门紧闭，难以入内。内中万千世界，令人高深莫测。据说里面长着长生不老之树，令人向往。

那些朝圣者，双膝跪破，两掌磨起厚茧，也未能叩开石门，染一身疲惫，悻悻而归。我面壁石门，仿佛听见木鱼声声，诵经琅琅，身披黄袍袈裟的年轻和尚，禅坐佛堂，俨若尊尊神像，似梦非梦。20 多座巍峨的寺庙，如支支神笔，在蓝天上抒写着他们生命不朽的篇章。

我顿然领悟了生命的价值。

为所爱的人而活，活得幸福，为爱你的人而活，活得高尚，为需要你的人而活，活得伟大。无私奉献的精神便永远活在人们心中，一代一代传承下去，长生不老。

原来，长生之路不在仙境，而在自己的心上。

传说，只是传说，我看见，真正意义的鸡足山的神灵，是那只神奇的鸡足，抓住金沙江畔的风水，保佑这片热土风调雨顺，五谷丰登。

二

仰望你，3248 米高度仙气缭绕，蓝天白云，是你的佛光。雾海茫茫，烟波浩渺，是你宽厚的胸怀。华首苍苔，万级阶梯，抒写着禅宗始祖千古不朽的功绩。来到华首门前，静听石内传出木鱼声声，似有晨钟暮鼓，交响齐鸣，满山苍松翠柏，花鸟虫兽，统统俯首膜拜。我顿然悟出，鸡足山的灵性和佛音，呼唤出一个金光闪闪的"善"字，禅定生命的精华。

善者征服世界，如水克钢。再硬的钢铁，也会在柔柔的水中失去灵魂。

仰望金顶，你与峨眉、武当金顶齐名，但，你心空若谷，不图名利，禅定人生，升腾起 36 万人民平安、幸福和富裕的佛光。

善哉，鸡足山美在静，美在空灵。美在蓝天白云下，佛光千丈抚着宾川的山山水水，万世风调雨顺。

（选自《散文诗世界》2017 年 7 期）

玛尼堆上向日葵

王宗仁

藏传佛教信徒把刻有六字真言的石块，或印着各种佛像的泥模，再插上经幡，堆积在通衢要道或山口。神灵，信仰。

——题记

我跋涉 3000 多里，一路雪飞冰溅，在藏北草原落脚。

为了找一个人，却不知道找谁。

青稞刚收割干净，镰刀从泥土里回到帐户，闲挂。

爱憎分明的季节拥挤着山峦。

山脚，草枝在融雪里飘出嫩芽；山巅，六月雪喂胖了冬松。

风，可能躲在山脊那边，或者正在铁匠的风箱里打瞌睡。

谁？有意还是无心留下一颗任性的种子，石堆缝隙蓬勃出一颗金色太阳！
旷野里的风那么瘦，它竟然饱满得耐久的深邃！
远看，连着天空，抱着大地。
蓄势待发！
石头们互相拥抱，不规则却有序地挽着，不走神地守着游魂。

磕长头去拉萨的朝拜者用额头磕碰，试探解谜。想把苍茫的心事册册打
开，却陷到更深的迷茫。
严忌七情六欲的向日葵，每晚对着月亮述说。
说了些什么，没人听得懂。
没有月亮的夜晚，星星也迟迟不肯露面。
向日葵只好自言自语地让自己生出虚假的翅膀。

一日，一只乌鸦扮装成歌唱家，活跃在玛尼堆上。
乐坏了躲在石头后面的狐狸。

玛尼堆边，一半草是绿的，另一半草枯黄了。
我试想把它们一分为二，却很难。
有时貌合神离，也是一种整体。
我还要到更远的雅鲁藏布江大峡谷去采风。
回头望去，玛尼堆在风雪里打战，那棵向日葵变得像深井里的月亮。

乌鸦、狐狸再也不能走近它了……

（选自《散文诗人》2017 年总 47 期）

风的摇篮曲（外三章）

耿林莽

叶子、叶子，

叶子静静的，嫩枝上的芽苞，舒展如眉，展现出生之愉悦，青春的大欢喜。

叶子、叶子，每一片都是温柔的，少男和少女。

芭蕉树的叶子，棕榈树的叶子，粗犷而厚重的叶子，也是，也是。

叠翠，绿得欲滴。滴下来的，却是莹莹的露。

（谁的一粒粒泪珠？）

那一丝丝凉意，如昨夜的月色般幽幽。

最先触到初阳之光的那一片叶子是有福的了。她是婴儿吮吸乳房的唇，少女柔弱的手指头，还是，小鱼在水面上游？

叶子、叶子，

当微风轻轻地拂过，如同蜻蜓的翅；

当微风轻轻地拂过，像沐浴着水的温煦；

叶子、叶子，飘着飘着的叶子，在说："让风吹我，让风吹我……"

风的摇篮曲，却不再柔和，黑的风，愈刮愈烈，鞭打和折断，钢铁的力度。

冬青树的叶子，

银杏树的叶子，

苦楝树的叶子，

一颗颗被削掉的头颅，聚到一起来了。在地上打着旋儿，卷起旋涡。

风的摇篮曲，将叶子们摇进了坟墓。

陶，及其碎片

一

陶是一粒土和另一粒土由分散到紧密的黏合。

集体主义。风为媒，或是谁的手撮合？为了一个共同的目标，走到一起来了。

二

陶说：火的燃烧是一次狂欢，水的干涸，流的凝固。

灰烬呢？被风吹散，一粒也不曾留，烟化为梦，在罐的圆形古堡间游荡着谁的幽灵？

三

火一直在燃烧，烈日下逐兽而猎的山野人，皮肤的焦灼，山丹丹花如五月梗火，千年后的色调依然浓稠。

当火的语言归于沉寂，渐渐熄灭时，陶的醉意正浓。

烈焰的花纹，录下了死去的雷声。

四

陶：一个不醒的梦。

紫珊瑚，乌龙茶，黑咖啡。

颜色与颜色，凝聚着忧郁。

然而，"罐子里没有水了。"陶说。

五

流水不满，水声叮叮地伏于陶壁。汲水女因饥饿而晕眩于河畔时，石破天惊的一声撞击，乃有了陶的瓦解，罐的碎裂。

传到我手中的一角，早已失去了水的泊湿，失语千年，听不到那条河的呜咽。

六

陶的残片，传到我手中的一角，拼不出汲水女腰肢的松软，猫的轻羽般的柔和。

抚摸，抚摸不着远古人粗俗的手，听不到风与叶子的絮语喋喋不休。

抚摸，抚摸不到原始艺术家纯朴的智慧，抚摸不到那燃烧的火焰之舌的一点点余温。

一种神话，渐渐冷却

经不住无情岁月恒久的冲刷，打磨，一种神话，渐渐冷却。

龙钟老树垂一张枯叶，古井无水，龟裂的陶罐深处，是未老先衰东方淑女的鲜花之渴。

龙钟老树垂一张枯叶，经不住年年月月无尽的砍伐摧残，砍树的"罪人"和被砍的树，都已经百孔千疮，成了枯木。

玉兔无毛，青蛙们长出十三条腿，在每一处被污染的池塘、草地，蹦蹦跳跳，扮演着各种荒诞。

龙钟老树垂一张枯叶，那枯叶便是你未老先衰孤零零的眼睛么，嫦娥？

一种神话渐渐冷却，遍洒一地的月光，已没有了往日的明丽，冷清清，暗幽幽，无人打扫，无人践踏。

寂寞长夜布满忧郁，谁家烟囱里不曾修剪的长发，在遥空里缭绕，很黑。

我的月，我的古老神话中的东方淑女，逃离人间几千年，黯然归来时，长满老人斑。

阿斯旺水鸟

埃及的菲勒神庙，过于衰老。岁月烟尘熏黑的裸石，乃有了遥远的梦意。

阿斯旺。阿斯旺的夕光，悄悄地避开了神的追踪，蹑行于水。

灌木枯黄，一束束蓬松的乱发，展示那哑了的弃妇一路奔走的迷狂。

水鸟在岩石上，若有所思；水鸟在岩石上，引颈而立。阿斯旺的黄昏，在远离人寰处入定。

夜幕低垂，石无言，水也默默。这时候，一只水鸟独立崖端，黑暗中唯一不甘寂寞的亮点。那一片洁白的毛羽，却将阿斯旺的寂寞，刻画得更加耀眼、醒目。

（选自《山东文学》2017 下半月第 10 期）

大海的眼睛

——给耿林莽

韩嘉川

走出如皋

如皋：如，往也；皋，水边的高地。
1946 年耿林莽走出如皋，去了徐州。

——题记

1. 出靖海门走出厚重的城墙

那是一滴历史的骨头里渗出的墨迹，浸润着小城的每一条缝隙。

浸泡在芦花丛里的夕阳，沿着溪流河道的风声，回望靖海门的城墙。

喇叭的咽声中，把攀着校园围墙向外窥望的少年留在了身后，把定慧寺的怒目金刚，把麻石街柳芽的眉眼儿，把姐姐院儿里的小井与饭后的私语，把窗后的绣花棚床与母亲扶着的绿釉水缸，以及缸里的睡莲，一起留给了那一滴墨迹……

然后，提着一盏灯，走向古槐木搭起的码头，篷船在那里等候已久。

弯月剪了一丝夜给你的行囊，从此你与故乡一起在路上。

那里的冬天很冷，冷得铜号再也没有出声。

靖海门在眺望，你的足迹在水上，没有留下回响。

注：靖海门是如皋东门外城西河边明代古城门，毁于"文革"。

2."东水关"外

那年我跟你回乡，划船的汉子赤着脚，将船板拍得啪啪响，惊起水鸟一片鸣叫。

东大街的麻石条还在，而多年的声声叫卖叫深了巷子，黑瓦明窗的春梦绿了，桑柳轻轻扬起了河道。

搁浅的船向空中伸出了炊烟的烟筒与电视机的天线；你站在古槐下的根脉上。

墨迹是重了些，重得整个小城同一种颜色，房檐下的重重绿苔是雨季的足迹。

那天的洋铁匠把阳光敲打得当当响，你扶着篱笆墙走近了母亲晚年的住房。

尽管"东水关"留有《平倭始末记》碑铭，但依然没有挡住日寇轰炸百姓的疯狂。

于是，你走下台阶，篷船在白菖蒲和古槐枝叶的掩映里，早就潜伏着你的行程。

注：东水关遗址为明嘉靖三十三年所筑如皋城墙遗构。墙体原嵌有《平倭始末记》碑。

3.秀女巷的韵脚

日子一页页相互依赖着，依赖成了曲折的小巷，任井台上的木桶凭栏远望，任文昌阁的钟声压弯夕阳西下的地平线。

小楼的裙板老妪一样斑驳着，还残留着女诗人熊澹仙凄婉的人生情节。

沿着一豆灯盏，你走出小城的阴影，任夜色含有多少寓意。

一滴墨迹濡染的一切，被流水漂来了的远方号角冲淡，人生在奔跑。

是出发的时候了，月色荡起了古巷的回响，故土从此寄存在了你的远方。

多年前的钓鱼竿斜垂的阳光一样，还在学校门前水湾岸边，老屋门前半边园子里的无花果树枝弯弯曲曲地，书写着你的童真与少年的时光，而你已沿着船板走向别处，寻找诗歌更大的力量。

墨迹浓重的小城黏稠而古老，远方响起了生命的号角。

注：秀女巷始建于南宋，巷中闺秀善刺绣、贴绒、灯扎，以及工琴棋书画者颇多。清嘉庆年间出有女词人熊澹仙。她师从如皋诗人江片石，诗词造诣极深，与文坛巨擘袁枚过往，有作品被收入《随园诗话》中，故名秀女巷。

走向大海

1. 鲁迅公园的雾

我认识你的时候，海浪与岸岩的唇齿间，鹅卵石被咬得咯咯响。

也许一滴水腥味儿还粘连着故乡的港汊，而阳光的斑点已写下鲜艳的文字。

即便犹如轻软的喘息，在明亮的风中，已经不似江南的烟雨。

六月的迷雾在响，街巷与灯火的咸湿滋味儿在响，生活的骨头在咯咯响。

即便隔着窗玻璃，也在切切（不是耳语）地烁动。

沿岸际线伸向海面的岬角，却有小艇从那里驶出一片静谧。

我去寻访你的时候，在浪花与岸线之间，大海蕴含着某种意味儿。

那种眼神，是从小青岛白色灯塔瞥过来的。

潮间带伸展的思索的纱布，层层裹起夜晚令人心痛的蓝。

那时的野蔷薇是一种遁词，抑或隐喻。

从一双眼睛里透出深深的黎明，是别样的问候。

悬铃木以诗的风采，雕刻着眸子里的天空。

我去聆听你的时候，海平线的回响画了一条长长的弧线。

宝石色的星星在叙说，鱼的呼吸在叙说，红砖女墙在叙说，鸥羽盐渍在叙说……

大地的水分聚成的白云与雄鹰为伴，而你是骆驼跋涉行进在每一个脚窝。

以大先生命名的海滨园子百草茂生，却依然是"野草"；

松枝的指节描述着对礁石、沙砾，还有曲折小路的尊重……

熟透的坚果摇响风中烁然的岁月。

注：耿老有散文诗《我是骆驼》；陈丹青称鲁迅为"大先生"。

2. 饥饿少年

我是一个饥饿少年，徘徊在那间荒芜的书店。
文字铺满街道，还有纸张和糨糊，唯书店四壁与橱窗镶饰着饥饿。
酸葡萄与酢浆果的意味儿干缩，马牙石路面的缝隙透露着季节的饥饿。
衰草一样晃动的少年，比枯枝败叶下的蟋蟀更饥饿。
那时候，书店里的你用饥馑的目光打量着少年。

我是一个彷徨少年，阡陌峻途均无从下脚。
漫空里都是风拉满的弓弦，树的枝丫弯曲着指向远方；
金光大道和芳草地的语言遍布胡同，阳光和雨点儿在远方；
海浪在喂育枯瘦的礁石，海燕与雷鸣闪电在远方……
那时候，你在书店用困惑的眼睛看着空虚少年。

我是一个封闭少年，恐惧的影子遍布所有的角落。
石影与鸟痕都是读物，一种城市气息绽放着阴郁的花盏。
眼波与款动的身躯，白边鞋鸡腿裤都是信号，流线缠绕着青春的骚动。
时间的碎屑在分辨花蕾的无辜，一朵战栗开始发芽……
那时候，你在书店用诗的惶恐关注成长的少年。

我是一个蛮生少年，追寻着木制梯级的吱响。
雪的短简一次次融会，冰锥坠落的水滴途中拐弯。
开裂的缝隙透出的光线，阅读生活巷道的每一个斑点。
多年后那些依然没有落尽的深秋叶片，枝头伸出抖索的飞翔。
那时候，你眼神慈祥烛照一片辽阔的蔚蓝……

注：耿林莽先生当年下放在一家小书店工作，我在那里认识了他，正当
少年。

尾　诗

一滴高原，然后是溪流、江河湖泊，然后是渔火港湾……

鱼的味道把日子浸泡得很厚重了，海蚀柱一样布满了眼睛与文字。

沧桑的礁石捍卫着贝壳的自由。

阳光泼洒过来，蔚蓝泼过来……

故乡的荷田哟，已是灰瓦遗存的烟雨淡墨。

海风的旗帜镶嵌着草叶睁开大地的眼睛，组合成海岸线的象征，启程从这里或西或东……

（选自《散文诗》2017 年 3 期上半月）

李耕散文诗选

李　耕

沙　幻

三千里沙漠幻于梦。无树无草无小虫飞鸟，无水无火无孤烟。无饥渴，所以无饥渴的背影。只有无雨的雷电的声音，只有干涩天空几朵枯云的形象。

三千里沙漠，只剩下三千年前剩下的孤独的骷髅……

渴

干渴，让干渴的梦搁浅在干渴的沙漠。

逍遥的云，从晴空潇洒而过。无形的热风，从天涯正奔向海角。

裂开嘴的水壶，从嘴里呻吟：渴，渴啊……

戏

崩塌的朝代，成了戏台上的朝代。戏台崩塌了，戏，从未崩塌。

不崩塌的戏。

生旦净末丑，演绎出人生脸谱，尘世恩仇……

寻梦者

老街曲巷断桥边，漂泊的影，又瘦又饥渴。深深浅浅的脚印，无尽头的省略号。

梦的影，在何一处，又何一时会在寻梦者的脚下……

旧 梦

曾将旧事深埋泥土。暮秋出土，并生长成树。树上，落满了旧时的小鸟。

叽叽喳喳的小鸟，唱的，全是回忆的歌。

鸟的冷静的吟唱，已听不出怨尤和牢骚，再听，全是自己老了的旧梦……

羊

幸存的羊，在羊的墓前唏嘘：屠刀，从来就在屠夫手里。

羊，有角。

装潢而已，或者，仅是羊对付羊的犀利的戟……

纤 痕

三百里纤路，纤肿了背脊，纤弯了腰，纤黑了夕阳，纤得汗水浇得河滩苦草更苦。

几声纤夫号子，

喊不回顺帆的风。

叫不转逆流的水……

太阳梦

蝼蚁，沿太阳的光爬行，欲寻太阳一梦，所觅得的，无非一粟而已。

红蜻蜓，在太阳下飞动，是风的影火的影，其实是自己的影……

钥 匙

启开郁闷的心窗，自由的阳光会进来。启开僵冷的封冻，被禁锢的笑会飞起来。启开淤塞的暗角，让智慧和光明进来。

谎言的嘴巴，不可启开……

高 度

山有山的高度，塔有塔的高度。船的高度，比波浪略高的高度，而天鹅的高度，是视云朵为平地的高度。

草有草的高度，乔木有乔木的高度。踮起脚的高度，是站立不久的高度。踩在别人肩上的高度，不是自己的高度……

时 间

伤痕的平恤消弭，平恤消弭在渐渐平恤消弭的时刻。缅念的消失或缅念的沉湎于沉湎，淡失在渐渐渐渐的时刻。

骨的硬度需要时间的铸造，无辜苦难需要时间了释……

山野的风

无形，所以无缰之羁。

驰过屋脊，瓦楞瑟瑟。驰过树林，黄叶乱飞。

从山峰一纵而下，又从深谷一跃而上。这野马之蹄，只在山野留下些践踏的迹痕。

从不留下的是自己的形影……

无 题

白鹭一行是好诗，日落乌啼是好诗，雨燕山鸟孤雁群鸥无不让诗人写出好诗。

檐下麻雀，姿态百异，叽喳之声，倾诉往年被逐的命运，
我的命运与麻雀同，何以写不出一句麻雀的诗……

秋的蓝天

雁的翅翎，不知掠痛云的肉体否？我是从风的吟哦中听见雁的飞翔与云的惊恐的。

蓝天之秋，爽丽。

爽丽的匆匆过客，爽爽丽丽的君子气度。

云痛了，也不埋怨。

雁飞过，留影于蓝天的记忆……

（选自《山东文学》2017 下半月第 10 期）

济源逸事

王幅明

河床消失了，源头仍在

大自然总是有奇迹呈现。

洪荒年代，王屋山巅氤氲弥漫，化成水，滴落到太乙天池，称为沇水。沇水穴地潜流，形成东西两股细流，到达平原涌出为泉。二源汇流，冲出一条河床。大禹治水之年，疏导沇水东流，易名为济水。济水三伏三现，流经河南、山东的大块土地，长达一千八百里，最终汇入黄河，注入渤海。

不知何年，济水成为一个传说。沿途留下的地名济源、济宁、济南……成为传说中的记忆。

黄河多次改道，最终，黄河与济水复合为一条河流。济水在黄河的泥土之下隐姓埋名。

奇特的是，河床消失了，源头仍在。

古代并称四渎的河流为济、淮、江、河，济水为首。何故？清澈无双，君子之河也。济源境内的济水，曾有千仓渠的美誉。四渎均建有水神庙，济渎庙被誉为天下第一。

唐玄宗封济水为"清源公"，济渎庙因之又名清源祠。

雁过留声，河过留名。英姿已逝，精魂长存。

济水至清。内心贪婪的人们来到济水源头，可会心生愧疚？

河犹如此，人何以堪！

走出王屋山的愚公

第二次造访王屋山的愚公村。比十多年前阔气多了，多了一些远古村民古朴的雕塑，还有一个写着"愚公故居"的大门。

广场上九旬愚公带领子孙们挖山的群雕，更显雄伟。

一个连姓名都未曾留下的山间老者的农舍，成为游客必看的风景。

意外的收获是围坐在一个伞状的亭子里听琴书，唱的是愚公移山的故事。

琴书犹如王屋山的山泉，溅起的水珠是游客的心跳。

两千多年前，一个隐居在郑国圃田的列姓士人来此采风，写出寓言《愚公移山》，引发了人们关于愚与智的绵长思考。

70多年前，一位农民出身的革命领袖在延安的窑洞里提起愚公。他说，他要继续愚公的事业。愚公一下子成了家喻户晓的名人。

当年，年迈的老翁未能搬走王屋山。但他的继承人，带领全国人民，搬走了比王屋山更高的三座大山。

愚公走出了王屋山。他像一颗火星，点燃了千千万万颗渴望改变的心灵。

三座大山搬走了，新的大山又在挡住去路。

愚公的后人们依然在挖山不止。

悠然见南山

下榻济源，方知此地有一处原生态的森林公园，名曰南山。顿时心动。

渴望南山一游。这是久驻心中的一个梦想。

中国该有多少个南山？心中的南山只有一个。

热心的才女青青充当向导，帮我们大家圆梦。

一座平凡无奇的大山，少有名胜，却有一顶"中国森林氧吧"的桂冠。

许久没有走山路了。在柿树及许多叫不出名字的树林间穿行。三个小时过去，竟然毫无倦意。

头戴星光回到山下，饥肠辘辘。直奔溪边的农家餐馆，品尝地道的南山美味。

南山披上暗装。月牙儿隐而不出。山泉为我们奏乐。野菊花似曾相识。

猛然间朝向南山，痴痴地看着，全都无语。

此地此刻，烦恼全消。大家不约而同地想到同一个词汇。

（选自《郑州日报》"郑风"副刊 2017 年 5 月 8 日）

禾木村（外二章）

西中扬

这里的落日晚霞像紧贴着脸颊般照映着人们的光彩。

这里布帛般的小路溪流似的在绿地中弯弯曲曲向前伸延。

这里的傍晚炊烟袅袅飘向归鸟的翅膀。

这里的花草跟着双脚一直走到居住的门前。

这里的五颜六色，是杂花和蝴蝶拼凑的图案。

这里的房屋里外都散发着松杉白桦的内涵。

这里的夜晚静得叫人听到一片梦的香甜。

这里的一天丰富得似经历春夏秋冬四季的温热凉寒。

这里让人离开时，一次次回头，在许久后的梦境中还反复出现。

坎儿井

真不敢想象，五千里的地下水渠竟然是持续几千年由无数劳力弓着身子一锹一镐挖掘出来的。

那一个个强壮劳力弓着身子的形象；那连续几千里的接龙般的劳动者弓着身子的形象；那几千年时间，几千里空间亿万个单调而执着的弓着身子一锹一镐向前推进的形象，让人听了灵魂战栗，眼睛发热，心灵震颤！

坎儿井与万里长城、京杭大运河并称三大雄伟工程，的确当之无愧。

挺直脊梁可以顶天。

弓起脊梁能够通地。

挺直与弓起的脊梁都是不同形式的负重。一个勇于负重的民族是永远难不倒的。

民间是伟大创造的源泉！

火焰山

十万颗火辣辣的毛孔，齐刷刷地张开，每根汗毛都顶着一颗亮晶晶的汗珠。

虽说没遇上八十九摄氏度的高温，这六十六摄氏度，也叫人心惊胆战的了。

不，没有过不去的火焰山！

面对着蒸腾的烈焰，我们同样是热血沸腾。

在这蒸腾的烈焰与沸腾的热血对峙于孙悟空也难过的旷野之中，我们的心中徐徐升起一片大树的浓荫。

（选自《散文诗人》2017 年总 47 期）

重返云冈石窟（外一章）

黄亚洲

仍旧带着世界上最迷人的微笑，迎接我——依照北魏的方向，嘴角微微翘起。

看我双肩，又积攒了多少红尘；看我眉眼的新皱里，又潜伏下几重电闪雷鸣；看我上次的忏悔，兑现了几分。

其实，不用询问我，五万一千尊佛菩萨什么都明白：哪个季节我曾左冲右突首鼠两端，哪个时辰我的心智又被蒙蔽了三成，我装出来的庄重，如何狼狈不堪。

四十五个洞窟里，都是冷静而迷人的微笑，但却目光锐利。北魏做下的眼眶、辽代装入的黑琉璃眼球，从头至尾将我看透：我应付世事如何拮据、做人如何败兴。

告诉我，是不是世界上的终极真理都在这微笑里？是不是一整部百科全书，都在这微笑里？我是不是应该在这里，以魏碑体的稳重，端坐七日，让我的心脏，两端微微翘起，换浮躁，为微笑？

我或许，应该再细细阅一遍史典，自北魏至今。

或许，一千五百年间，所有答案，早已齐备。

或许，坚信，不要再去听云冈之外的任何声音；坚信，微笑是世界最后的表情。

或许，定期重返云冈，是一种哲学，无论用腿脚，还是用信念。

或许，微笑的冷静，才应该是，人类首选的避暑胜地。

遥观悬空寺

都知道，佛菩萨一向是喜欢在悬崖上讨生活的。他们喜欢端坐于悬崖的凹陷，一座山是一把伞：云冈、敦煌、龙门。

而现在，他们更加壮起胆子，直接把莲座，搬到悬崖外面来了！

只由几根横向的木桩撑着。他们，豁出去了！

一些普通的常识，需要在最危险的地方叙说，你才能听出一身冷汗。这就是他们孤注一掷的考虑。

空气撑着他们，流云撑着他们，鹰的翅膀撑着他们，游客的惊叫撑着他们。

不是他们的坠落而是你的坠落，撑着他们！

从菩提树讲到六道轮回——咬着牙的木桩，撑着苦口婆心。

他们豁出去了。

我们每日所唱的国歌不也是这样吗？那里的音符，也都部署在悬崖的最后几步，与危言有关。

要从佛菩萨的胆识里，挑战人生的深渊！——我们不这么做，就对不起真理的悬空。

世界上有的事情是虚空的。有的事情，只是悬空。

那么，就把平常的道理从悬崖上扔下来吧，我接着——我必须从自己的冷汗中，感受真理的冷汗！

(选自《散文诗世界》2017 年第 10 期)

我看见了湖水和阳光的微笑（外一章）

吕海沐

山林里的休闲生活，使我领略了大自然无穷的趣味……

我和白云晨雾捉着迷藏，我和飞鸟雨中蹦迪，我和鸳鸯打水漂，我和野鸭玩水仗，绿树红花摆擂台，听清风明月的小溪唱山歌……我怀着甜蜜的心境，走进这山村奇幻的世界。

我看见了湖水的微笑——

那是一个明亮的清晨，一阵微风吹过水面，湖水掀起了一阵阵波纹，一圈圈慢慢地散开……这就是一汪湖水最真诚的微笑，她献给了我。

这时候正好有一缕阳光透过云层，溶进湖水里，湖水的微笑变得更加灿烂起来。此刻，我心的微笑就像这湖水一样舒展。

走在山路上，我吹起了口哨——

头插一束含笑的鲜花，身披一缕幸福的雾纱，手捧一朵深思的白云，提一壶会唱歌的泉水，有清风在前引路，有明月在身后追随……

黎明出现的时候，理想的阳光和我拥抱。

在度假酒店的窗前，有一缕清新的阳光，从树林的空隙照射下来，正好照到了树叶上的水珠——这树叶上的水珠啊，在阳光的抚摸和风的摇动下，一滴滴落在小草的手心里。地上的小草捧着这些幸福的露珠，万分急切地问她："温柔的阳光在抚爱你的时候，对你说了些什么？……"

一片喜欢风雨的绿叶，从高高的树上掉了下来，却被秋风牵着了手。我听见落叶在问："风儿呀，你要把我带往何处？……"

我坐在林间的一块岩石上，有几只小鸟飞来，如同来了一支乐队，有长箫、短笛和唢呐。我听见有神祇的声音在唱："痛苦的心啊，快放下你的忧伤，当明天的太阳升起的时候，你就会快乐地歌唱。"

岁月深处的小屋

我听见高山说，我无所不在；我听见流水说，我无所不往；我听见山林说，我无所不容。无所不在，无所不往，无所不容，山山水水，总是相逢。

深山里的小屋，深深藏在人迹少的山林中，也藏在岁月的深处；那是为了给住客一份意想不到的宁静。因此，不管小屋所处多么偏僻，总是会有大大小小的路与之相通。如果没有这些明里暗里与之相通，曲曲折折的小路，那么这些小屋又有何意义？因此相逢、相通，世上有如此众多的追求幸福、追求自由的心，又为什么不让所有的路去追求相通？如果美好的愿望和理想，无所不在，无所不往，无所不容，共同追求的心，不就相逢了吗？只要有一颗无私的心，我和你，就会心心相印。

啊，我的朋友，来走走这里的小路，来住住这里的小屋吧，看看这里的流水，这里的山野，这里的山林，领略这里无尽的情怀。

（选自《散文诗人》2017 年总 47 期）

香炉湾絮语《水湄》（节选）

钟建平

1

万物难逃一岁一枯荣
岁月在你的掌中搓揉

秋天挥舞猎猎的旗帜
我的江南尽带黄金甲

在琴弦上弹奏的波浪
像地壳下喷涌的熔岩

秋风中金灿灿的菊花瓣
婉约成一阕萧瑟的宋词

已不见昔日悠戏的白鹭
只有薄暮相拥于这水湄

昭昭之秋后必有一场寒意
再也舍不得浪费一刻光阴

7

孤独长出了新芽
思念圆缺了月亮

我持尘世的牧鞭
挥不动那片波澜

低飞的蝴蝶和蜻蜓
涂抹越来越浓的秋意

中年以后步履蹒跚
时光斑驳碎了一地

秋天的词语早已枯竭
无法逾越神圣与死亡

我想给鸟虚构一条轨迹
再赋予天空浩瀚和蔚蓝

44

伸手摸一摸天空的温柔

用湛蓝洗尽沧桑的容颜

树枝按照风的旨意摇曳
生怕被无端的流言折断

那些被鞭子抽打着的浪花
不停地向岸边的礁石倾诉

先祖的智慧阳光般抚慰着我
依然无法寻找我是谁的答案

每行文字都隐藏着你的身影
每缕阳光都照耀着我的灵魂

所有的河流都有自己的名字
唯有我和你的爱情不可命名

59

此刻我千丝万缕的思绪
飘落在寒冷占据的阳台

我推开时光虚掩的门扉
只看见我的昨天和未来

荒芜的土地可以再耕植
麻木的灵魂却再难唤醒

只想用手轻轻握住阳光
自然给予我活着的理由

向善的心坐在一朵莲花上
闪电在天空留下光亮脚印

我们总是用尽一生的积蓄

想抓住一些抓不住的事物

79

笔蘸满灵魂的墨汁书写
像一只蜜蜂紧贴着花蕊

将时光静坐成一缕梵音
木鱼声中心事烟消云散

以黑色的画面叙述黑暗
为白色覆盖的荒原诵经

我在文字里的每一次虚构
都是为更接近生命的纯粹

像鸟儿在天空上自由飞翔
我梦想成为它们中的一员

在偶然和必然之间虚构生死
一生都在寻找宿命论的钥匙

121

一只鸟在窗前树梢上
唱着去年唱过的歌儿

坐在时光轮回的彼岸
阅读流水叮咚的絮语

触痛了我内心的柔软
所有抵达都不能抵达

佛说放下的我都放下了
唯有人间的牵挂放不下

相思是日渐丰盈的春水
多想你涉一片水域而来

怀揣梦境在夜空中飞翔
想看看黎明是如何生长

164

四月让我们最接近土地
这是我们生命最后归处

利剑在流水中划出闪电
刀刃沾满了流水的疼痛

如果人生只是一次花开
我愿意是一株卑微小草

我以诗歌的名义行走江湖
只为看清楚这个混沌世界

我想愈是忘记我们的过去
才能更好活在我们的当下

我们可以选择很多的去路
但唯独没有可以回去的路

199

多想像阳光照亮每一条河流
多想像轻风问候每一枚绿叶

我始终保持对黑夜的敬畏心
那里藏匿自然界无限的隐秘

这一生无力抵达的事物太多
唯有交给梦境完成未尽之境

被时光浸淫的过往——沉没

所有故事都会在圆满中谢幕

愈辽阔的事物愈不需要涂满

在空白处处可见无限风光

当我倾尽过往像一个空杯子

我生命的底色越发丰盈辽阔

（选自"中国诗歌学会官网"2017 年 5 月 11 日，

选入《散文诗人》2017 年总 47 期）

跪向冈仁波齐（外三章）

张宇航

    每次走上青藏高原，面向雪山，下跪的冲动，它圣洁、它神秘。

    南迦巴瓦、加拉白垒，色季拉、嘎龙拉、德姆拉、米拉山，昆仑山、风火山，唐古拉、念青唐古拉……或长或短，总有流连；或远或近，总有足迹。一座座雪山，赋予人生进取的激情、勇气，教会把握命运的冷静、坚毅。

    进阿里天堂，见到神山冈仁波齐，目睹它的庄严、它的仁慈，更令我心灵震撼，不能自已。

    冥冥之中，神山似有强大的向心力，把四面八方有志者聚合在一起。哪怕历尽千般苦，哪怕穿行万里路，夙愿也要实现，目标也要坚持。倘若途中折返，倘若随波逐流，必定走不进阿里、见不着冈仁波齐。来不来、见不见，神山都在冈底斯。来过了、见过了。

    冈仁波齐神山庄严，庄严在它永远值得你朝圣；冈仁波齐神山仁慈，仁慈在它给予了多少转山者福气。见不见、敬不敬，神山都叫冈仁波齐。见过了、敬过了。

记住，它是冈底斯山脉主峰，"众山之主"的头颅、"世界之轴"的轴心，包容一切，无与匹敌。

景仰它的庄严，敬重它的仁慈，我更要跪向神山、跪向冈仁波齐！

（选自《羊城晚报》2017 年 3 月 15 日）

阿里月

昨晚已听说，阿里会有史上最大月亮升空，我们却因磕长头拜神山而疲惫不堪，躺在大通铺辗转反侧。脑子里不断闪现冈仁波齐，竟把月亮忘却。

清晨拜别神山，沿着圣湖玛旁雍错走，赶往亚热。一路凉风习习，朝霞满天，湖边山峦祥云飘逸，连着峰顶冰雪。天堂美景此处最好，恰似瑶池琼台宫阙。手中相机"咔嚓"不止，停车坐爱湖光山色。

"快看，好大的月亮！"有人高声嚷嚷，呼唤沉醉于波光粼粼湖面的队友，回眸看，对岸雪峰上空，挂着一轮特大号的圆月。像银盘，盘中不见桂树蟠桃；像明镜，镜里映出碧泉飞跃……

这是我半辈子来见过的最大的满月。

刹那间，云彩、蓝天、雪峰、明月，群山、圣湖，经幡、原野，一层又一层，让画面处处诗意，十分和谐。金黄的朝阳，银白的阿里月；蓝蓝的湖水，绿绿的原野，美得让人窒息，击掌叫绝。

蓦然想起苏东坡的《水调歌头》：他在感慨天上人间既有圆满，也有缺陷；既有时机，也有危机；既有满足，也有遗憾。

来时、别时，合时、离时，它都一样功德圆满，只圆不缺。

阿里月，天堂月。长挂我心里，也长挂冈底斯山阙。

拜　别

一夜未眠，干脆起个大早，到巴嘎草原与冈仁波齐神山拜别。

来一趟，见三次，三次都有缘见到冈仁波齐，它是那么伟岸、那么纯洁：冰川为白发，天梯为鼻梁；群峰做身躯，草原做毡靴。千万年屹立不倒，在海拔 6656 米高空俯瞰世界。像慈祥的父亲，既威严、又和蔼，既俊美、又亲切。每一个来觐见神山的人，都心怀肃穆虔诚，敬重它的崇高，景仰它的圣洁。

以往只是隔空感知冈仁波齐，看一千遍照片、视频和文字，它都仅存于想象中。如今身临其境，见了又见，它就永远印在心底，清晰真切。人的寿命与山相比，微乎其微，弹指一挥间便会完结。向往神山，心境变得更加宽厚；见过神山，不须感慨白头，空悲切！

久望神山，不想离别。昨天的长头磕得认真，带着心灵省悟和躯体的感觉。人生路已走一甲子，酸甜苦辣成云烟，激情仍未衰竭。神山可给我智慧，给我意念，下一甲子生命再上新阶。不求富贵、不恋权势，盼如清晨的神山，薄雾缭绕，有闲云野鹤般风骨气节。

凝视神山，再久也得拜别。能到天堂一趟，得元气熏陶、意志补足，莫要缠绵纠结。前半辈子一直在路上，不敢停靠某处驿站太久。后半辈子也是在路上，步履可以蹒跚，险境还得穿越。再次双手合十，弯腰拜向冈仁波齐。转身离去，三步一回首，目光依然清澈。

天　梯

梯子，是人类发明的工具，延长双腿的利器。登高望远，要从它身上一步步走起。

天梯，是人们梦中的小路，进入天堂的顶级。来世幸福，还需它带引一点点累积。

我在拉萨，曾见到"天梯"画于石壁，像是转山者要走的路，默默伸向天际。可惜没有落脚处，再高的经幡和玛尼石也难与之连接，磕长头磕不上竖着的、无根的梯子。

神山冈仁波齐峰顶终年积雪，山脊岩石裸露，恰似一道天梯。它由自然形成，绝非人工描画堆砌。这才是真正的上天堂之路，高耸而稳固，连接苍穹与大地。天堂也分等级，海拔6700多米的峰顶，无疑是更高层次。勇者、英雄和神灵方能抵达，绝大多数人都望尘莫及。转山者络绎不绝，却无人敢亵渎神山，向着峰顶冲刺。

冈仁波齐的天梯永恒矗立，看遍沧桑炎凉，历尽春秋四季。仰望它，你可得到昭示：无论阳光普照，还是云雾缭绕；无论冰雪装扮，还是赤身裸体，天梯依然如故，度你登峰造极。

绝大多数人难以登上天梯，就以转山代替。倘若山也难转，就与我一样磕长头匍匐在地。心诚则灵，不必沐浴更衣。向往神山，梦游天梯，两边云彩散去，天堂就在心里。

（选自《散文诗人》2017年总47期）

故乡的小路（外一章）

蔡丽双（中国香港）

窗外的岁月，绾着一条小路。细叶榕绿了小路的四季，葱茏的思绪，落满一个个脚印。

这条故乡的小路，缠着我的追求，绾着我的冀盼。

青春铺成小路的丽彩；步履踏响青春的美韵。

从这条小路，我依依离开故乡，牵着一脉乡情，来到东方之珠。我青春的根蔓，又深扎在我的第二故乡。

青春要长成生命的参天树；生命要站成灵魂的金字塔。我把宝贵的青春，植于香江这一片沃土上。

悠然回首，故乡的小路犹如一条脐带，把我与故乡紧紧相连。

乡情绽成花朵，思念点燃心烛。花香和烛光，天天隽秀着故乡的小路。小路如绳，牢牢拴住了我一颗永远感恩的游子心。

删繁就简，标新立异，刈尽陈词滥调，铲净冗言赘语，我的歌声，把故乡的小路，连缀成，一条心灵的花边。

思念絮语

思念像芭蕉的绿、樱桃的红、春江的蓝，色彩鲜艳浓丽，挥之不去。

遐想用读书来遣愁解闷，掩卷之后，又在书里书外，品味未卜的姻缘际会。细细思量，又何必去追问前因后果？要随缘不敢轻率苟且，又缺乏胆智我行我素。在斜风细雨之际，唯想着你能给我一顶青箬笠，一领绿蓑衣。

孤灯寂寞着暗夜，夜色吞噬着灯光。唯有你，是我思想中，一轮冉冉东升的朝阳；孤寂中，一轮悬挂中天的明月。

思念，无涯无岸；相会，无缘无期。曾有过的精彩独白和缱绻倾谈，忽然回归心灵深处。悠悠天地，莽莽关山，你在何方？纵使浪迹天涯，放逐海角，也该有心声时时传来！也许是爱到深处偏无言？

我的思念，不是六月的艾蒲，更不是错过时令的玫瑰。我们不能把爱遗落在昨日的路上。

年轻的心，不是一片瘠土，一定会绿柳成荫，我不逃遁稼穑，更不拒绝人间烟火。大千没有世外桃源。让我们在思念中，共栽一株解语花，一生一世是花期。

（选自《香港文学报》2017 年 6 月第 2 期）

花城写意

陈惠琼

木棉花

被猛地推入花的光芒，
旋律主动跟上花城花的节拍。
花开花城，一笑顷刻间，享受一朵一朵花开，一棵一棵通红的审美。
南方鲜活的气息已把木棉撩弄，这不是偶然的清严，更多的红棉，造建花城的花的花花世界……

如果在这丰满的花花世界当中，变得似花非花。有的花总会给我及时生香吧！

让我在五层楼的红棉树旁，关注到花城的越秀山顶峰，一颗星，显耀的孙中山石像；不知不觉被独特的光燃烧着……敬畏那永远都可以触及的庄严，为世界上道义公正的庄严……

为什么在中山纪念堂前面的红棉，寻找某个特定的英雄？英雄不是世上来到光明中的那一个过客。

曾从无尽储藏的红光中借一大片给我眼睛，暨南大学门内的红棉，红棉树后的图书馆，闪光的词语从来不孤单。木棉花、红棉花、英雄花，市花，不算是故弄玄虚，真真切切……

木棉花的流溢，把我梦中的荔枝湾的花艇冲没。也许会讪笑，我不会追求、逃避那花的幻象。停竭，沉浸在木棉树闪光汗珠的金影中吧！当与花交织时，形成这伟大世界花生活的共鸣，过往的伤痛夹杂在这花丛中。

心中渴求光和影……哦，那闪着红光的是灯盏，人民叫它——木棉花。

它通过不同路径却携手鸟儿，一如既往向天府路、天河区政府，呵，带着花城大道的不朽……

此去的红棉有望搬来花期，当我坐在车上，红棉树从眼前晃过。

又从格窗探视过来，芳村花地的红棉花一朵一朵合起，突然激动的翅膀似跃进了焰火。从中塑造了花城市花的意象，一定向自然迈向。

花花世界横亘无边……

五只仙羊

你在越秀这座没有沉睡的山脉，乃有对于人类生存神话传说之确信。

一个无边的天把你映衬，天漠之下益显酷肖，浓雾的早晨，有目的地看你的屹立。

于是，在你面前，对于人民不是陌生的地方。大小不一之五只仙羊五种不同的颜色是亲切的一样。

羊城过着彩色而明朗的时日。

有着像你口衔农作物稻穗之幸福的姿势，人民和着不止的粤语流散，用着不同的方言欢笑。

人民为什么眼里含泪水？因为仙乐缭绕，柔美悠扬，来送吉祥。随后便又可能仙人骑五朵彩色祥云连联而至……像连联而至的匆忙的羊城人……

却似乎把脚步放慢了放宽了。

祈福时，祈求保佑羊城风调雨顺的允诺。

悠然，腾空中的木棉花，缠绕中原先民开拓岭南史依据的日子。

实在的人民时刻亦在寻求五谷丰登的圆满。

亦在细数着五只羊，细数着五种谷，穗城的太阳下谁给镀金染色？蓦地，与羊城五仙观烟雨融于一体。

（选自《山东文学》2017 年 11 期）

海的蓝及呓语（外四章）

柳成荫

蓝，无垠，深邃。

以及，有些许的神秘。如铺地的苍穹，如上帝的瞳孔。

你所知的，当然蕴含其中。

譬如风云雷电、日落月出。譬如水与鱼，譬如一艘渺小的船，还有波浪上的柴米油盐……

你所不知的，当然也蕴藏其中。那是可以省略的叙述。

在上帝的眼眸里，行走吧。

你以为，那就是命运。

振衣如鹭

素衣，翩翩。

水如镜，云如落。秋草初黄，菖蒲郁芳。此时的天地，寂寥而纯净。一切，刚好。

我明白，她们就是我出窍的魂灵，自由地挥洒一双翅膀。令洁白复如雪，使无羁复似仙。

天晴，有风。

振衣，如鹭。

泊　舟

与礁石一起入定。

无傲啸于浪峰之上，无独钓于天地之间。无沧海月明，也无悲欢离合。

只有宁静。

放弃纵横湖海的桨，远离烟尘与喧嚣。过往，似剃度的青丝，归于泥土。

就沉淀于一份清逸中吧。

最后也成一块石，成浩瀚里的老僧。

风在耳外，波在心外。

浪花说

所有的浪花，都凝固于沧桑的线条之上，如凝固在谁的皱纹中。

岁月是有痕的，也特别捣蛋。所有的因，总有一天会突然地呈现出令人惊讶的果。

那些庸常的水的时光，多么轻柔平和。或许谁的屑琐的幸福，早已习惯如此。

当激荡、碰撞的到来，藏匿的浪花才会惊异地绽放。

那一瞬，水如花、如玉，动人心魄。

时光之外的隐逸

黯淡，或者微光。

有翅膀扇动的声音。水波轻荡，一群鹭鸶正翔于湖面。

一投足，一展羽，一鸣叫，丰姿俊朗，神韵四射。

那是游离于时光之外的隐逸。黯淡与微光，不外是背景的变化而已。

有逸宕的心，就必定有逸宕的翅膀。

与光线无关。

（选自《散文诗人》2017 年总 47 期）

知道是不知道

姚　园

转眼，相聚的时光好像剩下的是一朵回眸的万水千山了。我依然不在叹息的涟漪里懊恼。日子是在憧憬中绿意盎然。尽管遗憾依然在贴着我的胸口款步。

明天又得去一趟机场了，是飞机将人带向那遥远的地方，还是渴求的本身？

当聚散变为生命的常态，变为回不去的不是地方，我仍然在行囊里装上一片云淡风轻。

当那亲切的背影渐渐远去，光阴依然在按自己的轨道行驶。

而我相信行走会拥抱更多的美好，

行走也是对未来的一束赞美。

只是有的坚持会不会反倒让原本辽阔的路越来越狭窄呢？

谁知？

人世间蕴藏太多确定与不确定的纷纭复杂。抑或正是那些无法预知的林林总总，人生才有另一幕的登场。

哪怕是一种兆头的声响，也使午后的天空蓝得好像能触摸远方了。

远方从来是给有理想的人预留的席位，有理想的人是背着黑夜也会踩出一地光的人。

我欣赏这样的人，他们的字典里挪出了放弃二字，他们知道执着是对自己认知的奖赏，是对岁月陪伴的感恩。

人最终是为自己的心灵而活。

人的一生与谁相遇、相离都注定是版图上的一抹云彩，越走越远的人不是因为陌生。

熟悉的陌生连气息都会结成冰。

但只要冰山上的雪莲还在，这世界必然有一枝醒在世俗之外的莲。

而我也不需像诗人辛波卡那样，用必然向巧合致歉。

不管这世上更多的是看不见的东西，和转瞬即变的东西。

瞧瞧院里的杜鹃、玫瑰、薰衣草吧，她们一瓣瓣玲珑，又一瓣瓣相安于六月，这时而骤雨时而疾风时而强烈的光线里；

看看邻居家的紫藤花，她们那种不惊艳、不妖娆，却有光阴无法取代的恬淡在悠悠铺开中优雅，该是历经怎样的锤炼？

再端详后院桃花、茶花、勿忘我的绽放，如果其是一种温婉的昭示，我的目光要如何淡定才能感知更远更多的庆典？

儿子和他的音乐被美国一位小说家写进漫画小说《War Dogs》，算不算是对他自信的双眸、对我坚信的笃定的又一次加冕？

儿子与荣获格莱美音乐奖的著名歌星合作演唱的歌曲登上美国索尼音乐公司大雅之殿，算不算是一顶英俊的帽子在他头上流光溢彩？

我不知道。

知道是不知道的时候，反之是不是亦然呢？

孩子，继续为前面的路备上晶莹的汗水与剔透的纯粹，继续让心中那团火照亮的不仅是脚下的路吧。

我的孩子。

（选自《奔流》2017 年第 3 期）

静　秋（外二章）

莫鸣小猪

十一月，下午。

一个芦花深处受孕的季节。

瑟瑟的芦的花，晃过沼泽，摇曳，跳跃。

风梳着原野的长发和树的刘海儿。在海拔大于等于七百米的高度，一千只鸟飞过，肢解阳光。

在梦之南，有一条纷扬往昔的路，通往时光的童年。

阳光吻着大地，醉酒的稻穗在梯田上跳格子。我迷醉，醉于这养育我一生的风景。

老房子簇拥着新房子，有你水墨的微笑，和宣纸的疏离。散淡，小小而无序。

在梦之南，行云如流水，潺然于耳畔。袅袅炊烟被途经的雁群剪成圈圈，一重重碎开。被黄昏涂抹的风景，有了温暖的况味。我在倏忽之间有种生命轮回的感触。

暮色深处，是谁将遗忘的乳名轻轻唤醒。蟋蟀低头，蝴蝶低头，一半的光阴微醉。

薄情的候鸟开始了大面积的迁徙，阳光低垂，稻子缄默，不浓不淡。

那时，我第一次感觉到了静态的好。

果实般茁壮的情节，自树顶深入泥土。我在沉默之中守住，秋天之外，种子笃定的梦。

田野轻轻摇曳，花朵反复凋敝，在秋天深处静默的时光。

在梦之南，我的目光拒绝燕麦、三叶草和秋水，我用聚焦的光圈留住你，那一片跃式的金黄，是秋天回娘家时最摄人心魂的背影。

琥珀色的波兰

人们常说我已失落在死亡的森林。

当滚烫的松脂如同地心的熔岩，热烈地抱我入怀。我承认曾经报以本能的挣扎。

松树粗糙的枝丫，那些冰冷的针叶，总是在冬天顶着白色的雪。鸟儿和松鼠还在上面安了窝。

我记住：波兰，我的城市，和故乡。

那些白色风车的脚下，排满了透着炊烟的房子。像对仗整齐的诗句，生出平仄对仗的韵律。

那些郁金香，在阳光里做着秋天的梦。

我被流放了，从华沙开始，离开那个临海的国度。

在那个忧郁的清晨，山茶花开得如火如荼。

像对卡夫卡艺术的盲目崇拜，它尾随一只剑齿虎，迷失在原始森林里。又被一只长毛象用长鼻子卷进它的胃。最后连同一只榛子落入了猴群的手中传递。

蝴蝶的妈妈在脚下的山谷里，轻轻呼叫，唤我的小名：魂兮，归来！

如果有一天，你见到了我，金黄或橘色的脸，一颗蝴蝶斑斓的心。

你可以看我惊慌而羞涩的眼神，带着小小的痛。

一些画，古老主题的变奏

一

秋天的稻草人，我该定性他还是她呢？反正，我不想说成它。

秋天的稻草人，他顶着谁人丢弃的破帽檐，滴溜溜，上面挂满了麻雀，幸福的蚂蚁举着蘑菇当房顶，是谁手搭凉棚，遥远地张望。

某个黄昏，某个她踩着落叶而来。

二

风卷起一些微尘，一些飞翔的鸟羽。

像莲子栽进淤泥，像一种意念。

像蒲公英潦草的歌谣。

像一个哑音。

哽在喉咙，隐隐地痛。

像一只受过惊吓的灰猫，酷爱躲进女主人的长靴子，喵呜地唱。

夜，微凉。彼时，某地，谁把铜壶架上了炉子，替你准备着一杯热茶。

三

自东而西，苹果似的月亮侧光柔和，映在墙上的谁人的七分脸轮廓清晰。

还有褐色的眼睫毛，泪水在上面熠熠地闪。

场景说明：美丽，悲伤，无限的单纯。

挂钟恹恹欲睡，摇摇欲坠。而镂空的玻璃窗花上，那光芒在消减。

四

夜色，地平线。

少女和羊群，她们在线条下无序地奔跑，晚凋的野花，有一朵雏菊。

淡黄地开在她的发鬓，它刚刚在泥土里度过不安的生长期，那形如童年的味道，残缺得类似复古的美。

谁人还在炉火旁打盹？火苗舔吮着普希金的诗集，一只匿藏在树叶中的夜莺，它的歌里没有一丝停顿。

五

像麋鹿一样乱窜的河流，流向童话般的小小磨坊，里面有穿着短靴子的矮人和蓝绿色精灵。

咕噜噜转，农民的板车辘辘地走远，稻子轻声低语，一只雁？它说它是一只孤独的天鹅。它说它顾影自怜，静静地蜕变和悲悼。

一些三言两语的短诗，一些蟋蟀的断句，在蜡烛被烟熏落一场泪的子时。

秋天的稻草人，他祈祷和守夜，一幅粗略的草图，画外音：未完，待续……

这个句子的尽头，会有雨点飘下，节奏如歌，行板，那形如省略号的状态。

六

树林，小路，长椅。呢绒外套拐杖和轮椅背靠背树木脱掉的叶子。

抱着给泥土的墓园的种子，画框里，色彩很深。

并排的两个老者，他们肩并肩。

看杜鹃醉意朦胧得花团锦簇，人们常说如果老了，如果两个人一起变老多么温暖的预言。

他们，总是一脸从容。

他们，总是谈论着远处厨房的灯光。

那里有他们的孩子和故乡，那里有秋天的稻草人和童年，更多的时候语言在他们的咳嗽声里消失。

像沙子温柔地吹进我们的眼睛，像微风吹过白桦树的枝丫，吹醒满城银杏树的耳朵。

七

回到窗畔，那支钢笔，那瓶蓝墨水，一些被风翻乱的稿纸。

上面开满了蜡烛的粉色花瓣，那些挂在墙上的画，秋天的稻草人他挂着谁人丢弃的破帽檐。

他祈祷。

这静静的夜。

（选自《散文诗人》2017年总47期）

洁白的诉说（外四章）

王猛仁

我常常想离开家园，到另外一个更远的地方，去看一座山，或者一条河，对着它痴迷。

在中原长大的，总想走出去，一探究竟。其实，那座山已经荒芜，那条河正一天天瘦下去。

更多的时候还是想留在这里，待在一些古老的植物下面，看太阳下的雨打旧梦，看风景里的披绿挂红。

过一阵，又觉得心里空空的，没有依附，没有凝望。平日，喜欢独自去野外走走，占据一片属于自己的草地，取出夜里的梦晒晒，然后再装进心里。

当其最后一片叶子很抒情地消失，当其心头堆积太多太多的想象，我便期待着冬天的到来，期待着洁白的忘却。

其实，你的灵魂，早已在你的身体之外，长成另一片落叶林，以其独特的另外一种方式，期待着雪，期待着洁白的述说……

记忆是重要的，遗忘也是重要的。

如今，我惊奇地发现，当你玩得不温不火、恰到好处的时候，你却很真实，也很生动。

——迷人的阳光下，你的嘴角，正在向着微笑的边缘滑去，当天很蓝，云朵很白……

追　寻

在北国之北，无论你的脚步迈得如何遥远，总有一幅静谧的画卷，挡住烈日，挡住风雪，挡住雨。

它那硕大的身躯虽然老态龙钟，却奋力地高举着一把青绿的大伞，让诗之船，无忧无虑地航行在时间与空间的海洋里。

它是大地与岁月养育的宠儿。

它是浓得化不开的乡愁。

曾经有过这样那样幸福的过往，无论是悄悄的絮语，无论是激烈的嬉闹，心与心没有隔膜，像白云一样熨帖在蓝天，像鱼儿遨游在水中。

一切是那样自然，一切是那样纯净。

如今，行走在闹市，晴朗的天空下，那排了如指掌的白桦林，让我的等待没有尽头。

无数次望断门前的小路，无数次在朦胧睡梦中醒来，如同绵绵的秋雨抽刀不断的湍湍江流，泪雨滂沱。

回忆是仰望天边的一片白云，飘逝了，却留下一阕带血的低吟……

内心的风声

细细的，这是秋色的眼睛，栖息在诗的枝头，季节的风，萌生着绿色的情绪。

清晨的叶蔓、草芽、露珠，晶亮地点缀着每一棵蓬勃向上的力。

熹微的诗句与黄昏的芳香，附和着醒来，陶醉了阳光的温度。

伫立在故乡河畔，我的竹林在灵魂中漫步。

洞开的思绪，沧桑的风霜，浸润不了记忆的脉搏。

黑暗摆开了对吟的姿势，望着我，疼痛不已。

灼灼燃烧的目光，怎会如此轻易地让我安顿下来？

褪去黑色的装饰，最后一截暖意，依然很弱很暗，如此沉溺的幻想，已经很久不属于我了。

四季的花朵盛开在你的声音上。

第一次听到飘零的叶片，在轮回中颤抖，梦一般的往事，被风干在记忆的墙角。

夜晚的歌声再次嘹亮，我已经长久地走向暮霞流经的土地。

现在的水草丰美，天气温暖，我的呼吸平静而舒缓。

决定在冬天写下最美好的句子。我对这个冬天和细碎的月光充满敬意。

并且，常常沉醉于阳光的爱抚和母亲未逝的笑容里不可自拔。

挂在夜空的余香

太阳。月亮。风和雨。

在探测着它的形迹。

今夜，那一弯家乡的月，浸在缤纷的节日里。

眼前一片白茫茫的芦花，了无声息地隐入了茫茫星夜之中。飘然而下的雨丝，被拭净了月弧的冷辉照亮。

院中的那棵香樟树，依旧沐浴着昔日的阳光，在晨露中晾开纠缠不清的思想。

爆竹和烟花，将梦中父母的笑冻结在喧腾的表面。

遥遥无期的乡愁，被冬天的风踩着，直到我心痛的时候，留下一道浪的齿痕。

寂静躺在上帝手中奢望再度苏醒，乡村、蛙鸣、荒坡、坑塘，被永不停息的钟声旋生旋灭。

自由如醪的夜，终于属于我。

夜风哈着凉气轻舐我的脸颊，又从耳垂流去。

不再掩饰心中潮湿的惶惑。

没有了他人射来的贪恋的目光，孤寂就像尘封虫蛀的残卷，过早蒙蔽了褐色的容颜。

岁月的清风，洗淡了记忆的屏幕，晚风轻轻地吹着，试图叩动我生锈的门环。

时光留给我们的，都是些不合时宜的絮想，黑夜无声，苍穹惆怅。

深闻美人留下的余香，天空是一片茫茫的黛青。

那黛青里忽明忽暗的流萤，是不是诗人正燃烧的心脏？

背　后

试图借一些遥远而亲近的故事为我即将铺展的文字取暖。

平日，常常一个人沿着没有尽头的河堤迂回而唱，神思恍惚。

有时，几声鸟啼之后，河水也会托起一枚清楚的明月，照亮一阵清幽牧笛。

已经不是春天了。依然看见那三月风下的垂柳，丝丝缕缕，正轻拂着心的每个角落。

即使在梦里，也不曾有过繁花似火的热和芙蓉出水的红。

此刻，我的爱人，多像一朵意念中的水莲，染上了夕阳的微醉。

树影婆娑，梦魇酽酽。

蹒跚的足底回荡着动人的音符，洋洋洒洒。

阳光被春天抖动的躯体分割着，尽显本色。

一影黯然，几许残白。

再没有重复诗意的清秀，再没有设想中迷人的娇羞。

或许是中午的阳光太温润，雪白的墙壁托不住你诱人的白纱。

而我，正在中原一隅，在浪花的背后，画满你的雨声。

（选自《大河诗歌》2017 年 48 夏卷）

北国草原（外一章）

罗铭恩

从远方到远方

远方的草原有多远？来到呼伦贝尔，你马上找到了答案。

要说远，远得到了天边；要说近，近得就在咫尺。

从南海之滨来到呼伦贝尔，觉得呼伦贝尔就像浩瀚的南海；从呼伦贝尔回到南海之滨，觉得南海就像辽阔的大草原。

蓝天、白云、绿草、河曲、湖泊，还有那奔驰的骏马、成群的牛羊、洁白的蒙古包，构成了呼伦贝尔最美的风景线。

远古，中国的游牧民族正是诞生在这个巨大的摇篮里；那弯弓射大雕的勇士，就是在这个摇篮里成长为一代天骄。如今，一部游牧民族的奋斗史，正延伸在清脆的马蹄声里。

温柔的晨风拉住我的衣衫，我停下脚步，坐在晨风的旁边。我掏出一只从南海带来的海螺，纵情地吹了起来。忽然，从远处的牧场里，也传来牛角号的回应。

啊，那海螺号和牛角号的声音，竟是如此相似，那雄浑、深沉的号音，彰显出草原和大海的浩瀚辽阔、旷古深远。

我和草原风握了握手，重新迈步在草原的晨光里。温馨的朝阳爬上我的肩头，我乐得把明丽的阳光抱在怀里。

一只雄鹰在蔚蓝的天空飞翔。啊，我多想有一双鹰的翅膀，把辽阔的草原丈量；我还要用这双翅膀，驮着草原去看南方的大海。

莫尔格勒河

莫尔格勒河,呼伦贝尔草原的"第一曲水"。

蜿蜒伸展的河道,长年守在记忆的陈巴尔草原上,陈巴尔草原又衍生出水草丰美的天然牧场。

夏季,莫尔格勒河两岸聚集着一批游牧而来的牧民。蒙古族、鄂温克族、鄂伦春族……河水和嫩草滋润着这些临时组合的游牧部落。

千年的河床上睡着一些古老的梦,这些陈年梦想与苏醒的毡包仅有百米之遥。它们靠得这么近,但却又相距得那么远。

那一扇记忆的窗户,打开在每一片回望的牧场,而天苍苍、水悠悠、草茫茫,点缀着草原今日的风光。

绿油油的草原呀,把密集的羊群藏进青草里;连绵的绿道呀,把炎热的季节藏进树影里。牧民们放牧着清风,放牧着阳光,也放牧着美好的心情。

啊,往日的典故早已被时光收藏,热情的季节又释放出新的故事。那迂回曲折的历程,日夜在生命的河流里回旋。

河边的村落,站立着一个个毡包,早晨,明媚的阳光爬上了包顶,抹亮了毡包的脸庞;黄昏,夕阳的余晖攀上了河旁的树梢,染黄了临近的秋天。

河道两旁的炊烟呀,像一道浓重的笔墨,书写着莫尔格勒河的前世今生。

太阳雨

风景秀丽的呼伦湖畔,夏天里常常会下起"太阳雨"。

刚刚还是晴空万里的天空,顷刻之间风云突变,下起了稠密淋漓的雨点。但西边的太阳仍然在天空高悬,阳光在雨中把草原照耀得格外妖娆。

一阵压过一阵的雨,在生命的湖畔捶打;一层盖过一层的阳光,在无边的天空舒展。雨点把阳光分隔,阳光把雨点分行,中间闪出无数条道路通向辽远的苍穹。

雨点在天空中直立地行走,阳光在苍天里悠闲地迈步。它们在呼伦湖畔的空间,随意涂抹天宇,涂抹草地,涂抹迁徙的鸟儿,涂抹放牧的牛羊。

雨点是一部无字的天书吗?不,它一回又一回地倾诉,太阳雨是大自然变化的馈赠。阳光是一面天体反射镜吗?不,它一次又一次地讲述,雨中的阳光是自然法则的赋予。

岁月放飞的风雨在阳光下翩翩起舞,多情的雨点挽留住阳光的纯情,雨点和阳光一起为草原带来湿润的收获。

雨停了，风止了，太阳依然高悬西天，阳光已经把天空擦亮，把夏季擦亮，呼伦湖畔又一次让草原和湖泊变得清新。

太阳雨，演绎着呼伦湖的神奇，也演绎着远方的童话。如果没有太阳雨，整个呼伦湖都会失去光彩。

绥芬河晨昏

一

来到绥芬河，你总会在这个边境山城流连忘返。一天下来，你发现自己的一只手握着山城的早晨，另一只手牵着山城的黄昏。

山城与俄罗斯西伯利亚东南部接壤，有着一条蜿蜒曲折的边境线。每天，两国的河水都在边境线上徜徉，两国的岚风都在边境线上邂逅。

黎明的绥芬河宁静安详，朝霞在南去的列车上镀一层金色的遐想。刚进站的火车走下了苏醒的旅客，他们的头发还沾着昨夜的月色。

黄昏，绥芬河把白天的喧腾收藏在暮色里。夕阳像一个含羞的少女，把美丽的脸孔藏进了远方的地平线。一群在白天唱累了的黄雀，正准备把边境的夜空托付给林中的夜莺。

很久以前，绥芬河里生长着一种尖锐如锥的钉螺，锥子的满语发音为绥芬，绥芬河的名称由此走遍白山黑水。

古往今来，这个平静的边境小城，像一只坚定的锥子一样，牢牢地扎根在迷蒙的边境线上。风雨洗涤着它的心灵，晨昏陪伴着它的终生。

二

作为一条河流，绥芬河从山野的怀抱中流出。

这条野性的河，头枕着白雪皑皑的长白山麓，身躯与白山黑水相连，最后扎进深邃的日本海。

它带着千年的梦想，从万山丛中奔腾而来，来到寂寞的中俄边境时，突然显露出狂野的禀性，冲破了千年的羁绊，开辟了一条奇异的S形河道。于是，一个神奇的沙洲，覆盖了边界流域的荒芜。

啊，一条河流，带来了一个浩大的冲积平原。这条傲岸不羁的"野性之河"，变成受人尊敬的"平原之母"。

作为一个边境重镇，绥芬河从历史的变迁中走来。

这个古朴的山城有着裸露的历史遗迹，你看那耸立的大白楼、人头楼、启蒙火车站等俄式建筑，还有那鳞次栉比的中式仿古楼房，都成了边境线上凝固的风景，一年四季诱惑着山城的早晨和黄昏。

令人惊讶的是，20世纪伊始，这个边境重镇云集了18个国家的使节，山城上空飘扬着18个国家的旗帜。别名"旗镇"的山城，带着开放的情怀，行走在天地云水之间。

今天，多个国家的国旗，早已在这个边境山城消失了，但当年陪伴异国旗帜的缕缕白云，却依然飘荡在"旗镇"的上空。

三

迷人的边境小城，毗邻着俄罗斯的远东地区。那蔚蓝色的金角湾和阿穆尔湾，奔流着广袤而深邃的情思。

一群群俄罗斯青年男女，从早晨出发，乘着大巴来到中国的边境城市。他们稍作停留，在黄昏改乘火车，前往数百公里外的哈尔滨。啊，那是西伯利亚青年向往的"梦之地"。在这个"东方巴黎"里，有着他们寻找多年的梦想。

这些俄国青年追求的，不是缠绵的山楂树之恋，也不是诗意的白桦林之夜，而是中国人的友善和慷慨。为此，他们总是一次又一次从远东出发，开启跨国的"梦之旅"。

一批批中国游客，从金角湾旁边的海滨小城启程回国，沿途的景色也令他们难忘。那绵延百里的西伯利亚黑土地，至今仍是未被开垦的处女地。啊，那肥沃的黑土地，何时才是它们耕耘的季节呢？

当然，也有令中国画家和诗人羡慕的景致，在边境的那一边，一座座别墅式的农舍和小院落，释放出田园诗似的韵味。那是作家和诗人梦寐以求的风景呀！

初夜，绥芬河畔歌舞厅的乐曲响起来了，除了那耳熟能详的中国歌曲外，还有苏联的经典歌曲。啊，卫国战争中的卡秋莎，海港之夜的老船长，山楂树下的两个青年，在优美的旋律中慢慢向我们走来……

（选自《散文诗人》2017年总47期）

金胶州仁庄纪事

晓　弦

对江南一间草屋的回望

父亲名土，母亲叫花。我青葱的小名，有草的象形，有新鲜好闻的泥腥味。

我成长的骨骼，黧黑的肌肤，咸腥的血液，甚至，生命里每个歪歪扭扭的脚印，都散发出浓烈的泥腥味。

可车过仁庄，我看见：一座秋风里瑟瑟发抖几近坍塌的茅屋，像一条搁浅在河岸的破木船，在江南民居的典藏里，奄奄一息。

我终于看清了，草民的草，被原野哄着闹着爱着宠着的草，一旦入了一双法眼，被细密遴选和精心编织，被宠爱有加地送上捆绑着大红喜字的人字架，他山村野夫的身份，像青葱的泥腥，会在日月反复的炙烤里，蒸发殆尽！

考古一个村庄

考古学家像个仙人，在村庄龟裂的大晒场运足气，借古道热肠的线装书的浩浩乎洋洋乎，说这是一个贵妃一样典藏的城池。

像在默写村庄的天文地理，他在村庄仅存的一面灰色土墙上，用炭笔一一记下：道路、城墙、楼台、学宫、衙府、道署、寺庙、水塘、沟渠、牌坊、古树、闸前岗、府前大街、田螺岭巷、花园塘巷。

他像熟练的甜点师，将芝麻葱花疏落有致地撒在烧饼上，他还记下村庄的胡须、眉毛、嘴巴、鼻梁、额头、青春痘、美人痣，记下男人醉生梦死的花翎的官衔，和欲望喜悦的红荷包。

一百年前，三百年前，五百年前……他把这张烧饼烤得焦黄诱人。

他说一千年前，小村是个香喷馥郁的处子，眼神清澈，肌肤水滑，丰乳肥臀，腰如丁香；

他是岁月的间谍和时间的特务，他现身村口，就带来一出精彩的谍战戏，令用心者感叹，用眼者唏嘘，用情者春心萌动。

收尾的人

那个夏日，我的外祖母，在空落落的田地，寻觅被遗落的那些谷穗。仿佛她豁口的牙床，正在寻找早年走失的那些牙齿。

那些追赶季节的男女，弯垂着汗湿的身子，用成捆的稻子，去喂成天亮起嗓门的打稻机。

戴着帐篷的打稻机，像一位神性的老者，领着木偶样的男女，大干快上。却懒得去想一下，齐刷刷吃掉的，是一些怎么样的头颅？

而我的外祖母，远远地，被甩在吐着烟尘的灰色打稻机后边；

她像季节不屑于收割的一棵稗草，干着那些自以为是的人，尚未干完的事。

许多事情，开始干的人，多如蝗虫，后来，便成了一个人的残局……

捅灶灰者说

是乡村炊烟的守望者，我手握竹条，打马串村。

我有包公的脸和火焰的心情，爱用烟灰色的暧昧，涂抹村姑的心。

我爱将自己，比作乡村欲望的清道夫，排除岁月积瘀的疼痛。爱把灶膛比作男人的最爱，比作旧年花事奇痒无比的耳朵。爱在竹子开花时，摘一束晃过童年屁股的青竹条，做日子耳顺的耙子。

我还喜欢调侃，并告诉那些目不识丁的女子：一灶洞的灰烬，可做十筐墨水，可做千筐天下文章，陪伴万颗秉烛夜读的书生的心。

年关将至，我用粗糙的双手，如痴如醉地，把乡村的炊烟一遍又一遍地抚摸。

（选自《考古一个村庄》散文诗集，团结出版社 2017 年）

眉山读苏

曹 雷

眺望那个远去的身影

在眉山，你一眼就能望见北宋嘉祐四年那个飘雪的冬天，峨眉山顶，一个云雾笼罩的奇迹忽隐忽现。

山下人家，城里纱縠行苏宅的大门吱呀一响，一个二十四岁的青年走了出来……

那一刻，没有谁知道这预示着什么，只有时光在他的脚下闪开在两边，默默让出一条通往荆州，指向汴京，波诡云谲的水道。

岷江，青衣江，宛若母亲送行的一双手臂，送他登上行程，依依不舍的目光下，襁褓中一口口奶大的孩子，正一步步远去成模糊的身影。

那一刻，又有谁知晓，大宋王朝的天空，就要升起一颗光芒四射的诗星，并终将被后世深情仰望。

川江，载一船丰盈的诗意一路东下，十一郡列队相迎，二十六县夹岸相送，诗如浪涌，词如花开。六十个日出日落后，四十二首洗濯一新的华章，就这样被浪花一一托举出了水面。

仿佛横空出世，这个名叫苏轼的青年，起笔就如此瑰丽，出手就不同凡响。

……往后的时光里，这个名字将注定要在华夏民族的天空上十分耀眼。

在眉山，你望着这个越行越远的身影，眼界也越来越清晰：他用六十六年的生命历程，挥洒出来的诗、词、赋、文，浩瀚如潮。锋芒如刃，像出鞘的九华剑，像闪烁的七宝刀，刺破了颓势文象那漫漶已久的沉寂。

你看到了吧，大宋的文学疆土已被他百里千里地扩张，中国文学史的册页里，也被他逐字逐句地丰满。

从此身影巍峨，光芒辉映。

从此有谁不景仰，这一颗名叫苏轼的星辰，这一块星辰升起来的土地：眉山。

和东坡先生隔空夜谈

手握一卷你留给我的锦绣诗篇，隔着千年的时空，先生，借一杯眉山清茶我们小叙。

目前正是初夏，满目缤纷，往事迢遥。

这里是你的家乡，不远处的黑龙滩、槽渔滩，像一双睁开的明眸，忽闪着思念的波光。

从北宋蔓延过来大片大片的万紫千红，在老峨山，瓦屋山顶撒下你浓郁的文墨花瓣，让所有来访者驻足流连。

自那年你乘舟远去，就再也没有回来，伴着年年代代的花香，乡情的眼泪，从公元一一○一年一直流淌到今天。

今夜呵，先生，请让我猜想，你是伫立在长江岸边，看浪淘尽千古风流人物，还是怅望着一轮溢满亲情的明月，把酒问青天？

声声绝唱，不是先于你重返故土，就是追随你颠沛流离，贬谪他乡。

河山万里，从汴京一路放逐到儋州，纵然是命运的行程越来越险恶，你还是用真情的笔墨搭建起苏氏文学长廊，一座座别致而又结实，历经千般风霜也不会坍塌。

其实你从没有真正跨进那个王朝的门槛，就因为那是琼楼玉宇，高处不胜寒；你也从没有走出父老乡亲的视线，就因为每逢蜀叟谈终日，便觉峨眉翠扫空；你只是用一页页清雄的月辉，去映照百姓的心境和家园。

诗篇大地，词赋长空，墨迹江山……

这已足够，你和父亲、弟弟结伴而行，让三苏父子这个响亮的称呼，成为了这一切不枯竭的光源。

今夜我们喝茶，隔空小叙，只说诗情和乡愁；下次我们饮酒，再说说那天外黑风怎样吹海立，春江水暖又如何鸭先知的往事烟云……

还是来这里：先生的家乡眉山。

（选自《在场》杂志 2017 年 5 月）

熬（外一章）

陈志泽

坚忍磨尽了黑暗，天就亮了。

专注击倒了饥饿，就能站立在大地上。

咬紧牙关，长途跋涉的功夫，在汗水的淬火下越发过硬。

平静如枯木，打针。一口一口权当品啜，慢悠悠饮又苦又辣的中药。任你病痛死乞白赖不肯败退，不就是来一场旷日持久的韧劲比赛吗？无论如何我得赢。

一种人又在那里表演，亲善的微笑掩藏着诡谲，我以固若金汤的沉默看戏。

我，只凭水和空气就能存活，日渐瘦削的是血肉，不断丰满的是向往，呼吸的气息能席卷所有的逼迫。

爬行的时间，每分每秒都在用它纤细得看不见的喙开掘绝处逢生的通道。

一次次的祈祷让慈爱的上帝一截一截降下解救的绳索。

把石头、沙粒、泥土慢慢滚成粥，把荆棘、野草慢慢炒成菜肴，肚子瘪了也不急，慢慢地把岁月煮成一顿顿寡味少油的家常便饭……

熬，是人生的一块粗硬的基石。

出头鸟

鸟刚探出头就坠地了，几缕羽毛轻轻飘落……

枪声瞬间逃走，一粒子弹头陪伴在鸟的身旁。

出头鸟偏偏从来不见少。

冲动一再压抑，压缩成一种力量。憋不住对于目标的向往，不再躲藏。

美丽的弧线划过流云，舒展的双翅剪开了浓雾，出头鸟带领着伙伴飞出诗意、飞出快乐、飞出气势，蓝天上镌刻了一幅群鸟自由翱翔的浮雕。

闯荡的出头鸟回到树丛里。

潜伏的枪等着它。

枪举起，却颤抖了。砰！发出的子弹打不着一颗义无反顾的头颅，只能为出头鸟的腾空高飞送行……

（选自《文学报》2017 年 4 月 20 日）

豌豆的自白（外二章）

黄　刚

我是一粒野生的豌豆。

坚硬而富韧性。

贫瘠抑或丰腴的土地，都可豢养我疯长的雄心。哪怕予我些微的阳光、雨露，也足以撑破岩层、地表，亲吻我顶上的苍穹。

素朴如其他的种子，一粒麦子、一粒高粱、一粒青稞，或者一粒稻谷。

我从浩瀚的荒原挟尘而至，我从缺水的西部履风而来，来到水草丰茂的海之湄。

海之湄，伊甸园。

一夜春风，一夜春雨，我便受孕！

从此，在你的疆域、我的战场，纵横捭阖，精骛八极。

向下，在这水分充足的伊甸园，被你喂饱的梦，随着根系的神经，伸延百米、千米，直抵盆腔。

向上，鹅黄、浅绿，直至柔韧的芽、叶、茎，被地气催发、摩擦、穿越。

此刻，我面朝大海，偃抑啸歌。

那片水草丰茂的莽原或者水湄，依托着承日憩月庞然无垠的大陆架，为我的根系，结构了恣意探究的深度与广袤。

梦，隐匿在海沟。

想，漫发于荒原。

然后，历经汲取、积蓄、消化，凝聚所有的能量突破——穿越。

挣扎，磨砺，拔节，跃进，以千米的深度撑起寸寸攀升的底气与高度。

春而夏，夏而秋。

我从豆荚的局限里破壳而出！

经由海水的滋养，烈日的淘洗。

我，便成了我——

一粒喂养漫野觅食的牛羊，填充千万饥民的救赎者。

甚或，酵发了落魄书生的奇谋，激起了败北勇士的血性，唤醒了末路英雄的战意……

即使被美味佳肴宠坏的人们搁置在偏隅，作为一种受羡的精神负载，掉在地板照样舞蹈，撞击铁壁依旧铿锵，遗落荒野，仍然是铜光闪烁的那粒——

蒸不烂，煮不熟，捶不扁，炒不爆，响当当的铜豌豆。

杏花坡

粗朴的黄土塬，倾斜在晨曦普照的方向。

一树一树的杏花，粉红了心灵的旷野。

露珠，敷在花蕊的露珠是杏花的眼睛？

她的世界，很厚、很重、很宽。

无垠的杏花坡——我的故乡：多少行者为此陶醉！

杏花坡，美人坡。

花的季节里，斑斓了灞河湄、绣岭襟。

而杏花，就是别、缀在襟、湄之上的纽扣，紧锁着花的心事。

从赵飞燕的苗条，到杨贵妃的丰腴，汉的风，唐的雨，吹啊飘：一朵朵杏花，零落，成泥。

泥，掬一捧：香！

偶尔，白鹿自丛影深处闪出。

精灵一样，将你的足行度向我那馨香弥天的杏花坡。

奶奶的唇齿蠕动着，一丝丝幽幽的笑意从白鹿塬的褶皱漾起。

花季，天仍料峭。

她，浑浊的目光竟开始清澈：望着漫坡的杏花，含苞、吐蕊、翩跹、零落……

杏花坡，美人坡。

土很厚，也很肥。

杏花，就分外地鲜嫩、水灵、滋润。

那，可是处子的颜色？

从秦岭氤氲而来的雾霭，柔而凉。

所以，春暖花开了，我的杏花坡——却依然冷艳、依旧魅惑！

女儿红

母亲把我窖藏了十年。

月上梢头的雪天，她用柔和的掌心感触酒缸的冷暖；

晨曦初露的冷秋，她以粗糙的手背测量窖壁的燥湿。

就这样，我被酿了十八年，酿成一缸清清冽冽的女儿红。

十五的夜，月很圆，圆成我的心思。

我的心思，鼓满起起伏伏的潮声。

也许，写在满树的枫叶上，每片都已潮红。

春来了，油润的风掀开我的盖头。

那天，那晚，那个季节，依依不舍地离开厮守多年的老窖。

从此，人们都叫我——女儿红。

潮汐一波又一波，思绪一缕又一缕。

是谁莽撞地将我递给滚烫的唇？

是谁豪迈地把我扛进他的心房？

掀开我的盖头，微醺的你，撑一竿竹篙，醉走，向着我们共同的码头。

弯腰，迫不及待地伸出南瓜瓢——

舀一瓢火辣火辣的春色，舀一瓢嫣红嫣红的唇色。

啜饮一口，松手，在那樽盛满女儿红的酒缸，种下一生的相思。

（选自《中山日报》2017 年 4 月）

动与静

亚　楠

壑

它在岩石中搂紧自己。它裸露的，是忧伤，也是叹息。但我看见了魂灵——在挺拔中伸出的巨手，像一座灯塔。

在午后，在寂静中。鸟回到了梦里。花朵在岩石上潜伏……她们姣美的面容比星星明亮。而山之巅，一头孤独的牛静静眺望。是在回忆受伤的爱情吗？或者，在这沉闷的空气里，用静默抵御遗忘？

远处，是未知的领域，是神出没的地方。我无法再朝前走了，目光所及，是混沌，也是虚空。但眼前，我在岩石中窥见了光亮——它来自人类的内心。

长风万里

低垂的云笼罩整个旷野。但见长风浩荡，秋山红遍，刹那间，唯沉寂在快速蔓延……似乎，一种燃烧的激情被压抑，被飓风所吞噬。但万物生，这原始的力量超越了时空。所以，大地在颤抖，在无言的静默中，把他的旗高高擎起。而我，也在这情绪的波涛里起伏、旋转，成为时间的见证者。

可是，我依旧看见挺立的白杨，看见岩石，和坚硬的灵魂。它们在天地间，在呼啸的波涛里进入诺亚方舟。而蓝色幽灵上升……这火焰，这古老图腾发出的光芒。

江　山

江它被巨大的蓝光所笼罩。它是梦幻，发出的邀请是一只蓝蝴蝶……在亘古中，岩石歌唱大海，风歌唱爱情。而我，只发出了微弱的声音，如蜜蜂的私语，朝向花间流淌。我不想赞美永恒，不想在这一刻，让洁净的雪落入尘世……显然，这山的寥廓静穆，若晨曦，在黎明前打开它的想象。或者张开翅膀，就让这摇晃的岁月进入内心吧。

……多么寂静啊！千里江山，童话般的森林，江河湖海，都是梦的摇篮。而白桦树、柽柳以及这灰色鸽群，兄弟般，皆被它的情绪所感染。因此，我更愿意说：人们啊，请你一定要相信，山无言，大爱无言！

（选自《星星·散文诗》2017 年第 8 期）

走过夏季（外一章）

宓　月

夏季是植物的世界。窗外的几棵行道树，已经越过三楼，高及五楼。倘若不去修枝剪叶，倘若让它们任性地生长，倘若一直是夏天，我毫不怀疑它们很快会长成热带丛林。

夏季是飞蝇虫豸的天堂。它们成群结队地在水边、在草丛繁衍生息。孑了，摇身一变，成了蚊子。蚕茧一翻身，飞成了蝴蝶。蝌蚪一游上岸，就咕噜噜地叫喊自己是青蛙。不分昼夜高歌的知了，生怕人们忽略它们的存在……

夏季，雨水充沛。天在下暴雨。人在下汗雨。玻璃瓶在下啤酒雨。空调昼夜不停地在下空调雨。

夏季，阳光充足。影子都会从身体里跑出来享受阳光浴。

暑气蒸腾，到处都是饕餮的盛宴，狂欢的舞台。

生命短暂，风光有限，怎能不趁着大好时光，尽情挥霍？大多数昆虫、蚊蝇都活不过一个夏季，有的甚至只有几个小时、几天的生命。

也许，造物主偏爱夏天，故意将生命力倾注于夏季，让生命在此时此刻喧嚣热闹，仿佛每一种生命都能成为这个世界的主宰……

在夏季，尽管没有厚重的衣衫束缚，四肢可以尽情舒展，我却经常感到双眼模糊，脑袋混沌，仿佛体内有个神秘的八卦阵，自我交战、突围，让我身心疲乏，烦躁不安。

不期而至的暴风骤雨、电闪雷鸣，使我觉得天空也在宣泄不满。

每一次热闹过后几乎只有遍地狼藉，每一波热浪蒸发掉的都是水分。

不断往地底深处贮备能量的树，默默灌浆的稻禾，悉心收集阳光的果子……这些夏季最安静、沉默的部分，时间将给出公允的结果。

当一切都在躁动不安、忘乎所以时，夏季已悄然进入尾声，秋季已冷冷地伫立门楣。

春夏秋冬，是秩序，是大自然的法则。它们总是在我们以为失控之时陡然出现，在我们将它遗忘之时，展现出令人惊诧的力量。

我们一年年经历着春夏秋冬，一步步走着自己的四季人生。

如果不曾经历活力四射又狂乱迷茫的夏季，我不会明白，所有的放纵和挥霍都必须付出相应的代价；我也不会懂得，节制不只是我们该苛守的品性，也是迎来秋之斑斓，体悟冬日的沉静和春天的孕辰之美的途径。

或许，当我们能够坦然面对蝉的聒噪、蚊蝇的飞舞，能够将一池蛙鸣听出天籁，能够掂出每一粒粮食、每一片果蔬的重量，我们才算真正体味了夏季。

夏季，是最容易患热病的时节，也是我们成长、蜕变的时节。

只有走过夏季，才能走向成熟。

山中小溪

在山中遇到一条小溪是件幸福的事，它像个未谙世事的孩子，会刹那间洗尽你的疲惫，唤醒你美好的记忆。

小溪从哪里来，又将往哪里去，不必费心去追索和考证。大河在遥远的地方，大海在山之外。没有谁指定小溪必须流向哪里。

小溪没有大江大河那么显眼，也没有那么多规矩束缚。小溪从不为自己预设路径，只管由着性子，想怎么走就怎么走，想到哪里就去哪里。即使遇到那些不知从何而来的大小不一的石头，小溪也不觉得是阻碍。它从石头上惊喜地弹跳过去，从石缝间嘟噜噜地钻过来挤过去，在石头上玩各种柔术和体操，发出波峰浪谷般的欢歌笑语。

好玩的小溪常常引来许多有趣的跟随者：野花野草、蜻蜓蝴蝶、飞鸟……鱼、虾、青蛙、螃蟹、蝌蚪之类的小动物，仿佛是一场和风细雨唤来的玩伴。

小溪就这样率领着一支童子军，一路叮叮咚咚地蜿蜒前行。小溪走到哪里，欢乐就会延伸到哪里。

小溪是大山的经络，隐秘的存在。有了它，大山就会气韵贯通，充满灵气和生机。

在我的童年，也有这样一条小溪。我喜欢在夏日午后去小溪里抓小鱼小虾，或者，坐在溪水中的石头上，看蜻蜓飞过来，看翠鸟飞过去。有时，蜻蜓、翠鸟也像我一样，歇在石头上。我们都没有说话，静静地聆听小溪替我们翻译、传递话语。当我渴了，我会像只小羊，喝那清冽甘甜的溪水，但我总觉得我喝进去的是蓝天和云朵、树木和花草……

后来，我再也没有见过那条小溪，我甚至不知道它的名字。也许，它已流入大河，已融进海洋，已停泊在我的记忆和心里。

在平时生活中，我也经常遇到小溪——在田野，在公园，在小说里，在画里——它们是山中小溪的姐妹，它们总会让我忘记周遭的喧嚣和孤寂。

每当看到臭水沟、浑浊的河流，我就会想到清澈快乐的山中小溪。我不相信那是小溪流出大山后的样子。我宁愿相信，小溪都躲进了画家的画中，藏在了每一个思乡者的心底，携着水芹、紫堇、藿香、鱼腥草和鸟语花香，淌进了童话故事里。

我希望有一条小径能够让小溪回到山里。

我渴望有一天，所有的大河、海洋流成一条条小溪。

（选自《散文诗世界》2017 年 8 期）

鸡年往后，天就会是亮的（外二章）

周庆荣

鸡年往后，天就会是亮的。

仿佛黑了许久，仿佛从此光明，我在黎明时分踱步，看到庭院里的雄鸡飞上了树梢，它们然后啼鸣。

希望不能如此寄托，我向东方望去，天际正游动巨鲤，它翻了个身子，让人拥有信心的黎明被古训形容成鱼肚白。时光以及时光里那些沉默不可言的部分，是巨鲤下面的水。

船与舵手属于光荣的叙述，礁石与波浪重复着游戏，水草随时都有，它们的方向与水流一致。

雄鸡一唱，一切都会好起来。

今后，人民的岁月不能鸡飞蛋打，因为祖国拒绝鸡犬不宁。我在黎明踱步，原谅全部的黑，只为了相信光明会照亮我们热爱的田野。

在雄鸡吹响号角的时候，醒来的和梦中的，露水如霜，但我们一起不冷，因为光明正在被唤醒。

母爱是一纸合同

——写在母亲节前夕

每次电话，我只对母亲重复一句话：儿子很好。

我省略了千山万水，用幸福代替正直的批判。

她知道我很好她就很好，所以我忍住了寻常的问候。

我想在母亲节前写下关于母亲的诗，想念她不是某一天的事，我的每一个行动都与她有关，不坑蒙拐骗不丢良心，对人要善良，这些是我想念母亲的资格。

到了晚年，母亲成了城里人。

庄稼虽然就在不远的城外，但她已经不是土地的主人。她收集大量的花盆，从老家运来熟悉的泥土。种下乡下女人全部的往事，她不栽花，只种青菜、葱和蒜。偶尔也种几株番茄和丝瓜，她在自己组装的土地上浇水施肥，像从前一样，等待它们结果她有足够的耐心。普通不过的日子，一旦番茄红了，她认为孩子们只要有了出息，世界才算美好。

她会留几只丝瓜自然老去，瓜瓢金黄，仿佛青春空了，出现的是一张老脸，皱纹丰富，却依然慈祥。

我一年也回不了几次老家，每次月圆，我就会久久南望。母亲在电话里语言不复杂，她重复最多的是知足。

我知道她在用自己的知足让我节约奋斗。

母爱是一纸合同。合同里只有甲方，义务无边，回报豁免。

烟花之夜

夜晚，北风呼啸而过。

留给这个庄园的是烟花绽放后的味道，总有一些特殊的时刻，人们聚在一起，制造硝烟。

时光如沙，它认真地与每个人发生关系。

指间漏走的成为往事，我一边看天空中烟花的绚丽，一边握紧右手，我要握住一点旧时光。

握住泛黄的照片，相爱的人牵手，街头的十字路口，不彷徨只期待，红灯总会变绿，青春定然一路走过来，走到这个夜晚，看天空的硝烟纪念真理。

硝烟是良药，专治麻木不仁。

一个人远离另一个人已经很久了，如果硝烟能够让我们集体地仰望，我会从此记住人性里的这一次火树银花。

广场是城市的自信，它反对人们在自己的灯光下各自为政。

烟花绚丽，我是人群中的一员。

北风想冷，我愿意热烈。

（选自《天津诗人》2017 年夏之卷）

满世界的难舍难分

唐成茂

1. 满屋子的难舍难分

美人出浴，日光落地，春水从天际飘来，黄金长大成人，一条活鱼凌驾于老虎之上。

是什么在啄食越来越矮小的时间？这时候橡皮筋是不是人的宿命？

人生得意时有没有想过橡皮筋那柔软的一面？你的命运值不值得时光来拉扯？

幸福还没有完全占有，身体有可能上交，满屋子难舍难分，鲜花揉碎眼泪和典故。

鲜花等同于人，人有时鲜艳，有时枯萎；有时尊贵，有时一文不值。

鲜花有两种红火、两种惨白。像人，有时红得发紫，有时霉得像灰。

命运一路小跑，花期风雨兼程。谁都会有一段花期，有的如昙花一现。

最可怜的是花儿遗忘了跑丢的东西，是两条腿，还是蝴蝶翅膀上的花蕊，以及窄窄的青春期？

人本可以将生命收拢、打开，如遮阳伞，遗憾的是你不知道自己生命的大伞会撑到何日何年！你不知道什么样的凝望叫期待！

人的命运在几个朝代前注定，你重复了前朝大臣或妃子的荣辱和惊悸。

你号叫时大臣的相好正拥抱着年轻长夜无眠，前朝的大臣一朝卧床，你连幻梦都会一病不起，哪管得了妃子是不是还在一旁酣睡？

2. 我的村庄有奔驰的骏马和鞭子上的河流

我没有留在城里，城市太大，柏油马路太宽，我怕丢失了自己。

我留守在自己的村庄里，靠着纯洁和平静生活，靠着良心养好身子。

站在风的背上奔跑，眉毛粘着的是乡土。

我去过几次城市，密密麻麻的高楼从华丽的胸脯上耸起，偏见和冷漠摇摇晃晃。

城市的胸脯越来越大，我的视野越来越小。

瘦弱的我和淡青的庄稼，在城里更卑微。

我也看见众多行人来去匆匆，

他们的命运气喘吁吁。

在城里，生活打了太多粉脂，涂了太多指甲油，什么表情都会捉摸不透。

我没有留在城里，我回到乡村，用平静坚守开阔。

我和白云一起留守，用玉米棒的诚实、敦厚丰富善良，用柏木修建白色的小阁楼和殷实。

我的家乡没有钢筋水泥的冷淡和势利，我屋里铺麦草的床没有城市那么空虚和生硬。

我小阁楼里的女人天生丽质，朱唇自红，她戴着花环款款出门，就有诗句滚落地上，叮咚直响。

我家的摆设和希望，不臃肿也不虚华。吃五谷杂粮，日子悠然而从容。

我在超大的花园铺上席子和稿纸，面前就有文字优雅地舞蹈。美丽的诗意挨挨挤挤，才涌笔头，就上心头。

我的村庄有奔驰的骏马和鞭子上的河流与鸽子群。

我守着质朴，围着文学的火炉暖身子，我的微笑文字般精致和细腻。

我在田野里种上一世的虔诚，民歌逶迤到天涯，鸟儿和鱼儿婀娜多姿，飞翔的雁阵里有靓丽的诗歌羽毛。

邻家大哥在葡萄架下读着宋朝的艳词丽句，穿汉服的村姑成为了我的女人，她从柳永的名句里水嫩地出场，连走路都押着韵，那一路的回顾将成为我们时代的经典篇目。

我布腰带上始终挂着一弯明月，牛鞭上没有喧嚣，铧犁犁不出城府。

我留守在淡定自若的村庄，我留守在时间的另一头，我留守在乡村绕梁的回声里。

3. 在时间面前，故事有些沧桑

爱上你过后，我抓起河流浇灌离愁，娇嫩的河水从我左手亲密地爬到右手。

我借助田野的风翻阅心事，借助飞翔的翅膀抚慰忧伤，借助语言的倒影探测季节风云，借助激情初吻你的红唇。

旧衣服里也有新姿态，你身上的碎花图案在述说时沉默，目光在心灵深处翠绿而淡雅。

你的妩媚和温情打湿裙摆，顺情感滴落。

我从怀里掏出激情，掏出火焰，照亮一千零一夜。

我一手握着好心情一手握着倒影，想你。

时光站在身后，一言不发。

长头发拉长了日子和意境。

酒碗里流淌着明亮的情诗，袖口上的风泄露春色。

喜鹊收起了翅膀，炊烟环顾着新柳。长裙摆动时，幸福把爱情挤进小屋。这个季节起伏而缠绵，甜蜜而又忧伤。

在鸟笼子的围城，家不是故园，任何一段剧情都会流落一段光阴。

踩着相思回家，你的芳香余味袅袅。

在时间面前，爱情有些弱智，故事有些沧桑，历史始终不敢开口。

4. 我一眼就看出爱情的小模小样

芭蕉不是没有人的思维，日子不是不想在芭蕉树下乘凉。芭蕉的叶子每腐烂一回，我的爱情就会缺一些边角。

芭蕉还绿的盛夏，大片的芭蕉树上走动着，深情和喘息。

那时候公园后面长椅上的甜言蜜语，还挨挨挤挤；那时候芭蕉还是芭蕉，人还是人；那时候芭蕉之心可能，大过人生。

那时候芭蕉叶下面的青春，没被掏空，芭蕉叶片下面的故事，还没塞进海绵，没有铺设沼泽；那时候满山的儿子和牛羊，还没成爹。

就是迷途的燕子，也会回家。崭新的年光还会，拥抱大年。

就是小蛮腰、小胸脯的起伏和蜿蜒，也会展示，芭蕉的后现代主义，和我们的未来。

那是个不被遮挡和颠覆的时代，水无须证明而自清，小溪中静静流淌着情歌和哲学。

那时的话语也都窈窕，那时的肉体没有遮住伦理，我一眼就看出了爱情的小模小样。

5. 明朝那些事儿，村庄那些事儿

村子上空飘着灵动的草原，天籁之音都有青草的气息。

故事长在山脚下，都有草莓的味道。燕子和风擦着喜悦的边界，飞翔。

粮食堆在晒谷场上，很多人兜着往事隔三岔五过来，翻晒心情。

地上没有掉下一粒米饭，饭桌上走动着收获的风声，幸福感沿着木纹理清山村的族谱。

泉水在天井里叮咚流淌，每一条路上都延伸着清澈的血缘。

麻石门槛上的二十四节气，被裹在旱烟里，农事、农谚都发出咝咝的声音。

明朝那些事儿，村庄那些事儿，都在烟斗里扑腾。

桂花树袅袅娜娜，桂花酒四处飘香。

村口的丫头把青春把美丽送出大山，都市选美秀场的 T 台，有了野性的美丽和妖娆。

有个小伙子扛着牦牛狂奔，喝进一品碗水酒的下午面红耳赤，爱情噼里啪啦撞进闺房的故事成为格言。

撕开春天撒下良种的人，必定收获另一个人的秋天。

（选自《星星·散文诗》2017 年第 11 期）

天地间

李　需

个体如此弱小，近乎无，在时空穿行里无奈又苍茫。

——题记

路　过

从此路过，这里已成为时间里一个不大不小的缺口。我迷茫着我的迷茫。
空对着空。

在一条河流的尽头，我望见了南归的雁阵。

风被谁喊住了。

一个季节被谁喊住了。

从此路过，一种过往，还是一种过往。

背影只留在背影里。

大地辽阔。一只落单的孤雁，叫了一声，又叫了一声。

随后，那条河流的浪涛，一下，就淹没了，万籁般的寂静。

从此路过，无语。

你站在别处，我仍站在此地。

黄树叶，绿树叶，片片飞来像蝴蝶。

我　想

我想和一棵树做一次对抗。

我要让这棵树，不仅仅是一棵树，而是一种标志。

我不要它去偷梁换柱，去做哪座大厦坚强的支撑点；或者，一直延伸为那个"移木立信"故事的聚焦（信，为何物?）。

我只要这棵树，还站在那处小小的村口。

老远老远地，等着我。

我想和一个人做一次对抗。

这个人把我带到这世界，却又背信弃义，头也不回地躲开。

我要让他偿还欠我的债。

我要让他还坐在那个破败的门口，一块冰冷的石头上。

即使，他仍然皱着打不开心结的眉头。

做一次对抗。我不怕惹下一棵树，更不怕惹下一个人。

我只想让时间带着我轮流一次。

我只想让一些过往成为一种大的概念。或者，仅仅一次很小的概率。

然后，写完诗歌之后，

我会，我会悄然入梦。

在山谷

有些时间，我们经过了；有些时间，我们只能望而却步；而有些时间，我们却会深深地埋在心里。

比如，今天，我坐在这个幽静的山谷。我突然就想到了水。一半是水，另一半还是水。

阳光很明亮，阳光里附着着些许半明半暗的尘埃。一部分似乎已经落定，而，另外的一部分如游粒，似乎还没有找到自己最后的归宿。

夏天的绿，饱满了山谷的深邃。

一些蝴蝶，飞过了不知名的鸟的嘈杂。

我想尽量平静自己，我却又无法保持我最起码的平静。

是的，一半是水，另一半还是水！

转身之间，我蓦然便看到：阳光从一棵偌大的树冠的叶隙砸下来，落了一地银光闪闪的、支离破碎的，碎片！

放下是一件伟大的事

放下是一件伟大的事。

一个人内心煎熬的事儿太多，这个人的脚步就会疲惫、沉重。

学会了放下，就学会了自己对自己的释放；然后，我们的步履就会变得轻盈和洒脱。

像飞翔的鸟儿，偶尔敛起翅膀，并不是不需要继续飞翔。而是，它们的暂且放下，是为了明天，能够更美丽地飞行。

放下是一件伟大的事。

放下，就是放下贪婪，放下可遇而不可求，放下生命或生活之重。

岁月中有岁月中之美好的。

时光里有时光里之虚幻的。

我们期盼美好，但我们不能虚幻；我们虚幻美好，但我们不能太过贪婪。

我们要像流水，在此处激情起涟漪。尔后，便又一往无前，再在前方和彼处高亢。

放下是一件伟大的事。伟大，只在于一份自然。

放下黄金屋，放下颜如玉；

放下志在必得，放下梦寐以求。

放下风满楼，放下星满天；

放下名噪一时，放下位高权重。

放下草色，放下菊影；

放下我们的卑微和渺小。

放下内心的痛；

放下内心的深。

放下。放下应该还是一件最最伟大的事！

落　雨

落雨之后，我已悄然转身。而，我仍然禁不住频频地回首。

其实，我已习惯了这围城里的生活。

在这里，我自以为是。我不以为然。我耐心等待。

在这里，我模棱两可。我唯唯诺诺。我唉声叹气。

我用流沙盘点我的金银和财宝；

我用花朵高举着我高傲的灯盏。

雨还在落。

时间已锈蚀在时间的深处。

梦已在梦的边沿结痂。

围城之内，我们仍在用我们的肉身安身立命；

围城之内，我们仍在用我们的灵魂引吭高歌。

有月亮的夜晚，我望着远处。我用思念的方式化解我内心的爱和忧伤。

落雨之后，我已悄然转身。

在一处池塘，我和一缕游荡的风窃窃私语；我和依然还在围城里的自己把酒言欢。

雨如箭镞，射击着世界。

一个夏天，它用它繁茂的绿把自己包裹。

而，一个人，却正在用自己内心的火焰，一点一点地将他的迷茫，焚烧。

焚烧！

摩　擦

世界如此之大。我们在我们的一隅。我们看不惯的一些事情，别人看不惯我们的一些事情，都在偶然间发生。

从此，世界和世界之间便有了摩擦。

人和人之间便有了摩擦。

摩擦可以起火；

摩擦可以来电；

摩擦也可以拒之千里；

摩擦也可以地久天长。

水和水摩擦，激起了浪花；

树叶和树叶的摩擦，带来了细微的风。

一只鸟用翅膀摩擦天空，空空的天空从此便有了生命的迹象；

一只老虎用它沉闷的脚步与山冈摩擦，从此，寂寥的山冈也便有了火花和热力的迸射。

世界如此之大。我们在我们的一隅。

我们对视世界。我们也用环顾的目光，对视正大光明，以及那些狭隘和觊觎。

我们与我们的一隅相生；

我们也与我们的一隅相克。

偶尔，在一些有星星的夜里，我们也许都会自觉或不自觉地想起这样一句童谣：

"摇啊摇，摇到外婆桥……"

（选自《散文诗人》2017 年总 47 期）

觉 醒（外一章）

爱斐儿

"大梦谁先觉？"许多醒来的人都在问。

比如桃花，如果不是遇见春天，她怎能知道自己与那些头顶飘过的云朵有什么不同？

如果不是开着，怎会知道自己已开成了天空的镜子、大地的眼睛？

阳光真好。

在一首诗中醒来真好。

在饱含爱意的目光中醒来真好。

所有的光都满载着温暖的能量。是美丽的光，让原本美好的事物接近了本质和真相。

当她们次第走进春光之内，当她们无条件地献出明媚和花香，她们本真地认为自己就是明亮世界的一部分，并不觉得自己与落在春水里的粼粼波光有什么不同。

她们的花香与光芒只是被春风借用，便成为能量贯通的一部分，亲近她们的人不但得到了关怀，还找到了自由，有些人则利用被唤醒的心，用来觉知至真、至善和至美。

她们多半不说话，羞赧的神情让她们看起来更加单纯，仿佛一个人半生的清澈和宁静。

如果问到她们与世间的相挈之美，她们会说，她们只是刚好来到了自己的今天，她们只是借用一枝桃花绽放自己。

她们其实就是比海棠或月季觉醒得较早一点，内心充满灵性，将一切有情众生视为另一个自己，与万物一起永驻完美的和谐之中。

经过尘世

尘世这么满。

而我们拥有许多东西，比如商品、学识、三餐、权利、思考、斋戒，比如南山下的菊、太平洋的水，比如生死。

尘世拥有天然的吸引力。

我们只能以坠落的方式接近它们，有时与光阴同流，有时与红尘为伍，有时索取和付出，有时奉献和感恩。

只是，熙来攘往的人流中，贫乏的人会一直贫乏，富足的人未必一直富足。

虽然在尘世拥有一切可交换之物，但不是每个人都得到了最心仪的东西。

到处都是匆忙奔走的人，来不及看清自己的影子就进入了一部庞大的机器，在惯性里迷失，在迷失里沉溺于游戏。即使有人换回了自由，有人换回了孤独，有人换回了荣光，有人换回了耻辱，但在所有的交换中，无一例外地换回了与心对应之物。

是的，尘世是满的。

假象因为其庞大的阴影看起来比真相更加易得，走向轮回和走向使命看起来布满同样的玄机。

只有少数人能够区分它们不同的色彩和光线。

比如朝圣者和他的伙伴们，他们心中有同一片圣地，他们只是经过尘世这一段路程，留下爱的身影，美的足迹，认识他们的人说他们是一群善良的人，认出他们的人称他们为朝圣者。

（选自《中国诗歌》2017 年第 5 卷）

诗韵里的四季

夏　寒

春天，是一阕春词

风来。树枝，斜了斜身子。

雨下。湖水，皱了皱眉头。

月光，打一个手势，一阕春词便穿越了冬天的记忆。

泛青的柳枝，穿过一阕春词，嫩嫩的叶子，在微风中醒来，扶起花蕾，芬芳却滑落满地。山里农家小院，月光俯视，一扇窗的心事攥紧故乡。

翻过时光，怎知心跳成枝上的花蕾为谁失色？

春天，花影含笑。

春红，惊艳了踟蹰的春梦。

嫩绿的针尖小草，粉红的小花骨朵，追着风的行踪传递春讯。微风，唤醒了沉睡的土地，由远及近的鸟鸣，衔来春色。春雨斜下，轻愁缕缕，沿着自由，轻挽柳枝摇曳的光影。

是谁在三月的春雨里苏醒？

我看见，灵魂摇摆着。

雪花，隐藏在光秃秃的柳枝上赶路。鸟巢，拥抱离愁。鸟鸣，跳进窗口，几声鸣叫绿了春天。涧边幽草醒来，温婉的梨花撕扯着那些熟悉的旧词。羞涩的美，滴在花瓣上，让光阴矜持的古韵咽下冬天。

春天，踏着枝叶翩翩起舞，一缕花香颤抖出一个新季。

马儿，啃出的牧歌

夏日。蓝天白云下蒙古高原的情感盛开，在花草间弥漫。

梦幻，在时光里发酵。

春天拖出的尾音，是无限深情的蔓延。

清新的草地上，绿草黄花特写的容颜突显出诗意。

马儿，啃着草原的韵味，咽在了诗歌的意向里。缜密的词藻，让生命的写意站在草尖上，碧浪滚滚的牧歌在马儿的唇齿间荡起。清风洒落的芳香，是花瓣里的故事，是滴翠的欢歌笑语。

一个象征，从长调中滴出，醉了草原的往事。

草原。飘香的酥油茶。

蒸腾成绿草黄花的相伴相依，那些耳鬓厮磨的声音。

滴落在六月里碧浪的缝隙，化作了草尖的战栗。蒙古长调由远及近，如天籁之音。

渗透了灵魂深处的记忆。撬开，那些交头接耳的话语。是谁，采撷了一串串浓浓的诗句？

牧歌飘起乳香。是谁，拉起了马头琴的悠扬？

打开一扇门扉，夏日的细语四处弥漫，渗入草原的细节。涌动的乳香，在沉醉的马蹄下种下断章。高原的风景，是长在我心扉的草原牵引你心醉的目光。

秋天的山谷，一棵树在沉思

秋季的山谷，托起一个愿望。

一个愿望，在梦想的一瞥间。那一片片落叶，被秋水洗尽疲劳之后随风而去。

穿过惊鸿，想象一棵树一回眸，就像一个假设滴落在秋天的山涧。

梦里，曾经的日子穿行在河床之上。

孤树，在山水间摇曳着渴望的日子，而曾经的娇媚依然弥漫。

浸透原野的诗行，沉浮在树的筋骨里。枝头不断的细语，尚未溅起涟漪，水中荡漾着岁月碾压着冬季临近的忧伤。

秋风渐凉，滑过大青山的深谷。

孤寂，渗入树的血管，吸尽天空的阴沉。

月光，会在夜晚挤进溪水，从童话中醒来。望穿秋水的情殇把凋零的碎片撒落塞外。

岁月，躲藏在树的阴影里，赤裸裸地彰显沧桑与季节的哲思。

忘不掉的忧伤，浸透了山野的诗行，鸟的踪影消失，树枝上依旧留着啁啾的心事。

残叶，在秋风中颤抖，脱落的痕迹依然在沉吟。

鸟纷纷归巢，彻悟旧事并把夏天的日子收起。

雪地，树枝羞红了女孩的脸庞

寒冬。北国大地。

一簇簇树木，长在洁白的梦里

储藏已久的甜言蜜语，其实都在期盼那个临近的春季。

枝头的饥渴涨满红润，交头接耳地讲述。

与冰清玉洁的女孩相遇的故事。

雪地上，厚厚的白雪沉睡。

哪怕时光老去，也愿意一直拖着寒冬的尾音漫步。

泛着红润的树枝探着头，侧耳倾听姑娘脚下的碎语。

那碎语，就是冰雪撞击童话世界的声音。

那声音，是否为了让女孩给谁捎去春的消息？

雪地，并非是一片孤寂。

树的枝头暗藏着懵懂，一如女孩心中暗藏着春天的秘密。

寒冬的时空里，语言的音节在枝头拔节。

矜持，停在枝丫间，触动了冬季的暗香。

羞红了女孩想象的词藻。

（选自《散文诗世界2017年第5期》）

断　桥（外一章）

谢克强

三条路来自仨方向，汇聚一点，汇聚在这座桥头。

不幸的是，桥断了。通过桥伸向彼岸的路自然也断了。

站在桥头，伸手抚着断桥，我怅然远望，叹息与失望沉重地溅落河谷，汇入河水缓缓流远。

桥断了，断桥的故事也流得很远很远吗？

曾经，桥以独特的语言与我对话。

我从远方来，要到彼岸去，桥理解了我的心思，衔接起我断裂的相思……

桥啊，是岁月风风雨雨的剥蚀，还是为了让人们从此岸到达彼岸默默承受生活的重负？

你不幸累弯了腰。

怅然远望，隔岸的路伸向远方，伸向我的梦要抵达的地方。

路，牵动我的思绪，又向我暗示着什么？！

是啊，生命的途中谁也难免遇断桥，然而在此岸与彼岸之间，面临断桥，你是惧怕生死临阵退却，还是绝处逢生泅过河去？！

遗　憾

面对黑暗，面对夜的黑暗，几只鸟儿鼓起勇气抖开翅膀，从浓密的黑幕里钻出来，向着天边微露的熹光，发出一声声惊喜的叫声，那叫声如脆碎的晶体，尖锐地锯噬着夜的黑暗，当然，也惊醒了我的梦。

如今，我窗前的那几只鸟呢？

没有人知道，我窗前的那儿只轻轻地抖落翅膀上的露水，又用清脆的鸣叫惊醒我梦的鸟儿去了哪里。

也没有人知道，那曾经被鸟的惊叫惊醒的黎明，什么时候淹没在一声迭着一声的汽车笛声里，而那一声压着一声的车笛声，使黎明的颜色一层层加浓……

而我的梦，自然也在一层层颜色加浓的黎明里，有些遗憾地浑浑噩噩不醒。

（选自《诗潮》2017 年第 10 期）

远眺昂山素季宅院

北　塔

我不想仰望任何星辰，如果我不能从门缝里看一眼那像铁罐一样压在你头顶上的天空。

我不想朝拜任何宏大的庙宇，如果我不能捶打一下那囚禁你的锈迹斑斑的围墙。

我要走了，转过山，转过湖，热浪烤着急速的车轮，蚊群三令五申地向我提出警告。但我还是来到铁门的外面，像一个第一次爱上你所爱的人。

我没有带走一枚那曾经聆听过的树叶，没有留下一支那即将被土石欺凌的颂歌。

枪撤走了，但那握过枪的手依然在颤抖。你出来了，但大门依然紧闭着。

真正的信徒不会因为见不到神明而减弱自己的信仰。今天，我跟围墙站在一起，是为了明天可以见证它的倒塌。

你已经带着所有的树木走出森林，我已没必要到森林里去寻求智慧和理由。我要在你的每个脚印里，插上一朵花，无论你走到哪里，我的馨香将始终陪伴你的鞋底和鞋跟。

（选自《山东文学》下半月刊 2017 年第 3 期）

戈　帮（外二章）

唐德亮

"戈帮"是粤西北排瑶一种用竹筒做的"噼啪筒"，在筒中装进纸屑做的弹丸，在排瑶玩坡节这天，瑶家哥贵在山坡追着心仪的莎妹射击。

霞光，林荫，晨风。莎妹的深瞳。

爱的戈帮，心的子弹，它要瞄准谁？

花的溪流，歌的梦影，爱的脉搏，火炽的情怀。

在这个快乐之坡、幸福之坡、浪漫之坡，一次又一次被霞色抚摸，被山风鼓荡。

举起来了，戈帮。

射出去了，哥贵的心。

一颗心将另一颗心击中。

被击中的心，飞出一串缠绵的歌，催开了一地野花。

爱，从一支戈帮开始远游。

优嗨歌

山峦般起伏，粗犷。呼唤遥远而亲切的气息。呼唤爱，呼唤生命与激情的相遇。

稻谷的芳醇，木叶的清香，月亮的温婉，篝火的浓度，酒的嘴唇，喉结的风暴。

天地间，一切都在沉沦、退却，只有哥贵的咚咚脚步，莎妹的飘飘裙裾。

优嗨。优嗨。

富有磁性的声音，将瑶山的黑夜幻化成一个爱的舞台。

格洛档

"格洛档"是粤西北排瑶莎妹（即姑娘）求偶时的信物。

采来红红的鲜花，用扑扑跳动的心，用热烈的情——扎好。

这是爱的信物，不知哥贵可会接收？这是爱的火焰，不知能否烧暖哥贵的心房？这是爱的种子，不知能否在哥贵的心田生根、发芽、成长、开花、结果？

嘴巴已唱出了血，眼睛已喊出了雾，花朵将要枯萎，心上的哥贵，你何时才来到莎妹的身旁？

红红的格洛档在摇，莎妹的心在渴望，爱的雨露芬芳……

（选自《文艺报》2017 年 8 月 2 日）

幻象：我镜中的斑斓之虎

卜寸丹

"我喜欢磨砂玻璃。"

"是的，父亲叫它毛玻璃。诗人则更喜欢叫它暗花玻璃。"

"我喜欢它的隐蔽性，它的粗糙。"

"它漫反射的光柔和、恬静。它是通透的，又是模糊的，你永远无法看清楚里面的一切。"

"哦，是的，这一切难道不正是我们所期待的？"

"譬如，你不知道眼前那个房间是不是空的，里面都有些什么。一个男人或女人刚刚离开，他们拥有什么，烟斗，蕾丝花边的衣饰，婴儿最初的啼声，爱的荣光、屈辱、罪孽。"

"它本是一块普通的玻璃。我们用尽办法将它变形：用机械喷砂、用手工研磨，或用氢氟酸溶蚀……"

"我们觉得这种变化是当然的。比如装着磨砂玻璃的卫浴是恰到好处的。比如一个磨砂玻璃做成的瓶子，装花、装酒都是极养眼的。我们不会因为对事物的改变而感到畏惧和羞愧。"

"所以，想法、想象的滋生有时是可怕的。谁又能选准自己所属的命运的缰绳？"

"诱惑我吧！"

"我忽然感到疲倦了。"

"用另一种方式吧。我们有时需要裸露自己，有时却需要将自己遮蔽起来。"

那天，我们从一个光滑的表面，看到了自己清晰的面影。

"镜子！"你尖叫。

你保留尚存的元气。斑斓之虎一闪而过。

（选自《诗刊》2017 年第 5 期下半月刊）

金丝银练

饶 远

穿过硝烟弥漫的历史，闯越战火熏染的记忆，启动一条柔韧坚实的丝带，从太阳升起的东方飘起。

贴在光荣史册上的一张张刀劈斧凿过的脸庞——

听见沉睡地下千年帝王的声声叹息，看见骑在驼峰上的壮士无声的呐喊声中，一杆杆战旗呼啦啦倒下……

藏在地层下的石油声声呼叫，

踏碎旧王朝的马蹄，扬鬃嘶鸣，

坚毅肃穆的面孔睁着望眼在期待，

千疮百孔的国度渴望东方的风、东方的雨！

筑一条快速的车道，让中国的温情，慰藉我们黑皮肤、白皮肤的兄弟，

送去我们调整好的信赖，唤醒缓慢的脚步加速，让不愿衰落的繁荣再续荣光。

腾空，渡海，飞轮，轰然碾过陆地。像一条五彩飘带，围在地球的脖子上，裁剪时间，截取一段。

用友谊之清泉，洗涤战火留下的尘埃；

用经济之营养，缝补灾祸割开的伤口；

用彼此的信赖，架起坚固的隔洋大陆之桥；

用串起的世界智慧珍珠，献给所有国家一条富足的项链。

让肥沃的土地，不再疯长枯萎的贫困，

让地球上所有的河流浇出富裕的金花！

恶魔露出狰狞的笑，伸出搅局的手，但他们锁得住云朵，锁不住天空。

妄图捆绑洪流的人，必然被洪流吞没。

瞌睡千年的黑礁石，被响亮的笛声闹醒了，睁开睡意蒙眬的双眼，看见标有"中国"的轮船，差点跳出海面。

海鱼们排着大队伍，由领头的蓝鲸带着，跟在中国船队的后面，庆贺海上丝绸之路乘风破浪。

挡在海上的铁锁链，被它们的热情软化了，咔啦咔啦脱了环！

有人要把太阳摘下来，贴到自己的战旗上，收服天下。

有人想命令每一滴天下的水，每一块泥土，每一片叶子都臣服他的指挥棒，谁不听话就骂、就打。

他们在陆地上架设路障，把海道堵塞。

他们要给时间戴上镣铐，要训练海上的鲨鱼，去撕烂所有船队，去咬那些不服从他们的人。

怎知，鲨鱼不喜欢吃善良人的肉，却把罪恶者拖下了海。

疯人们集中所有的武器，想去炸毁美梦雕琢的图画，却把自己炸了……

提升了千年的智慧，撮合了现代人觉醒后的思索，
中国的金丝银练必将助跑地球的起飞！

（选自《散文诗人》2017 年总 47 期）

驼背小人（节选）

黄金明

1

你背着巨大的包袱向我走来，像鲸鱼带着扇面的海洋，像恺撒带着他的庞大帝国，像盲眼的博尔赫斯带着阿根廷国立图书馆，像黎明前的最后一颗星，被白昼的臀部压垮。我不忍心说出，财宝已成尘土，包袱装满了空气。你像蜗牛习惯了负重，又骄傲又疲惫。我不忍心说出，青山荒芜，江河枯竭，那参天巨木般的古老传统，已被蚁群蛀空，又一个世纪被时间的废气污染，又一片湖水被沙子填满。那些模仿飞鸟的机械，敲击着天空。信仰自然论的人，请抑制你的愤怒，你也像一根枪管，充满了火药味。我不忍心说出，你也是我扔掉的一个包袱——而我作为野蛮而黑暗的传统——仍被别人负在背上。

2

我无法从别人的身上挣脱，我无法独自一人，回到深山的居所。我跟偶像及囚徒，有相似的虚荣及束缚。我被崇拜者及追捕者从两个方向抓住……用力拉扯而陷于分裂。我像绕着恒星公转的小行星，身不由己，而又被数量

庞大的生灵歪曲和污辱。哦，还有没有新镜般干净的天空，以让我看清自己的脸？汽车的排气管像疯狂的双簧管吹奏着轻佻的曲调，化工厂的烟囱像烟鬼嘴边叼着的雪茄，要使房间的空气保持清新，就必须将禁烟的命令扩大到宇宙。我不忍心说出，你不是那个吸烟的人，而是正在吸烟者嘴边掉落的灰烬。

（选自《散文诗》2017 年 1 月号上半月刊）

歌王·追赶马车的吉他

堆　雪

在达坂城，与一位老人相遇。就像，一块石头与一弯星空相遇，一缕风与一座古堡相遇。

其实，我来到这里时，老人已离开多年。多年，我们之间，仅隔着一首歌的路程。

现在，冷清下来的镇子又重新热闹起来。他怀抱吉他忘情弹唱的样子，已经被塑成雕像，供游客瞻仰，留影。

生活里少了一个人，却多出一尊雕像。

它代替那个人在镇子上等你，总是那身打扮，总是那副笑容，风雨无阻。目光微扬，看着远处的雪山和天空。让你走出低矮卑微的屋檐时，不轻易放弃热望。

我活在他翻飞的手鼓和艾得来丝绸的旋律中，活在一把在雨中奔跑成牛羊或马群的吉他里。

他弹奏时，我就想起那个被石头围困的小镇，镇子上大眼睛长辫子的姑娘康巴尔汗。想象中，装满嫁妆坐着妹妹的马车，从身旁飞奔而过，扬起的尘埃，让很多人落泪。

在达坂城，我始终没有遇见歌声里美丽的新娘，但我相信那位老人：

一把吉他，就是一驾马车。跑快些，就能追上一首好听的情歌。

（选自《山东文学》2017 年第 10 期）

山情水韵又一程

王成钊

千年瑶寨的栖居

初夏，一路向北，不羁的心又一次出发。驱车驰向大山深处的千年瑶寨，远离身后的浮华。

有一种向往，不需要理由。

重步旧梦，回归山野，回补一段人与自然错失的遗憾，将驿动的追寻寄存宁静的山洼……

茅棚，牛栏，瓜架。

雄鸡，山羊，矮马……

花蔓缭绕，装点着亘古的农耕文明。

古木绵延，延伸了刀耕火种的神话。

青石板路层层叠叠，直向山巅。厚实的苔藓，正在葳蕤人与大山的眷恋，攀援人与自然的对话。

白云生处有人家……

追古思远，仰望神秘。

牛的图腾矗立着古老的传说，岁月的艰辛，坚韧了大山的挺拔。

靠山吃山，靠水吃水，朴素的道理，传了一代又一代。

农耕文明繁衍了一个民族，却已渐行渐远。留下的，不仅仅是一种情怀。

极目远眺，向群山致敬。

黛山逶迤千重影，绿霭空蒙百丈霞。恍惚间，清气充盈心田。栖居古寨，枕着遥远，返祖情结勃发……

黄姚古镇寻根

从都市的繁华，走进古镇的拙朴，寻找一个返璞归真的童话。

尘嚣远了，清纯近了。披起雨雾，穿越古巷，鞋跟敲响了一串梦里的牵挂。

幽巷飘酒香，深院绽桂花。

青石板上那纤夫的背影已经远去，寻梦者却接踵而来。热了甜酒酿，凉了桂花茶。

只是为了一种痴恋，古朴成为时尚。

只是为了一种向往，幽静变得奢华。

转身，来到岁月的码头，走进亲水人家，融入一幅化外的水墨画……

烦躁的心，终于安放在宁静的港湾。山清水碧疑无路，涟漪泛处有人家。

人的亲水情结，延续了上下五千年。人间烟火，在迷蒙的雨雾中晕染，洇化……

竹影婆娑，水波涟涟，山影依依。

择水而居，荡起一叶轻舟，在岁月沧桑的波影中归化……

轻摇橹桨，穿越时空，泛舟屋前，驶回曾经遥远的梦境，温馨了一河碧澜，抖擞了一身披挂。

任世间巨厦林立，车水马龙，霓虹漫天，我端坐竹筏，仿佛已打坐入定，融入如诗田园，惬意，潇洒……

龙河的循隐

山一程，水一程。一路风光览不尽，百里画廊任驰骋。

呵！阳朔！梦里寻你千百度，恨未长作水乡人。

一次美丽的邂逅，惊艳了灵魂，陶醉了双眸。今天终偿夙愿，坐上梦里轻舟，驾驭青龙，随波漂流。

河水随心，百转千回，簇山拥峰，蜿蜒曼妙的优悠。

聚焦一幅幅被心中暖流洇湿的水墨，恍若隔世。

直叹：河清山更幽，心静水自柔。

百舸竞渡，穿梭层峦叠嶂，饱览一江灵秀。一路清风徐徐，一路碧水悠悠。

重逢仙域，回归桃源，早已解脱了人生的羁绊，放逐了花季的离愁。

踏浪放歌，飞流直下。三姐的仙音犹在耳，轻筏已过九重洲。

真羡慕渔夫鱼鹰，终年在碧波上行走。

更羡慕黛峰绿崖，永远与清江相依相守……

在迷醉中，我坐着的竹筏已在河湾搁浅。

在朦胧里，似已遁隐，变作岸边修竹，终可守望潮起潮落，萦绕一段美丽的传说，怀拥晨曦夕照，参禅悟道，与一江春水共秀……

一道绚丽的风景线，横贯在人生的高处，得以让我常在画中游。

心纯净，行至远。

盼与山情水韵长相依，荡涤凡尘，宁静处世，此生无忧……

热，在宾川大地升腾

热气笼罩，热风扑面，热浪簇拥……

一踏上宾川，我就拥抱了阳光对大地的情意。

炽热的阳光，耀眼的阳光，灿烂的阳光……

炙烤出高原明珠的千般神奇。

烤熟了一串串姹、紫、嫣、红，水灵灵的葡萄如摇曳的玛瑙，悬垂的翡翠，挂满了漫山遍野，蓬勃出盎然的生机。

烤裂了硕大的石榴，晶莹的微笑挂满枝头，袒露出痴情的饱满，对阳光的眷恋酿满了甜蜜。

烤红了朱古拉的咖啡豆，沁人心脾的浓香袅袅升起，飘忽着中国咖啡原产地的故事……

青稞，苞米，谷子。

柑橘，芒果，桃子……

在热风艳阳中，齐刷刷地攀援阳光，葳蕤着铺天盖地的绿，丰满了各族人民火红的日子。

热山，热风，热土。

骨气，志气，豪气。

就连徐霞客攀登鸡足山的影子，也被烤进了祝圣寺前的大照壁。

热风吹来盐马古道西去的马蹄声，吸引我踮起脚，眺望被横断山脉压弯的马背。

红军长征踩下的一长串泥脚印，早被烤成了一方方化石，逶迤在岁月云烟的高处，依然清晰……

热，沸腾了血性。

热，催人奋起。

本来，这片大地拥有得天独厚的长日照、高原昼夜的高温差、干热河谷的热风。却苦旱出名，雨量稀少，土地贫瘠。

一场扶贫致富的攻坚战打响了，宾川大地铺满了自压滴灌的管网，连接起千家万户的土地。如毛细血管，输送着水肥营养，输送着化劣势为优势的聪明才智。

于是，宾川人独拥"天然温室"，"热区宝地"，造就了离太阳最近的水果之乡，造就了集体脱贫奔小康的奇迹。

看那山峰上，高坡前，古亭顶，红旗猎猎，红光闪闪。

为这一方热土，增添了一抹亮色，诠释着镰刀和斧头的含义……

（选自《散文诗世界》2017 第 8 期）

板桥镇市舶司旧址随想（外三章）

栾承舟

其时，万帆云集，繁华的前世如画如诗。
临泊之舟，客商、水手、仆从，井然进出。

正是日暮时分，酒肆、旅店里声如笙箫，吹拨歌吟之声，婉转可人，清如嫩蕊。

有北地胡商，更有东瀛浪人。此时，他们拾级而上或历阶而出，天地间疏星皎月，星斗依稀。

整个胶州湾丰采神秀，水质无毒，大鱼肥美。茂林中殿宇禅舍，万籁俱寂。

更有东瀛倭刀，金辽畜牧特产。风中、雨中、雪中的每一丝清寒，都奇寒透骨，还没有入眠。

夜已深，风声渐近客舍。

今天，我在这里行走，耳际清风，心中惊雷，猎猎如箫管雷暴。

少海诗篇

抒情的红枫水杉，常常把水的声音、风的声音，唱成天籁歌吟。
午夜过后，梦的气息深碧，古典，肌瘦露寒。

雨是暖的。四周寂静无声。国家"三有"动物，野生脊椎动物，永不止息的水之律动，读遍了生物类群。
少海里有宋词——裸子植物，被子植物，多少年来，习惯了安静，独居，与人为善。

风起兮，吹过不停变幻的少海南路，让兰花一样清新的呼吸，以及，一步一景的休闲绿地，
天赋异香，美了——
一个又一个，华年暮年……

走进三里河遗址

大野阒无人迹。
只有秋风，舒展着彩翼，还是那样，身轻如叶。

3900年了，往事历历，
依然，丰采神秀，像是一个，不解之谜。

龙山文化，大汶口文化，烟波澜影之间，隐士似的，
悄无声息。

一个惊天的秘密，在这里出土。
冷峻的历史，也不由得拍起手，为之欢呼……

（选自《青海湖》2017 年第 9 期下半月刊）

寻访古窑村

五月，我和素妙的春天并肩，步入古窑村。
看清风中窑凿铺路，匣钵掩墙。时光之火，化大地沧桑为丰腴神奇。
古朴之美，如五彩鸟，绕村三匝。

一位老窑工，从家门走出。
他的心里，有一只蜜蜂，在飞，向往着某个时刻，炉火熊熊的森林。
需要达到摄氏多少度，陶泥，才会化茧为蝶，成就一件瓷器？

千头万绪的景象，无关化学品质，
传承着宠辱不惊，隐隐光华。

浮世沧桑，万千故事，窑们自己记着。

（选自《诗潮》2017 年第 11 期）

道口镇古街（外二章）

徐慧根

历史，像循着一个人的脚步，缓缓而来。
一条见证过金戈铁马的旧街巷，穿过燃烧的岁月，我们又相遇了。

脚下的青砖不语，古街小巷缄口无言。仿佛，我的老祖母正倚在老屋的正门口晒着太阳；古街小巷在宁静中打坐，光阴仿佛顺着老人的白发簌簌而落。

穿一袭旧衣的老街的店铺里，如同飘出大清乾隆皇帝嗅过的一缕香气。

历史最爱记忆。

三百多年过去了，那味道、那"道口烧鸡"的名号，都没有变。檐头的瓦当，可曾触摸过当年招摇的牌匾，以及由盛而衰的皇家的气息？

串串红灯高挂，点点灯光微黄，咀嚼半卷史册，独守古城宁静。

老镇旧街，像匆匆而逝的时光，不断孕育新的日月。

每个人都有年轻的时候，却不一定都能走到暮年。如果，我能够在鸡皮鹤发时迈步流年，会不会也是一种幸福？

有人说，这儿是滑台大邑无可替代的一方宝地，当年曾经誉为"小天津"的所在，有海纳百川的大气，有商贾如云的水气，有纵横捭阖的豪气，有挺立担当的骨气……

光阴渐次老去，人事渐次更替。

那些当年的达官贵人、颐指气使的纸醉金迷者已悠悠远去，远去的还有一个个朝代的背影，勾栏瓦肆间流俗的生活琐事。

唯有历史的脚步，永远无法停息，把晨曦缩短又将落日拉长，不间断地迈出新我……

朱仙镇走笔

朱仙镇，是大宋王朝原版组合的坐标。

历史的光斑独立而行，岳飞庙、木版年画、清真寺，以及寺内岳元帅当年乘凉的"相思槐"，蹚过风云的河流，还滞留在时间的高处兀立。

过往的岁月无法复制，当年阳光的阅读无法复制，时光对于黑暗与风烟的抚摸也无法复制。

日晷旋转如年轮，闪去的时光只是岁月丢失，无法打捞的讯息。

我知道，这座历史名镇，是因了一个中原汉子而成名的。

这个人，是我九百年前的乡亲，风波亭上，三十九岁的人生，却定格了一个奸佞当道的耻辱。

这个世界真的是有时候暖，有时候冷，天空上飘浮的流云悠悠游弋，是天地郁郁不舍的记忆。

岳鹏举，你大山一样的胸襟，如砥如磐，将思想与肉体融入了这里。你当年立马傲立的雄姿，可看到了风云诡谲的远方？你的名字，像一页页日子，在时间刻意的缝补中穿过，像一道闪电，精准地耀亮了华夏的脊梁。

岁月在人间的上游，感念《满江红》气贯长虹而又失眠的文字。

岳飞，站在上游的高处，不让偏安的理由穿越红尘与私欲，只让绘声绘色的风自由出入。

白云弯弯绕绕，为的是避开大地与人心的陡峭，为的是避开时光为人类量身定做的陷阱。

风轻舞，云飞扬，海晏波平。

这些美好的事物，从从容容地凝视着今日，那木版年画散淡的清香，像中原的呼吸，此起彼伏。

朱仙镇，用跳跃的节奏，越过一节节脱落的农历的日子。打坐中，看鸟儿与阳光安静地起落，而有些坚硬却又深邃的传说，多么像是一面猎猎作响的旗帜……

开封龙亭

一阕竹枝，一首词韵。

一片黄瓦，一页沧海。

在龙亭的墙根儿下，我看见历史风云从每一片竹叶上淌下来，从菊花平平仄仄的花瓣上淌了下来。

瘦马，驮不动西风。老街，褪去昔日的繁华。

一个个熟悉的名字渐行渐远，而古都的名声越垫越高，千年的涛声依然响亮。

赋诗的苏轼与李清照们哪里去了？大宋江山与东京梦华哪里去了？

付之东流的是比空寂更空寂的风烟，竹子这地下的尖兵，屏风般高过了春夏。

黏稠的往事，从每一片竹叶上升起，在杯酒释兵权的宴席上起伏，又从一缕光影及每一片菊瓣、竹叶上滑下。

一个个浓浓淡淡的影子，将岁月弄出一些涛声。

王朝像夜行货车一样悠然远逝，把隆隆涛声带到比风烟更深的深处。

我看见八朝古都的汴京，从每一片竹叶、每一片菊瓣上滑落，掷地有声……

（选自《八面晞风》"二十一世纪散文诗第五辑"，河南人民出版社 2017 年 9 月）

种子与翅膀

周鹏程

我在春天里听到潮声

春天的一场夜雨，穿过绿蕊。湿润了夜行人的白裙子。

梦中人惊醒。风占领了他的视听。

一股一股的泪水，汇聚成春天的河流。

在鸟语花香中解冻的村庄，被寒潮冲下低谷，渴望拔节的禾苗，再次穿上厚厚的冬衣。

突如其来的一场变故，让拟定在春暖花开里起程的人，措手不及。

我不知道布谷声声，是不是叫春。

戴斗笠的大叔翻耕农田，前面艰难行走的大黄牛，时而昂叫，我不知道这是不是叫春。

传递春天的信号，猫是最敏感的生灵，夜间，它的叫声让人胆战心惊。

对爱的渴望莫过于人类，缠缠绵绵的蝴蝶要逊色几分。

轻轻惊叫，让花蕾绽放，春天悄悄走来。

听 风

千里之外，风伸出两只手。左手如剑，右手似虎。

从此，我不再有喜怒哀乐，不再有七情六欲。

风在我生命里垒造荒原，我终年种植爱。风常常对我牵肠挂肚，风里，藏着声声脚步，藏着声声呼唤，藏着书包，藏着画笔，藏着暮色苍茫。

长剑穿过岁月，成为一把工艺刀，将父亲的手母亲的脸，刻成根雕。

风常常挽着我穿过断桥，穿过山花烂漫；有时却把我提在手中，经历冰山、雪海，那是我铭记什么是孤独的开始。

我是风唯一可以依靠的孩子，我是人类的听风者。

我的陈年往事被风翻开，被补鞋匠反复修补，被秋风吹成一段新闻。我从风的顶端走下来，像回到棺材，回到镂空的家里。

乐天花谷

她在花中走。

洁白的婚纱拖着一个新郎，缓缓，轻盈。感觉是要把他拖到地老天荒。

我也无意被拖进了乐天花谷，拖进了恐龙时代。

不同的是，我是在幸福的摄像机之外。不久，他们在无边的郁金香花中，紧紧相偎……形成两张重叠的胶片。好像是在倾听彼此的海誓山盟，春天的光泛起金色的浪。

两对翅膀正在悄悄打开，尽管他们把微笑送给了花海，而我依然把最美的祝福赠给蓝天！

向村庄挥手

我向你挥手，我的村庄！

你的微笑是岁月撒下的花朵，我的思念是天上飘走的云彩！

夜幕即将来临，请让我为你点一支香烟，从此点燃所有的烟囱，让大巴山每一个院落都不再寂寞，到处人声鼎沸。

我虔诚地为你点一支香烟，如同儿时点燃爷爷的旱烟，这是你流浪的孩子为你点燃长明的灯盏！

我就要走了，在秋风里多看你几眼。流浪的孩子还要继续流浪！把那一块地窖留着吧，窖红薯，窖洋芋，窖疲惫而归的四野魂灵。

我向你挥手，我的村庄！

你的沉默是时间的无语，我的回忆是叮叮咚咚的一溪流水！

冬天就要来了，请让我给你倒一杯酒，从此温暖所有的胸怀，让大巴山每一个村庄在大雪中洋溢着新年的幸福！

我虔诚地为你倒一杯酒，如同儿时斟满父亲的酒盅，这是你流浪的孩子为你许下的最美祝福！

我就要走了，在秋风里多看你几眼。流浪的孩子还要继续流浪！让火塘里的火再亮点吧，把光明赠给高高挂着的天空！

欠　条

我欠尘世太多。现在，就写一张欠条。

我欠人间一首好诗，长期占用稀缺的诗人席位：占用采风、占用座谈、占用朗诵、占用出版。

我欠那个天天在人防洞口伸出鸡爪手的人，一张钞票。他有毅力，无怨无恨，相信未来。我欠他一个回眸，欠他一个硬币掉下去的脆响友善。欠对《如丐》的作者说一声：谢谢你关心他！

我欠母亲一块墓碑，她在屋后的泥土堆里等了10年。望不见村外的灯红酒绿，盼不回复活的炊烟。清明的两滴泪也被时间偷走。我欠母亲一张毕业证书。

我欠尘世太多。欠你一封情书，欠你一个奢华的婚礼。欠你一次坐下来好好说说话的场景，欠你在春风里一次绚丽的绽放，欠你一次在梦中陪你一起聆听故乡的哭泣……

我欠尘世太多。欠江湖一杯酒！欠花开一次鼓掌，欠花落一次沉默。

欠被我的词语伤害过的陌生人一个道歉！

时　　间

我已经尽力。把一篇小说的臃肿折叠成两句诗。

我一直都在等你，在风中。你去了哪一个路口？风把我吹成一片金叶。

我听见有人说：爱你一万年。一只燕子在信封上签名：海枯石烂。

我奔跑于时间之外。梦见你死了。

时间是最快的奔跑者，它一刻也不歇息。

我提心吊胆春风会跌倒，害怕病毒占据一个女人的肝和肺，从而感染所有李花、梨花、桃花……甚至，我向那些落英鞠躬。会不会它们就是你纵身远去的证词？

村口的古树宛若雕塑，溢出时间的苍老。

在风中，我闻见了幼年的你，和中年的我。

两只喜鹊，在湖边的白云下，打闹嬉戏，调侃春天。流水的光影里，我误认为自己回到了童年。

你去了哪一个路口？我将在时间里长眠！

（选自《重庆晚报》2017 年 4 月 9 日副刊）

麦子是流落人间的太阳

潘志远

太阳是天空闪光的麦穗，它浑圆、硕大的麦粒，翘首可待。

芒刺在背。扎得我全身痒痒，手痒痒，心痒痒，蘸着河水磨镰；以弯月为参照，将镰刀磨成一弯人间的月亮。

麦子是流落人间的太阳。

每一麦穗都闪烁着太阳的光芒，每一颗麦粒都是太阳金色的种子。

灼热，向上，脱颖而出。

一粒粒的甘甜，芬芳，思想的原浆。

它不像其他的果实那样遮遮掩掩，牵牵挂挂，甚至躲躲藏藏；而是全方位地裸露，从不掩饰自己的锋芒。

也不像水稻那样低头，尽管那是成熟的、谦逊的。

麦子是上天派来的使者，它是高贵的，也是骄傲的，所以它昂首挺胸。

接受太阳的垂询和检阅，接受农人的弯腰礼——最古老的膜拜，有着彩虹一样的弧度。

接受镰刀的锋利之吻，然后痛快地躺下，投入大地的怀抱；

接受收割机的歌唱。那粗犷的嗓门，铿锵的节奏，让每一粒麦子都心悦诚服，都扬眉吐气，都身有所归……

（选自《诗选刊》2017年9月上半月刊）

草根是命（外一章）

李俊功

苦无边，但，厚土无言，含着寒和暖。只为月光上的琴弦，只为草叶上的风暴。

在广大的山地或者平原，草根是命。

缓缓下落的夕阳，把暖情的硕大浆果安放在一个个阅读黑夜星光的人群。
只有，
只有乡村巨大的黑夜，
只有乡村巨大黑夜的安静，能够融化任何恐惧。
草根是命，它一再埋于内心的安然，毫无责怨，一如擦亮钢铁火花的矿石。

仰望星空，除此而外，我只向着这片厚土低头。
低头，只为寻觅深深扎下的根，和不屈于厚压的命。

那也是：俯身于大地的善德！

告　诉

大风仍自歌唱或者哀伤。
云不断集结、扩散。被翻卷的落叶催生着下一年的新芽。一直不懂得腐朽和新生的沙尘，吹起，落下，然后重新藏入厚重大地。

俯身大地的人，谦卑如草，他是值得赞颂的，就像河水对于时间的赞颂，就像眼睛对于苍茫的认同。

漂泊的母亲，背着幼小的孩子，在路上追赶她的命运和苦难，她经过绿树丛，经过烟尘弥漫，经过蜂蝶纷飞，乱石崚嶒和精神的疲惫与战栗，她的脚下有川流不息，有草木歌舞，有一季鸣虫的转瞬即逝——

我们形同草芥，不需要高傲和蛮横，不需要食宿之外的物欲，甚至不需要任何的虚名与争执。

需要的就是那如同绿荷般承载的感恩。

一切对于时间都是多余。

没有别的，告诉亲爱的，只有好好地对待疲倦的灵魂，千万不要沾染太多的轻尘。

你的空间，应该永远圣洁，虽然我们是如此卑微。

（选自《九龙》2017 年 3 期文艺期刊）

清 空（外一章）

崔国发

我清空了十万兆垃圾，在电脑回收站里，枯叶、杂草、落花、野艾，已不复存在。

一下子觉得轻松了很多。

拂尘拭埃：世界在我的心里，是一个明镜台。

明镜的目光是神圣的。

为道日损，风消云散：烦恼、欲念、权色、身外之物，一切的一切，都没有了。

清空的时候学会放下——

原本就是空手而来，缘散归空，空空如也，又何必依依不舍雾霾笼罩而粗鄙不堪的俗界？

六根清净了。

清空邪念，我以正义为本，以慈悲为怀。而渐修的法门——

只是在等待，一种自由自在地开合。

很多年了，我在心里不断想到的菩提，它的慧根犹在。不议妄言，不说谶语，但教人心向善，清风知道灵魂逸出的洞口，浮云飘，它就会循循善诱地把阴影引开。

清空闲远，去留无迹，顿悟即得解脱，而我的心，在神通广大中，则始终无所挂碍。

（选自《山东文学》下半月刊 2017 年第 8 期）

充电器

给手机充电时，我想到了空乏的自己。

只剩下一具虚无的躯壳，苍白地活着。

已经感觉到了，天地的暗淡、惘然与悲戚，曾经蓄积的能源，也一次次地被掏空。

停电，黑了的屏。

我打开了，迟暮中的身体——

没有星与月光，没有燐火与流萤，也无风驰与电掣的原动力。

攻城略地，我没有暴烈生猛的武库。时光，贪婪地取走了我周身的骨髓、血脉与幻梦，还抽干了我抱元守一的底气。

看见了自己的空。

补短板，需要一只充电器，在更深的层面上，为精疲力竭的我，默默地提供正能量。

引入或输出——

它都不停地闪烁着。一种电压及电流，与我的内心息息相通，满满当当的，于丰富、渊博与厚重的精神连线上，完成灵魂的对接。

一颗充电的心，虽有足够的隐秘与玄机，却并不讳莫如深，它总是使用真诚的热线与你联系，让爱和幸福相伴随，生生不息……

（选自《绿风》诗刊 2017 年第 3 期）

猫

方文竹

　　抽象的一只猫，跑进了国画。宣纸上的一滴，如一小堆星辰的残骸，灿烂地轻吟。将它唤出来，会一下子蹿到审美的花边。

　　具体的一只猫，躺在一位美少妇的怀中酣睡。三天之后，成为一桩捕案的线索。

　　生活：有着太多的破墙而入，温暖之腥，寂寞心，隐身术，休闲经，小巧的结，晕眩的毛色，凡人恼，大神的点心……通过一只猫的叫声，修复灵魂的暗道。

　　黄昏的宛溪河畔，天边铺着霞锦，一位白发老人正为一只黑猫洗濯，在岁月的回光返照中，整个世界都在倾听一只猫的蓝调，几人能懂？

（选自《大西北诗人》2017 年创刊号头条）

冬至那天的酥油灯

扎西才让

水流不再激越，慢腾腾地流淌。

枯枝，伸出干裂肃杀的枝丫，力图缓解风的速度。

蚂蚁深匿在又聋又哑的地下，也是我们人类忧心忡忡的样子。

衰败伴随着时间静静到来。

人走屋空的冬至，不像一个节气，倒像一种宿命。

在蓝天、雪野和踏板房拼凑出的寂静世界里，人们都能感受到的痛苦，失去了存在的意义。

可是阿妈，你还是像十年前阖家团聚时做的那样，点燃了一百零八盏温暖吉祥的酥油灯。

（选自《散文诗》2017 年第 2 期上半月刊）

无题亦有题（节选）

天　涯

2

记忆中的田野，被无数次蚕食、切割。

土地荒芜太久，就会遗忘使命。

乡愁无处栖身，你的忧伤一次次抵达天涯。

百岁老人坐在家门口，来于尘，归于尘。他的脸上是大写的平静。

手中的书翻到最后，是省略句还是句号不再重要。你的目光无法测出河流的速度，野钓者也不能，甚至鱼。

一念生，缘起。一念灭，缘尽。

你在花蕊里读出季节隐秘的暗喻，蜿蜒曲折的不是世间道路，而是人心。

午夜，你用理数感应天机。

一炷香尚未燃尽，答案已浮出水面。谁是谁的传奇，谁又是谁的明天？微笑，摊开古旧宣纸，写下玫瑰咒语，铺一地锦瑟年华。

封存于匣。

黑暗中，有蒙面黑衣人手指宝匣，说，这不过是一场游戏，你又何必如此认真？

惊醒，夜未央。

天地万物转瞬已变了模样。

（选自《散文诗世界》2017 年第 1 期）

春末意绪（外四章）

蔡照波

春末的日头在天顶挂着。我们在岛上行。野地里黄灿灿的花放肆地绽开，疯狂了满岛的树。风在吹。我未敢挨到你身边，却把小石子踢向了湖里。扑棱棱惊起一对鹭鸟，一时水怯山羞，乱了一湖倒影。那白色的翅膀扑腾拍打，在日光里扯起了片片白云。倏忽我的心底触发出一丝奇异的快感，待欲细细思之，已化作一缕微微的颤音。

少年小木屋

往日那片荒原，化作了眼前幢幢高楼。

没有了荒原，昔日的梦如何圆，我少年的小木屋在哪里？

高楼的梯级上，一袭红裙子飘入视线，衬着南中国海上的蓝天白云。这动着的红颜色，唤起我无悔的记忆：昔日"一板之隔"的渴求，"一孔之见"的情缘，曾在瞬间的默契中，升华到人生的极致。最是幼稚的最真，最是原始最圣洁。

那少年小木屋的故事，演绎出无尽的憧憬，伴我春春又秋秋，在不觉中蜕变为生命意义里，那无尽企盼的主体。

人生匆匆，当我慨叹此生业归何处时，愈觉内心的期待难禁。

我少年的小木屋在哪里？

春　讯

松花江上的冰雪开始化了，江湾里被冻住的小船可以蠕动了，江水舔着岸边的融雪，奔流着春的讯息。

阳光如酒的午后，我悠然地走在江畔，看向阳的地方冒出了小草，无限的青春惬意萦绕在心头。

夕阳时分，江对岸的村落有炊烟袅袅升起，自己的身影被斜阳拉得孤零又细长，我想起了家，想起了将要出生的孩子，心里漾起一片温馨。

未来的孩子，藏着未曾发掘的快乐与甜蜜。

我的人生，又有了一个牵系。

迷途的感悟

我跌跌撞撞地步入秋林。

赞美着满树的硕果，又惊叹于飘飞的黄叶。

片片黄叶，分明写着心灵的忧伤与寂寞，可又飞得飘飘逸逸，不由你不承认它的洒脱。

硕果与黄叶这秋林景观，让我记起了中国士大夫崇尚的一句话——

功成引退。

秋　风

秋风，拖着裙裾，款款走来，带一串微笑的碎语，撞在秋阳的眸光里。

灿灿秋阳，把金黄色洒到池塘，镶在田野，挂上树梢头。

秋风，呼啦啦抖开画卷。

灿灿秋阳，旋即将它点染。

那是一幅金风送爽、大地丰收的画卷。画里有着许多绿色的记忆，还有农家当初那傻傻的梦想。

（选自《散文诗人》2017 年总 47 期）

一只杯子从桌上落下

徐敬亚

非常轻盈，甚至可以说优美。它落下时姿态义无反顾。一个喝醉的大汉就是这样轻轻躺下，一朵蒲公英就是这样飞走。

是那枝刚买来的花与风一起合谋，不小心碰到了它。它顺势倾斜，像一个狡猾的将计就计者。最初的歪倒角度我看得一清二楚。它似乎愣了一下，左边立刻翘起，只用透明屁股的尖端着地，在那物理定格的一瞬，我飞一样伸出手，轻轻扶住了它。后面的一切便没有发生……

但是，我怎么能那么快？我怎么能阻挡得了命运？

此刻的命是一条弧线。

最初的飞，我只看清 1～3 帧静物定格的画面。它的头、脚已经彻底翻倒了。头发全部竖起。它把嘴里含着的水，泼水节一样吐出去了。那些水舍不得似的被撕扯成一小片一小片，像摊平了的水银。它的确是驾着水银翅膀飞走的，不是向上，而是一下，再下。

它就这样死去。死在花与风的合谋中。死在我的手伸出之前。

它本可以生病，它本可以苍老。从它出生的那一天起，它的生命便先天具有缓慢离去的资格。

一块发过高烧的普通石英石，有权利一天天平静变老……边缘慢慢粗糙……周身失去光泽……肚子上出现小小裂纹……主人含着热泪把它尊敬地放置到古董架上……

不，它是执意的。它知道它自己是玻璃，它知道是玻璃便必破碎。它只是巧妙地借助了一次偶然的误会。

它是带着我飞走的——像一位小心保留全部证据的警察或法医，它带着我十个指头的所有指纹飞走。它还带走了我温热的嘴唇，带走了年轻牙齿叮咚碰响的声音。沿着杯子透明的边缘，我的青春年少一圈圈回响着消失了……

一声清脆的响声，被我的文字全部删除。

我宁愿那响声不存在，宁愿它平安而轻松地越过了那条坚硬的地平线……它局促地回头看我，飞快转过身，飞快地收集起了全部碎片，意味深长地向我挥了挥手，然后向下飞行，向下，再向下……

（选自《青岛文学》2017 年第 5 期）

城步写意（外一章）

木 京

1. 步的夜晚

城步的夜晚很静，很静。安静到连一棵树的呼吸都能听得清晰。

小城暮色四合，一轮初升的月亮照着低矮的楼房。

千家万户亮着灯，橙黄的灯光温暖着人心。

月光洒在路上，像银龙游向荣昌桥。

宏伟的荣昌桥横跨巫水河，二十八排风雨亭敞开着心扉，牌楼挺立，楼阁高耸，翘檐斜飞。

这里是当年挑盐回城步过河的渡口，急水湍流已经被四只特具灵性的石狮子镇住了。时光淘尽了历史的烟尘，许多名流乡绅已经随风远去，唯荣昌桥铭记着当年的勇武。

今晚无风无雨。

坐在风雨桥上纳凉的乡亲有说有笑地闲聊，那浓浓的乡音也是静静的，有别于大都市里霓虹灯下车声人声沸反盈天的大呼小叫。

我静静地走着，感受城步静静的夜晚。

在静静里，我翻阅着城步悠久的历史……

2. 里画廊

一幅十里长的画卷徐徐打开……

画卷色彩绚烂如素手摇动着彩旗，又如舞娘摇摆着身姿，颜色随季节千变万化。风过处，有几片金黄的叶子飞动，似蝴蝶蹁跹向天国。

被无数目光礼赞过的生命蓬勃了一季又一季。

这福地只应天上有，人间却难寻。

想必是远古的某一天，神驻足于城步，雅兴骤起，一番泼墨挥毫后，这里便有了一幅十里长画。画里的一草一木都是来自神的别出心裁，连蓝天白云都洁净得如仙界的帐幔。

一水环抱着一个童话世界。

画在生长着、变化着、歌唱着……

风吹雨打，颜色长新不衰。

此刻，我的内心生出了一种冲动，我好想在这里谈一场恋爱。我要在每片叶子上写一首情诗，让快乐感染栖息在树林里的生灵，任情愫在画里漫散如岚烟。天长地久，地久天长……

画里画外，我承载着神的祝福，领受着神的恩典和无比温馨的爱。

3. 南山牧场

南山牧场是唯一需要仰望的牧场。

南山牧场的高度是我目光无法抵达的高度。

南山牧场是大地母亲凤冠上的一块绿宝石，还是仙界脚下的一朵翠云？

云遮雾障，仍遮掩不住碧绿的光芒，这光芒来自生命的生长。

风带着草香左冲右突。

大地的心绪被风吹得延绵起伏。在这山峦竞秀的牧场里，黄牛、奶牛不慌不忙地吃着草，安静地繁衍后代。

南方的牧场特别丰润，沃土被厚厚的青草覆盖着。

不识愁滋味的牛儿总是憨厚可爱，眼神纯洁得像婴儿。它对我们这班不速之客充满了好奇和信任。它们不拒绝拍照，得意时还会甩动着尾巴。没有牧民的看管，牛儿自由自在地生活。

南山牧场就像一个无忧的世界，这个地方淳朴得令我肃然起敬。

车子沿着盘山公路盘旋前行。沿途的野花和狗尾草热情地向我招手。这个夏天，丰盈又生动。

宾川写意

1. 宾川有梦

清寂如水。一粒萤光在草丛间静静地舞蹈……

夜还深，我对宾川的向往已经按捺不住了。我怀揣欢喜，摸黑赶路。来到宾川时，宾川还在熟睡。

鼾声此起彼伏。今夜，宾川有梦吗？

听说宾川是个干旱的地方。

可是，今夜的宾川很是滋润。

但见露水在叶子上滚动，伴着小草拔节的声响。更见许许多多的水果在趁势生长。红色的是红提、黑色的是黑蜜、翠绿的是北极星、紫色的是阳光玫瑰……在碧云层叠的叶片下尽展芳容。

这饱满的葡萄密密匝匝，如满天繁星。

戴着小皇冠的石榴也是我所钟爱的，多子家族的石榴子亮起红玛瑙般的小眉眼，一派清纯。

还有那青涩的小苹果和熟透的桃子、李子……

水果们吸吮着宾川人的汗水生长。水果家园的蓬勃正是宾川人梦境的蓬勃。

今夜，清寂如水，我却怀揣欢喜。只为今夜我来到宾川，放轻脚步走向果园。我成了宾川梦里果园的一个不速之客。

可宾川的夜梦已然滋润了我多梦的心田……

2. 牛角巷

嗒嗒的马蹄声如歌悠扬，踏出了三千年盐马古道。

遥遥三千里，接西昌、攀枝花、盐源、宁蒗、丽江……驮着川盐入滇的马队一路颠簸跋涉缓缓前行。马身上流敞着汗水，马汗的味道便是盐的味道。

一去家千里。

赶马人背着家乡和对亲人的思念比马背上的盐更重。

实在扛不住了，泪水在眼眶里打个转便往肚子里吞，还得继续赶路。

最后走不动了，或许暴尸荒野，化作尘埃。

宾居牛角巷是一条又窄又短的踏马石巷道，却承载过那段历史。时光覆盖着时光，脚印重叠着脚印，更叠着许许多多的故事。村庄摇曳着橙黄的灯光，如多情的眼睛，带给赶马人温暖和慰藉。

终于可以放松下来歇一歇，像回到家一样。

经过的次数多了，村民也熟络成亲人。宾居成了赶马人的第二故乡。

会不会有人听到嗒嗒的马蹄声怦然心动？月亮含笑不语。

悠扬如歌的马蹄声已经走远，盐马古道的传说依然诱人。

我从牛角巷走过，走着走着我便成了一匹马。走着走着我的背上卸却了沉重的盐包，我背着诗歌奔跑。

牛角巷，像是我的故乡，回响着嘀嘀嗒嗒儿时祖母月下的吟唱……

3．灵辉鸡足山

古木参天之上，云雾缭绕……

巍峨宏伟的鸡足山缥缥缈缈，高深莫测。

山离天庭很近很近，以致我总疑心它是仙界的一部分。

山上栖息着的鸟儿、猴子、蛇等动物是天庭放养的宠物吗？

要不，它们身上哪会有那么多与众不同的灵性。

当你听到烧香鸟提醒你"洗洗手，烧香……"时，你还能当它是只普通的鸟吗？

释迦牟尼大弟子迦叶尊者选鸡足山做了道场，讲经弘法。佛寺精巧庄严。僧侣云集，参禅悟道。昔日佛祖"拈花一笑"，迦叶尊者便从一朵花中看到了整个世界。

迦叶尊者跟这座山一样，缥缈中高深莫测……

高深莫测间，竟能高僧辈出，一个个名字灿似繁星：

明智、护月、慈济、源空、本源、普通、法天、担当、虚云、自信、宽霖、了凡……

仿佛真是栖居天国里智慧明艳的众多大臣。

引来朝山的香客络绎不绝，道场香火日日鼎盛。

鸡足山真乃有灵的福地。晨钟暮鼓警醒着芸芸众生，一念成魔 一念成佛。诵经声一遍又一遍地淘洗蒙尘的心，灭妄念，脱苦海。

我在佛前瞑想我的前世今生，因果循环，领悟神的暗喻。

人间历尽千年悲苦，唯信仰能救吗？

当我轻轻放下欲望，心中已然有了莲花送爽的清雅与敬畏。

（选自《散文诗世界》2017 年第 7 期）

生命在草地上的思量（外三章）

红 筱

1

最爱紫荆花树。

在春夏季，一张张叶子，就像是一只只，张开了翅膀的绿蝴蝶。它们或卧于枝条上，或上下翻飞于天地间。

到了秋冬季，满树繁花，红、白、粉、紫，色彩艳丽。花开花谢，释放着淡淡的清香，令人无比迷恋陶醉。

一年到头，树叶也不怎么掉落。反倒是那一朵朵盛开的花儿，经风儿一吹，便仙女散花似的纷纷坠落。铺满了草地、路径、行人歇息的长椅、石头、溪流。

落花、落叶、枯枝、种子，在冬季里已经不再嫩绿的草地上，在斜阳照射下的林荫小道旁，轻描淡写地画了几笔红白青紫，涂抹上了些许粉黛鹅黄……

于是，演绎出了：花树情事之间，最美妙的景致。

2

看惯了亭亭盖盖高大的凤凰树，冷不丁，被眼前这片凤凰灌木丛，给惊艳了。

在暖阳的抚慰下，星星点点的红花黄花，与许许多多的豆荚，相依相拥，迎风招展。它们深情地舞动着，轻声细语地呢喃着。

那高高昂起头颅的豆荚，不再拥有昔日青青的面庞，早已被晒得黑黢黢的。甚至被风干了，晒裂了，豆子也逃离了豆荚。

欣喜地、仔仔细细地寻寻觅觅，在草丛当中捡拾着凤凰种子。小心翼翼地，把它们攥在了手心里，带回了家，种在了花盆里。

盼望着、憧憬着、等待着来年的春天，种子会发芽，长大，开花，结果。

3

栽种在路旁的桂花树，相隔了五米、十米，还是二十米？总之，没有相连紧靠着的，它们只是遥相呼应，默默地传播着气息。

已经是岁末了，那不起眼的万千朵如米粒般大小的花儿，依然满怀激情地绽放，芬芳馥郁。走进种有桂花树的园子里，浓浓的桂花香，便扑面而来。

而桂花的树叶，都是卷曲的，还被尘土和霾厚厚地包裹着，许多叶子上还开了天窗。枝条与树干上，也被杀虫剂和不明物体的黏液伤害了，已经看不到一丝一毫的绿意。

凹凸的伤痕，无法名状的附着物，满身的污渍，令人不敢亲近，不想采摘，不愿拥有。

尽管，桂花香气袭人。

4

冬日里的枇杷树叶，把脸涨得通红通红的，就是不肯落下来。一张张叶子，都几乎被虫子啃食得千疮百孔了。它们，在害怕什么呢？

长长的情人坡上，簕杜鹃把枝干伸得老长老长，努力地向天空攀爬。直到挺不住了，这才弯下了身腰。一簇簇盛开的花朵，折叠成了一个个美丽的花环。

每当游人走过，带刺的玫瑰、带勾的藤蔓，会拉扯住衣衫，深情地邀约：把花儿带上，把开心带走。

5

静心坐在了草地上，仰天俯地。

忽然，一把、两把、三把大扫帚，横扫了过来；许许多多的竹箢子，在草丛间扒拉；小推车、汽货车在道路上来往穿梭；紫荆凤凰，枇杷丹桂，扶桑芙蓉，大叶桉小叶桉木麻黄，阔叶榕细叶榕富贵榕……落花与落叶，还有种子，都被装进了垃圾车，运走了。

顷刻间，道路与草地上，干干净净。当然也就没有了，落花落叶铺就的柔软。

只见：跑道上、车道上，黑与白鲜明的标志；泛黄的草地上，露出了干涸与焦虑的目光。

唯有聪明的三角梅，始终绽放着胜利者的微笑。它把叶子都藏了起来，只让花朵盛开在云端里。即使花儿谢了，风儿也能把它带到天尽头。

还有迟桂花，管你亲不亲的，只顾独自芳菲。花儿谢了，就沾在土里。任尔如何清扫，就是呼之不出，挥之不去。

执意地、深情地，只把那浓香残留。

（选自《散文诗世界》2017 年第 2 期）

相约谷雨

1

谷雨，邀君赏花。

不去花圃公园，不上山林郊野，去好友的农家庄园。

虽无樱花、牡丹、郁金香等名花贵胄，可也栽种了：香蕉、菠萝、芒果、枇杷、红杨桃、番石榴、黄皮果……这果树的花呀，此起彼伏，尔消它长，争相斗艳。

当然，也有纯纯的花：蔷薇玫瑰、紫荆杜鹃、山茶花、鸡蛋花、美人蕉、天堂鸟、蝴蝶兰、风铃花、无忧花……

园子里的菜花、豆花、姜花，和那许多叫不出名字的野菜花，更是分外妖娆。

倚着花墙，逗着小猫，却闻到了浓浓的茉莉花香。就像那首歌儿唱的：好一朵茉莉花呀，满园的花开了，都香也香不过它。

2

谷雨，约君采茶。

驱车几十里，来到了茶园。高高的山坡，一层层蜿蜒而上的茶田，被薄薄的雾气笼罩着。湿润的空气里，弥漫着令人极舒适的清新，一种久违了的芬芳。

一群年轻人，身背茶篓，在欢声笑语的簇拥下，迎着细细的雨丝，在虽已被淋湿了，但并不泥泞的茶山上，跳起了采茶舞。

在欣欣然，如雀跃鸟鸣般的兴奋中，被春雨洗得清清亮亮的茶，由一双双灵巧的、笨拙的又或是稚嫩的手，采摘下来，放入了茶篓中。

兴许是受这欢声笑语的感染吧，这清清亮亮的茶，亦跟着采茶者的律动，在茶篓中，在茶园里，翩翩飞舞了起来。

谷雨采茶，采喜采乐。每个人都满载而归。

3

谷雨，请君喝茶。

不去五星酒店，不去高级会所，连普通茶楼也不上。约上三五知己好友，逃离喧嚣，避开闹市，躲进乡下的小院里。

支起一张小圆桌，摆放在开满了籁杜鹃花的篱笆墙旁边。切开几个草菠萝和红杨桃，摆上一梳梳金黄金黄的香蕉。快快去园子里采摘那已经熟透了的桑椹、木瓜、火龙果，和那拥有深浓花青素的蔬菜与鲜花。听着《雨打芭蕉》《平湖秋月》，聊着家长里短和天下大事，品一杯国色天香。

主人，打来了一桶自家的井水。烧开了，沏上一壶新鲜的绿茶。小妹采来了一捧微笑的茉莉花，放入了壶中。

这一青一白，在壶中绽放。

大白天里的月光

1

云朵不知都跑到哪儿去了？大白天的就让月亮，高高地挂在了蓝天上。

月亮，在竹林间徘徊，被捕捉到了。于是，人们看见了：月亮在细细的竹枝上，悠然地荡着秋千。

月亮，亲了亲花儿，又被捕捉到了。于是人们收获了：花儿躲藏在月光里的倩影。

月亮来到了高大的椰树上，累了、困了，躺了下来：竟成了天底下最美的一颗椰子。

热恋中昏了头的人常说：要摘取天上的星星，送给心上人。

能够摘得星星的人，您见过吗？

可在今天，人们却很轻易地，就能把大白天跑出来闲逛的月亮，握在了手心里。

2

喜欢这大白天里的月亮的人，看见了高挂在蓝天上的月亮时，欣喜若狂！不停地点赞、点赞。

不喜欢的人，骂声顿起，指责连连：如此苍白、没有一点血色的脸，大白天的也敢跑出来！想吓唬谁呢？

月亮听了，快快拿出了脂粉盒，把脸蛋涂抹得像花儿一样艳丽。

可花儿看见了，很不开心：哼！比咱花儿还要红，你叫我们的脸面往哪儿搁？

月亮慌了，手忙脚乱地往脸上贴金，把脸蛋弄得金光闪闪的。

这下，可激怒了那些高贵的松柏：一身的铜臭，真是俗不可耐！没有一点品位，还自以为有多么美，哼！……

3

月亮很无奈，感觉很委屈。想去到河里洗洗，回归原本的状态，回到应在的光影中。

可无论月亮怎么努力，也无法越过人世间这道门槛，到达那条河流，把罪名洗脱。

<h1 style="text-align:center">三角梅</h1>

1

花非花。

分明是由三片极标准的叶子构成，却被世人一致认定：这是花。

当这三片叶子合拢在一起时，是一个三角形的坚固壁垒。非常坚贞地呵护着心中的神圣。

当叶子张开了，就开启了一扇扇门窗，放飞着心中的希望与梦想，也让人们看见了：那姹紫嫣红当中的点点星光。

叶子敞开了心扉，让花蕊住进了心窝里，生长在了叶脉中。它，让花蕊尽兴地、自由地呼吸吐纳，奉献上全部的精血。

2

叶非叶。

近观，是叶之形；可远看，却实属花。

红白粉紫橙黄绿，色彩缤纷，恣意潇洒，抢尽了春光风流。

南国无冬，花开四季。

南国无雪，叶亦四季皆身着绿衣。

每当朝阳辉映照耀，那带刺的藤蔓，必然加倍地欢呼雀跃。而卧于晚霞中怒放的五颜六色，则更加风姿绰约，美得无法言说了。

当秋风劲扫时，那漫天遍地的落叶飞絮，花是花，叶是叶，竟然如此泾渭分明。

3

花叶合体，演绎着生命极致的美。

给它一面墙，花如海潮，描画出了最美的生态；

给它一个阳台，花儿的脑袋伸出了墙外，招蜂惹蝶，酿成了蜜，甜入心怀；

给它一座园林，把筋骨一一相连，站立成了最忠诚的卫士，彰显着本色与情怀；

给它一个支点，花儿能在云端绽放，与星星交谈，在月宫里徘徊；

就算把它弃于孤寂的海岛，花儿也能创造生命奇迹，让孤独者拥有了最温暖的关爱。

（选自《散文诗人》2017 年总 47 期）

今夜又下着雨（外一章）

赵振元

今夜，又下着雨，小雨勾起记忆，记忆穿越时光，穿越年代，重新回到风雨交加的岁月。那时，外面下着大雨，家里下小雨，屋小又漏雨。那时夜里的雨，恐惧，害怕，唯一的愿望钻被窝，听不到这雨声。

今夜，又下着雨，回忆，回忆在边关，不停的大雨，对家的思念唤起，塞北的雨猛，塞北的雨浊，雨中的思念无奈。相思雨，梦中雨。雨夜，泪水湿，沾满襟，雨夜，一觉醒来仍空。

今夜，又下着雨，在历史古城，在雨夜，学子思考未来，思考未来前程，思考未来生涯，一颗年轻的心跳动，该做什么，该去哪儿。

今夜，又下着雨，在西南重镇，在夜深人静，雨夜挥笔，开启思想钥匙，开始征程上发力，开始艰苦跋涉，一篇篇激扬文字在雨夜中挥毫，黎明前写就。

今夜，又下着雨，历史名城蓉城的雨。蓉城的雨格外润，润心，润肺，似甘露。蓉城的雨，成就了我，在雨中承担起更大责任，在雨夜中思考未来大业，就这样，一个又一个不眠的雨中之夜，那些雨夜里，进行了发展的思考。

今夜，又下着雨，改革的春雨，发展的阵雨，竞争的风雨，风险的雷雨，催生裂变的急风骤雨。思想的浪花在雨夜中产生，发展的动力在雨夜里寻找，新的生命在雨夜里孕育，伟大的梦想在雨夜里形成，光荣的品牌在雨夜里诞生。

今夜，又下着雨，在雨夜里突围。

今夜，又在下着雨，为雨夜带来光明。光荣与梦想，都来自那个雨夜，来自雨夜里的梦，来自雨夜里的决心。

雨，继续下。雨水冲刷历史，雨水昭示未来，风雨中继续前行，直到雨过天晴，朝霞满天。

今夜，依然下着雨，这雨与过去告别，与未来握手；雨，带着新的希望，带着新的思想。

夜来风雨声

昨晚，成都夜里刮起了大风，风声很大，风声很急。由于住在高层，高处风更急，晚上起来关了两次窗户。

风越来越大，形成了风暴，来势汹汹的风，似乎想把一切都要摧毁，把一切都要吞没，要把整个世界刮走。

然而，身在高楼，一切感到非常安全，有矗立的高楼护卫着我们，挡住了大风，挡住了风暴，挡住了灾害。一觉醒来，早晨散步，看见大楼挡住风暴，还是有些树枝被风折断，但大树依然坚挺。在风暴中倒下的，只是一些残树破叶，真正的大树，仍然会在风暴中屹立。

自然界的力量是巨大的，风暴的杀伤是无情的，即使是参天的大树，仍然需要保护，否则也难免一劫。

要寻找避风港，这是个抵御风暴的港湾，是避免灾难的港湾，也是心灵的港湾。在这个港湾里，一颗警惕的心，敏锐的眼光，强大的防护措施，一切灾难可以回避，一切阴谋毒计无法得逞。

风暴之后，更蓝的天，更洁净的空气，更明媚的阳光，更欢乐的人群。

（选自《城市记忆》，四川文艺出版社，2017 年 11 月）

春风度我山河

亚　男

酥软了的土地，
每一寸都是细腻的、柔滑的、耀眼的。
我等了千年。一池水的妖冶，玉门关已开。阳光千里，山水袅袅，一尺炊烟足够肝肠寸断。
木格子窗，红灯笼抖落一地古朴。
安静的眼神出落得水灵灵的，从小桥边划桨而来。

平仄里的江南，词语窈窕。
修长的字体，写下春风。
每个早晨的韵脚押在词根底部，萌动的春情，掀起一池荷的排山倒海。
心底里的巨浪不以古典的优雅为标准。烽火三月也抵不过骨头的燃烧。
婉约不过是春风的一种假象。
越过世俗的封锁，灵魂在高地冲锋陷阵。
死地而后生，山河依旧。

中年的山河，有过沧桑。
荆棘。丛林。不是虚度的。
苦度的岁月，春风也失意。游荡的山水，流落的蓝，只能孤独地将一腔澎湃挥霍。山河待我几分情，寡水默默遇春风。

硬朗的树，认识一块石头。

一块石头的坚实，冷峻，笃定。

穿过荒漠，一池秋荷，要了蓝的铺派。

转眼的冬天，不减的热度，有一把爱情的尺子，镀着生命的光泽。

是的，春天来了。

一颗不按时间为序的灵魂，在冬天有了春天的阳光。

每一声问候都是一句诗。

木格子窗，红灯笼系着生命中的蓝。

这一生的蓬勃春风已度我山河。

从细腻的江南到俊朗的大漠，容下辽阔。

（选自《山东文学》下半月刊 2017 年第 5 期）

辑二　碰撞的声音

诗忆西欧

皇　泯

罗马街头，风吹翻一把折叠雨伞

2001 年冬，海盗船，冰雕一样塑在罗马
街头。

桨凝固了，浪凝固了，历史凝固了。

一阵没有天气预报的雨，在倾斜中，淋不
湿千年的火山岩砖，却淋湿了我四十三年干燥
的人生。

那是西方的风，吹翻一把东方的折叠雨
伞，一个人的影子被淋湿后，就再也无法
晾干。

多少年了，掰手指头计数的时候，仍有雨
丝缠绵的感觉，何况在麻石古巷中撑开一首关
于油纸伞的诗。

现实，晴朗在伞内；

回忆，湿润在伞外。

枫丹白露宫后花园的门，被封闭了

我来到枫丹白露宫的时候，后花园的门，被封闭了。

不知是因为约瑟芬吝啬了六个字的回信，还是因为拿破仑报复了一个字也舍不得的回音？

只有掰开爱情的缝隙，钻入栅栏，寻找一线蛛丝马迹。

一泓清醒的溪水，洗亮对视的目光，汇流中，历史的败叶浮漂，现实的石头沉默。

不说话，无须说话。

纵深处，寂静，掉在地上，听到的只有心跳的回音。嘘！别惊扰了直来直去的时间。

溪水，遇到顽固的石头，拐一个一百八十度的弯。

（选自《北部湾文学》2017 年 4 期）

坠落彰显出来的美（外一章）

毛国聪

水做的瀑布是一种美，但它的美是通过坠落彰显出来的。

——题记

我站在湖边，时空在一瞬间失去了概念。

一片片黄叶飞速掠过，皑皑白雪罩住了枯枝败叶。春水潺潺，光秃秃的枝丫上结满了一个个花蕾，争相绽放，转眼又是片片落红……静静的湖水，方才还如西子娇媚，微风拂过，便布满了沧桑的皱纹，像一面粗糙碎裂的镜子，已映照不出生机和美丽……

我凝固在那里，像一尊雕塑，四季变换、时序更替，仿佛都在瞬息之间。我看到我童年、少年、青年、中年和老年的影子，他们向我走来，又倏然弃我而去，好像我已没有生命，只是一种布景，他们不屑与我为伍，不愿意给我一个年龄的符号。

但太阳出来了。

太阳是仁厚的，它普照大地而不遗余力，无怨无悔。当一缕缕阳光从我的头顶穿过，我瞬间就解脱了禁锢，它像个通灵的魔术师，单色调的世界旋即又恢复了七彩生机。被定格又重获自由的我，似一尾渴水的游鱼，迫不及待地跃进了湖中……

在水中，我身体的每一个细胞瞬间复活了，它们贪婪地享受着水的温润与亲吻。我的思想也变得清晰而活跃。我大声对着天空说道："我知道，你叫我到水里是要告诉我，水，仅仅是一种形式，水里还有无法预言的潜规则，就像镜子不可能告诉我们的背影。"

"不。我知道你们喜欢水，是喜欢水的自由。但自由的真正含义是什么呢？水的自由是以粉碎自己为代价的。水，是从天上掉下来的。它知道，只有向低处去，直到深入地底，它才能生存。在地表上流淌，看似自由，但很快就会蒸发消失。你所看到的水都在汹涌、咆哮、流逝。因此，所有的水都必须一路低走。真正的水是在水下面。"我抬起头，发现一帘瀑布悬挂在天地之间。

"水做的瀑布是一种美，但它的美是通过坠落彰显出来的。仿佛太阳西坠的黄昏。难道你喜欢我们用堕落换取自由？自由是自欺欺人的玩意儿。自由绝不是通过逃跑获得的。水是自由的吗？被围困起来的江河湖海就不自由吗？我不喜欢谈论自由，我也从来没有思考过什么自由。"我纳闷起来。

一朵白云冉冉升起，它说："因为你无法达到这么高的境界。"

小鸟之死

启示是一剂毒药。它会毒死那些软弱的生命，却能医治那些患病的灵魂。

不知什么时候，我家的小院里飞来一只快活的小鸟。

每天，我都看见它在小树梢上轻盈地舞蹈，叽叽喳喳地唱歌，一会儿飞上树枝，一会儿跳到地上，有时唤来其他小鸟一起嬉戏，有时叼着一条青虫到我窗前来炫耀……仿佛它会叫醒黎明，唱来一片森林……

我不知它从何而来，缘何如此亢奋。

那天，我站在树下，忽然想起了什么，就向小鸟说："小鸟，小鸟，我要告诉你……"

"你叫谁？"小鸟惊诧地打断了我的话，痴痴地盯着我。

"叫你啊！"我也惊诧地望着它。这里除了我和一只小鸟之外，没有什么了呀。这只小鸟蠢得太天真、太可爱。

"叫我？我是一只小鸟吗？"小鸟睁大了眼睛，有些纳闷不解。

"是的。你是一只小鸟，不是别的什么。就像我是人，绝不会是别的什么一样。"我不容置疑地说。

小鸟怔怔地盯着我，喃喃自语道："我是一只小鸟，小鸟，小鸟……"

它使劲地摇晃着小脑袋，抖擞着渐渐暗淡的羽毛。突然，我听到一声尖锐的鸟唳，小鸟从树上掉下来，死了。

一瞬间，我呆愣在那里，不知如何是好。

"你太残忍了，你毫无同情怜悯之心，那只小鸟本来会快活地生，幸福地死，可因为你，它悲惨地死了。你为什么要叫醒它们？你为什么要启迪它们？你看那朵云消散了，因为你告诉它，它是一朵云。那只鸟儿在你叫它名字时从空中掉下来摔死了，那头猪不吃饲料了，那只猴子拒绝表演了，那棵树枯萎了，那个人疯了……你知不知道，你已经成为了一个冷酷无情的杀手？"一个声音仿佛从天空中沉沉地落下来。

我不禁委屈地反问道："为什么这些生灵会如此脆弱？我一句话就能杀死它们？难道它们会承受不了几句话的重量？"

"不是脆弱，而是因为你没有告诉它，它的上帝是谁。每个生灵都要有自己的上帝，否则，他就会丧失生活的支撑，也没有继续活下去的理由和借口。"那个声音说道。

我不服地争辩道："启示是一剂毒药。它会毒死那些软弱的生命，却能医治那些患病的灵魂。"

那个声音继续说道："你的麻烦均来自你不停地询问、探究，总想把什么东西都搞个水落石出。不该你知道的，你永远不要试图去知道。否则，你强去突破那道底线，捅破那层窗户纸，对你非但没有任何好处，还会坠入迷茫痛苦的深渊。"

"在你看来，我们都该做一只快乐的小鸟，在自己浅层的快乐里虚度光阴。你觉得，那就是我们的福祉？你希望我们永远不要向前，或者只是缓慢地悠然地闲步。可我们这样活着，与那些山野上寂寞开放的花儿何异？"

"探询的结果并非都是美好的，有时甚至是一种残酷戕杀，无可挽回的消亡。我不希望你像小鸟一样，再也无法做回那只快乐的小鸟。你的追问，寻根究底，最终只会让你再也找不到自己。"

那个声音突然不再理会我了，像小鸟一样不知去了何处。

到了夜晚，我打开台灯看书的时候，才发现在我的书里不知何时多了一幅插画——一个戴着斗笠的渔翁，空坠着吊竿，仿佛是向我挂起了一个长长的问号。

（选自菲律宾《世界日报》2017 年 3 月 6 日 "广场"）

荷花，我的伴侣

孙重贵（中国香港）

爱荷，一往情深。

每逢荷花绽放季节，总想幻化成一只蜻蜓，飞到荷中与她亲近。让荷与我这对亲密伴侣，定格成永恒的动人画面。

灵山会上，世尊拈花示众，迦叶破颜微笑，正法眼藏，涅槃妙心，佛祖衣钵传承成为千古佳话。

此花，乃荷花也！

荷有灵性，有大智，有大爱。荷花一开，世界便亮丽起来，灿烂起来，气象万千起来，欣欣向荣起来。

映日荷花别样红，阳光注入花蕾，荷花便红得特别美艳，红得特别炽热，红得耀眼夺目，红得像燃烧的火焰。

唯有绿荷红菡萏，卷舒开合任天真。大美荷界，人类回归自然的心灵家园，醉了心扉，暖了红尘。

身处荷花丛中，心如荷花绽放。不离不弃的荷花伴侣舒展圣洁的花瓣，为我加持一盏慧灯。

有荷花相伴的日子，真好！有荷花相依的岁月，真妙！

（选自《世界华文诗坛》2017 年秋季刊）

你的神迹

唐朝晖

1

诸神消失在人类的天空，只有靠神迹才可能找到你浪迹的大地。

语言和行动，让天空晨光焕发。秋天来了，淡淡的树木守护着你的健康……你是我的影子，我是你的一个梦，你是神迹，你是我终生的寻找……

寻找，是神迹的所有主题。

你在神迹里安居，起身……

2

一直有光……暗淡的墙壁。

你整夜地从这个房间走到另一个房间：一定会发现些蛛丝马迹。

——亡灵的眼睛醒来。

老家门前那条碎石子路，那一大片从未去过的地，它们会在那里现身。

带着血丝的喜悦、等待的芳香。

你永远不会倒下，世界也不会有末日。

3

在睡莲最近的地方坐下，背对大海。

这是路的尽头，没人会来到这里。

整座城市，没一个人知道你的名字，你也没有记住任何一张写有名字的脸。

睡莲站在一簇簇莲叶中，在极端的孤绝中，你找到特立独行的方式。

你每一步都在修改，取消问号。路，绕水而行。

选择、自省、拷问、鞭打，伤痕在黑记的下面结疤掉壳。

晚上，莲含苞而睡，水叶轻托。

待晨破蕾绽放。

（选自《中西诗歌》2017 年第 1 期）

一条丝巾的前世今生（节选）

语　伞

1

图案如手臂舞动。

形成不规则的幻影和暗流。

涌出植物、动物，和某些场景所要摘取的元素——

它们在我的历史里塑造影子。探寻我，怎样用轻柔的身姿受难，用飘扬的生动情愫拯救相思成疾的人。

我亦探寻它们。从远古郊外的桑园，到未来某个设计师的手。

在别人的生死中获得富足的经历之后，我反复解析我的每一种生存状态，凝视与倾听各种颜色和身影，借助我的身体，竞争、演说。

血脉返回心脏，我看到花草、树木、野兽、车马……人群，正携带特殊的意义而来。

最初的言语，回到一只蚕蛹的体内。

2

丝缕之间，尺寸之方。

我流淌。像燃烧的海水一样，筑建辉煌的旋涡。

一切物事，都将沿着自己的纹理，与相应的空间交换呼吸。

我等白色的幼蚕在蛇形的迷宫里蠕动、纠缠。我等桑叶变绿，每一个身体都裸出光彩夺目的孔洞。我等蚕的下一秒比上一秒充满智慧，下一分钟比上一分钟更加深刻地领悟到，归隐、默默修行，是抵达完美主义的捷径。

蚕，日夜吐丝。像活佛转世的神迹。

茧，成为时间取出的舍利子———一种绝世的建筑。

花躲在远处练习听觉。一千只蝴蝶，收起了翅膀。

缫丝房烟雾缭绕。黑夜和白昼因稠密的聚集而停滞。我等一双手和无数双手混在一起，以丝蛋白质纤维的十八种氨基酸，巧妙地说出我，和一只小小的蚕，所注定的前世今生。

（选自《山东文学》下半月刊 2017 年第 4 期）

一片土地 一朵莲花

沉　沙

每一朵莲花都长在土地上，每一片土地都长在大地上。

在五台山，我看见一个女孩，手里不仅拿着一片土地，她始终举着的那片土地居然长出一朵莲花……

我是长在大地上一个追赶神的失败者。我的脚下有一片又一片土地，我如何把它举起来，或者，我如何让我脚底下一片又一片土地长出一朵又一朵莲花呢？

那个女孩，你是有大智大慧的文殊菩萨吗？请你告诉我把土地举起来的秘密，请你告诉我让莲花盛开的秘密。来五台山，不虚此行。谢谢！

（选自《科技导报》2017 年 8 月 15 日）

拉桑寺院（外一章）

牧　风

是前世的预约吗？为何我的足音触动了你的钟鼓声？

我穿越了青藏东部的轴心，把一生的奢望全部留在你古朴的佛光里。那些会说话的石头都被诗人阿垅搬运到他流动的书页和透光的杨树里歇息去了。

拉桑寺院在晨曦里被金黄的阳光拥抱着，像一位执着探寻的旅人，把眸光定格在扎尕那幽静的褶皱里。

秋风乍起，透过高处的云朵，我骑着马儿远眺拉桑寺，它湮没在牧人手捧丰收的喜悦里，看遍红尘，那白塔下煨桑的僧人是怀揣着怎样的梦想呢？

（选自《山东文学》下半月刊 2017 年第 10 期）

云居寺的石经

隋僧静琬的慧眼造就了云居寺的美名。

千年诵经声穿越时光隧道，至今还回响在空旷的砖塔下，那堆砌的石板上还依稀浮动着隋唐刻经人虔诚的身影。

三千五百余卷佛经，一万五千余块佛经，是成千上万双饱尝风雨的手勒刻的见证。拾级远望，对面的石经山似在诉说千年刻经的悲壮历史，而我，一个远方的游子，所能表达的也只能是虔诚地仰望。

我用心抚摸着那些被珍藏千年的石经，就如同抚摸着静琬执着厚实的双手。讲解员的手在比画着，而我的心已经飞翔在隋唐的故事里。

（选自《星星·散文诗》2017年第3期）

敦煌的飞天（节选）

洪　烛

1

在敦煌，我用沙子洗手，然后捧读经卷。

我用沙子洗脸，然后揽镜自照。

作为来自南方水乡的朝圣者，走了太远的路，我终于站住了，用晒得滚烫的沙子洗脚……

全身上下，干净得像一个新生儿。

那比我先来的佛，在石窟里住了一千年，每天都这样：用飞扬的沙子洗澡。他看着我，就像看见初来乍到的自己，嘴角忍不住流露出似曾相识的微笑。

2

为了彻底地结束流浪，我要挑选一眼窑洞住下来，努力成为画中的人物。

让心跳逐渐慢下来，忍住，不眨眼睛……

我要娶飞天为妻，她是最早的空姐。我使劲够呀够，为了够得着那飘扬的石榴裙。

琵琶的弦断了没有？

能否再弹一曲？我想听……

瞧她脸上的胭脂都有点褪色了。作为聘礼，我送上一管巴黎出产的口红，它足以延长一位美女的青春期。

3

她的微笑比蒙娜丽莎还要古老。她没意识到有人在画她，否则不会笑得那么自然。

她的眉毛沾满颜料，头发也像染过的。腮帮的线条稍微有点僵硬，莫非因为保持同样的表情太久了？

画她的人消失了——因为忘了画下自己！

可被他画出的微笑像一个谜，既迷住了我，又难倒了我：她的微笑究竟意味着什么？这构成她永生的理由？

她的衣带系好了就再也解不开……飘拂在半空，仿佛为了证明：风，没有变大也没有变小。

（选自《散文诗》2017 年第 5 期）

祝福和祈祷：就像我看到的那样……

宋晓杰

我要写一封长信，给待熟的青稞、傍晚的寺庙、燃着的酥油灯。我要写一封长信，给那个手捧奶茶的小姑娘，她黑亮的眼眸如紫葡萄，她彤红的两颊如浆果。她鲜亮的藏袍如群山中耀眼的旗帜、嘹亮的小号，通往祝福和祈祷。

去年来时，青稞还未收割，疼痛正在生长。而今，天边一再后撤，预留出更大的时空，安放仁慈、悲悯和遗忘……

黑暗中，我听见有人在低声说着小暑、入伏，说着道路、星宿和故人，说着缓慢的流水、匆匆的花开……

（选自《散文诗》2017 年 2 期）

想和你去看世界（外二章）

苏雪依

想和你去看世界。

去看擎天一柱的天子山，去看清莹见底的九寨沟，去看雪白的乌尤尼盐沼，去看胖乎乎的土耳其棉花宫。

从漫漫黄沙到莽莽草原，从绿松石的湖水到金沙酒店的空中花园，从大洋那岸的格陵兰岛到绝世独立的罗莱马山，从荷兰的郁金香到日本美丽的樱花，从深不可测的黑风洞到童话般的天鹅堡。

从春季到秋季，从葱郁的夏到严烈的冬。

因你是我最亲最爱的人。

牵着你的手，想和你去看世界。

从你的少年到中年，中年到沉沉的暮年。

在你的眼中看到我的眼睛，用你的心感受我的心。掬一捧月光的美酒，乘一轮火红的旭日。

一路同行。

直到脚印烙满沧桑，直到欢乐充填心房。

因你是我最亲最爱的人。

直到浪漫地度过这一生，直到天堂说再会。

华煌茶歌

1

拨开山的迷雾，拂开云的遮挡，在天堂嶂深处，种下茶的诗行。

一行为平，一行为仄，平平仄仄，以风来吟哦，以蛙来鸣唱，以一双灵巧的手，来收获。

2

月光如此安宁，洒下片片芬芳。我听到了倏倏拔节的生长。
幼弱的株苗，渴望生出油绿的翅膀，在清澈的空气里，飞翔。

3

风给背篓装上一沓沓故事。等露水打湿睫毛，布谷发出第一声啼唱，等
弯弯的小路伸向你的脚边，故事，就成熟了。

4

在细密的茶上弹琴，采下一朵朵嫩芽。你说你觉到了疼。
勿如说是心的颤动。
你来自遥远的他乡。走过那么多的路，此刻，你用心把爱情量了，又量。

5

采茶姑娘，煮一壶清泉水，以华煌为韵，轻轻地将自己打开。
于是，星星开了，月亮圆了，岁月重现了勃勃的生机。
微微的苦涩过后，是绵长的蜜甜。

6

雨霏霏地下，下过了四十年。红土地变得油亮，佳茗的芳香传至海外。
荣誉的小舟，曾一次次渡亮茶的河流。

7

云梦悠悠，尘世的念想太重。
在一盏茶里，看花谢了又开，流水拂了又满。
看恬静的炊烟升起，永远保持着初心的模样。

8

这浩大的茶田，在时空的村落茁壮生长。
以哲理，以真情，以希望。
根扎大地，辐览四季。
挽住流云，挽住星月，挽住苍穹那一抹浓酽的绿色。

唯 一

走过天，走过地，却怎么也走不过你。

绕过山，绕过水，却无论如何也绕不过你。

你是天上的星子吗？为何倏忽间洞见了我的隐秘又让人甘心地沉沦？

你是深海的珠贝吗？为何敞开你的心灵也打开我的心灵让它无处逃避？

那一束圣光呵，像闪电裂开云朵有着微微的战栗；

那两汪注视啊，像秋风横扫落叶收入囊中，又带着心碎的甜蜜。

一定是生命的史册，遗落了某个章节，要在此刻得到补偿。

是毒也要饮下。

是蜜也要吞下。

且不论结局或开始。

且不管幸福或伤痛。

因为只有这一刻，这一刻的你是世界的唯一。

（选自《中国诗歌》2017 年 1 期）

零宣言（外一章）

宋庆发

从零出发，复归于零。这是我们率性不变的宗旨。

既在圈内，又在圈外，更在圈上。我们从未停止前行的脚步。

零，是一个点。

于时间，可白昼可黑夜可顺延到一个又一个的 24 小时；于空间，可经可纬可延伸到无限个无限；于温度，冷可以成冰，热可以达沸；于硬度，柔可以成石墨，刚可以成金刚石。每一个点，都是立体的漫漶。

零，是一条线。曲率是我们越写越掷地有声的格言。

留一串脚印于影后，前路便是跋涉者必然的孤单；夹一支烟于指间，点燃的便是沉思者永远的寂寞。

深入大地碧草连天，与蓝空对话绿树开言；那苍苍茫茫的不老画卷，那袅袅娜娜的深情诗篇。

每一条线上都有现代的云儿轻舞，每一条线上都有古典的莲叶蹁跹，每一条线上啊，都是梦与现实的千变万幻。

零，是一个面。平成一片海，博纳百川，收藏所有溪流的悲怆和向往；立成一杆旗，纾和历史猎猎的呼吸，不断与风雨搏击。

千畴做底，四季缤纷；皓月当空，辉映大地。

裁一缕清风给唐诗，千载悠悠；镂一阕明月给宋词，帆影点点。

正也罢，侧也罢，每一个面，都是照而直宣的资文通鉴。

其实，无论是点，是线，抑或是面，零，更是一种状态。

空谷之于幽兰，每一种摇曳都如甘泉润玉；空际之于鸟翅，每一次飞翔都是崭新旅程；空旷之于原野，每一个清晨都能看见太阳认真洗脸；空蒙之于烟霞，每一个子夜都能听见星星窃窃私语；空灵之于诗歌，每一处界碑都放飞思想的白鸽；空虚之于精神，每一座城池都挤满历史的客人，任霓虹闪烁，任那壶煮了一代又一代的青梅酒，依旧芳香甘醇。

任何一种状态，都是无须修饰的最朴实的本真。

正如我们。正如万物生灵：从零开始，又回归于零。

正如梦想和希望。正如零点宣言：向往远方，又继续从远方的远方——

出发。

鹰角石之梦

鹰角石之梦，很轻很轻。

挂在北戴河彩虹般的睫毛之上。如深山的凝眸掠过树影，如浅水的双唇吻过鲨鱼，如群鸽朝聚暮窝。不叙说历史，不追问未来，甚至——

忘却当下。

鹰角石之梦，很沉很沉。

大海与黎明相视，自怨自艾。白云的双翅载不动，月光的双脚踩不响，从不睡觉的夜晚摇不醒，从不化妆的蝴蝶引不开。船儿远行，大路靠边。

鹰角石，在梦里开花；鹰角石，在梦里唱歌；鹰角石，在梦里——做梦。

梦回老地，梦回荒天……

（选自《珠海文学》2017 年 9 月第 3 期）

红宫红场

陈泗伟

这里的风教我们志存高远，这里的雨教我们滋润万物，这里红色的基调早已定格在红色的屋顶红色的墙壁红色的花草中。

走进红宫红场，一种敢为人先的感觉油然而生。

仰望着那傲然挺拔的棵棵木棉树，凝视着那脚下历经沧桑的块块砖头，当我拂去那丰厚的岁月尘埃，一部辉煌的历史巨卷跃然眼前。

在这红色的天空和红色的海洋中，一个高大的身影如一座灯塔，自信地为迷茫的人们指明革命的方向。一张红色的讲台通向历史的隧道，演绎着一场波澜壮阔的农运故事。

澎湃，红场中间那座铜像，我膜拜的一个偶像，一位顶天立地的英雄，迎着风顶着雨地耸立在生于斯长于斯革命于斯的红土地上。面对那永远昭示着正义和平自由的双眼，我不得不肃然起敬，把懦弱、胆怯、自卑抛向九霄云外，把大义凛然、浩然正气，长留心中。

红宫红场，你蕴藏着浓浓烈士情，昭示着辉煌中国梦。当我带着万分崇敬的心站在你的面前，倾听一种理想，感受一种信念，我驿动的心早已泪流满面，恨不能在先烈的鞍前马后，为了民族的独立、国家的富强，效报国之劳。

面对清澈甘纯的龙津河水，我年轻的心早已像一滴水，融入家乡建设的潮流中，击浪弄潮，推波助澜！

（选自《散文诗人》2017 年总 47 期）

水太阳（外一章）

王舒漫

看啦，太阳，从水底升起，我用灵魂行走，捧着你明亮的眼，只要活着，思想跟着你，得以一天的星子，灵光的慧眼。

——题记

你果然，出现在水中，多么深刻的宁静。

一枚精神灿烂的太阳，遭遇水，石头，便温暖了，所有的华烨瞬间敛合，冷峻成黑而明亮的词语。哦，水太阳，你比大地纯净，那一日，如同平静。觉醒之后，玲珑的柔情统摄出火一样的力量……面对你，我拼命睁大眼睛，像撑开一叶小舟，拼命地向前，向深远处划，手，是我唯一的木桨……我没有时间慵懒，没有时间忧伤，没有时间寂寥。从水到水，风到风，四面辽阔，一首诗的节奏，我们彼此遇见，我柔软如水，静，真的，在这平铺的一片水面……夜，深沉，如勃拉姆斯的摇篮曲，如果慢弹的手指轻如蝉羽地从水底、海上、山外传来，展开，收拢，啊，水太阳，爱，让世界奇香。

注：2017 年 7 月 21 日于上海复旦大学簌月涌泉

明亮眼睛

广袤的风吹过，我只要你的眼波，好让我心生清和，你的眸子像掌灯，在夏的前面明亮。

你睡了，世界漆黑一片；世界醒了，你的眼，像成熟的黑葡萄，夏的果实，昨天又昨天，没有绿雨，灵魂的惊悸，红色的朝阳露出一小片，这，季节像辛波斯卡的诗章，爆裂石榴的浆汁……

我，不想让你走远，背影留下，我生命需要奇香，精神属于你！哦，太阳每天从水底升起，透开窗，捕捉我的，你的眼波，河流一样沉默而清冽，美，一闪光，绵长……广袤的宁静，时间的深度一路向北，敛合又敛合，什么时候才懂得，拢住你明亮的眼，一天的星子，膜拜，这两扇，静水流深的激荡！

注：2017 年 7 月 27 日于上海复旦大学簌月涌泉轩

（选自《散文诗人》2017 年总 47 期）

花间迷失

文榕（中国香港）

我在花丛中迷失了，那艳丽的花丛像环抱我的河流，我从下游逆流而上，踏着碎石遇上荆棘，仍微笑着，这是我选定的路，我开始有些吃力，仍笑着，为了繁花似锦的小路，为了怀抱春天的感动，为了彼岸真的有光。

我在花丛中迷失了，并非为了某朵花，而是整个花树的森林，她们在我和我的幻影之间流淌，使我分不清幻象和真境，我在幻象的世界游走和奔跑，看见了花的眼泪和笑影，真实的情境却流不出一滴泪。

我在花丛中迷失了，不想再回到真实的世界，现实嘈杂又寂静，虚空又苍白，荒谬和失重让我却步，我在现实的丛林中嗓音喑哑，一如我在花的海洋纵情徜徉，恣意歌唱！

我在花丛中迷失了，从此花海对我有别种深义，我不想分清幻想和真实的距离，恰似我始终怀抱美梦的憧憬。我不再寻找自己，恣情迷失，繁花的天地多美，我穿过一扇又一扇门，门扉轻掩，我悄悄过去打开门扉，每一朵花之后都是笑脸，每一种色彩之后都是斑斓的光阴……

（选自香港《橄榄叶》诗报 2017 年 6 月总第 12 – 13 期）

钱岗四韵

林延军

1

未有从化，先有钱岗。

你比从化建县早两百年，在北回归线标志塔旁诉说着岁月的流年。

如今，你在南方的太平镇安静地矗立了八百年，也站成永恒的姿势。

一座血管流淌着千年斑驳的城堡，无声般，在光和影的交错中定格了时间的音符。

你是一座城堡，更是一座精神，彰显岭南文化遗产浓郁气息，在季节的额头显得格外温情。

2

凤凰涅槃，诗意荡漾。

灵秀坊，谁知道它最初的模样和梦想？

青砖牌坊下长出的绿色的枝丫，在时光隧道中穿梭，一如灿烂的阳光散发出的灵气，仿佛诉说着亘古不变的故事。

昔日的高墙，宋代的石板路，是否镌刻着锦绣华年和花开花落？

启延门、镇华门、震明门、迎龙门就像四大金刚在东西南北方位守护着这座城堡，在安静的夜晚遥望广袤的苍穹。

一位撑扶着拐杖的陆氏后裔，站在镇华门的那棵古榕树前，用拳拳之心描绘着古村遥远的记忆……

3

岁月沉香，烟雨飘零。

夏季里荔枝熟了，糯米糍飘香，我被时光搁置在鱼塘岸上。

穿过时光的碎片，镇华门的那一棵苍劲的古榕树走进我的梦乡。阳光也透过树叶的缝隙，在欢愉地聆听着知了那动人的歌谣。

古井口、鹅卵石小道、书舍、青砖、围墙，断壁残垣的屋檐，不知埋藏了多少浮华。

独具古城堡式建筑，就像时光的翅膀一样穿过袅袅的炊烟，吹老那一面高墙的容颜，也吹老了岁月。

4

诗书开越，忠孝传家。

当年西汉陆贾劝服南越王归汉，陆秀夫精忠报国后裔建村，传颂古村的光荣与沧桑。

古更楼穿过几百年的时光，在幽静古朴的村庄中显得格外深邃。

木雕檐板"江城图"，价值连城，浓缩了珠江流域的风风雨雨，被誉为广州版的"清明上河图"。

斑驳的中央广场，摊开广阔的胸襟，似乎与皎洁的夜空遥相呼应，仿佛在呢喃，也仿佛在诉说着一个千年的故事……

（选自《羊城晚报》2017 年 7 月 5 日花地）

风　声

何欣遥

我的书房寄居了一位不请自来的客人，它盘旋，冲撞，抑躁。我听见它低低地吟哦，它穿过岛上古屋的败落，钢琴声窝藏悲恸的鸣泣，与风铃的敲击拧成一簇响线，刺入它的耳膜。

我听见它的呜咽，在踏上漠漠荒野时，它的脚掌被粗粝的砂石划破，欢迎它到来的是空洞的目光——秃鹫已先行去了，它用了三天，远远地逃离那片不瞑目的土地。

它看见候鸟被突变的气候围困，白灰的羽毛洋洋洒洒铺天盖地，覆了整个结冰的湖面，它悲鸣，喘气，它跑过了太多漫长的岁月，痛苦的呻吟从未在它耳边停息。

——而你为何到我这里？它倏而沉寂，久久。

——我曾目睹闪光的精神，随着青春逝去熄灭，桀骜的思想被风打磨，不凡的灵魂陷入平凡的生活。而我生命中最大的悲剧，莫过于这种事情从不曾少，而我却每每手足无措，任由历史的风一次次吹过。

在它渐行渐远的声音里，我也沉默。

（选自《散文诗人》2017 年总 47 期）

南行记

香　奴

南行记·倾斜

黑暗具备神的速度和力量。

南海的灯火，坚定地在远处撞破密集之网，明亮的，破网而出的鱼儿，多么自由，自由得想喊出鳃里磨灭的那些涛声。

有锦衣夜行的人，摔倒，摸黑爬起来。走更远的路，接近爱过的人。越走越重，夜色倾斜。

无法分辨的云彩，终于倾洒了雨水；悬在凤凰山的石头，终于落了地。

天地消除了天差地别，消除了上下左右。方向不再以经纬度患得患失，苍穹爱大地，爱了海也爱了岸。

雨水温柔。

在暗夜的破洞上绣花，弥合，还算得上良辰吉日。

在倾斜的时间里，流星抱住了流星。

南行记·遛狮山桥

大海涨潮的时候，遛狮山桥下有一条河，鱼也来，捕鱼者来得更早。

退潮的时候，河，就在眼前消失，不会有任何一条鱼留下来。自投罗网的那些不算。

这条河，有水没水，水多，或者少，完全取决于大海的潮涨潮落，台风没有用，暴雨也没有用，这条河，有多么悲苦的命运。

她一定哀求过大海，留下一部分海水，日出的时候，她也会有光影斑斓，白鹭飞处，好听的晨音，从金边儿的羽翅折下来，落入她的身体，成串的水泡，咕噜咕噜地跑去远方……

其实，她很美。遛狮山桥，高高在上，车水马龙，红绿灯有条不紊，夹竹桃不分昼夜，殷勤地开。

但是河水消失的时候，榕树衰老，芭蕉变黄，这没有名字的河水靠一座不着边际的桥标记方位，她顷刻就沧桑地迟暮了，生命干瘪，从腰肢到双脚，她成了岁月的怨妇，风一吹，就能把她立起，并推着她的脊背，走向遛狮山桥……

啊，也未尝不是好事，她单薄的身子一路小跑，上港湾大道，不需拐弯，就能抵达大海。

负心的潮水，善变的鱼，无可奈何的波浪都在。

她一次次倒下去，用纸片的厚度扑向大海，这被风吹来的河流，只剩比白纱还轻的衣裳。

空空荡荡的她，将被潮水再次推回，遛狮山桥。纵身跳下。

又一条河。

一条新的，也仍然无法摆脱命运的河。

（选自《珠海文学》2017 年 7 月 12 日秋季刊）

凝望雪山（节选）

刘慧娟

1

当生活让人发愣的时候，雪山，是远方的希冀。

于是，雪山便被赋予神的含义。

高耸云端，经年累月地清高。偶尔投一个微笑，惹人间一阵尖叫和惊呼。

雪山不语，一直清醒。不卑不亢并大智若愚，凛然迎风而立。

沉默或思考，在空中向更高的空中，从容。雪山用第三只慧眼，拨开厚厚的黑夜，见证真情。

我一次次咽下怒火，昂头面对是非，保持尊严。尽管内心的力量，已经春风能够化雨。尽管意志，已经百炼钢成绕指柔，但是，我还要一段段锻造思想的主题。

只是，再也没有什么，能如雪山一样，黑白分明。再没人敢于分辨出，什么是浊，什么是清。

2

太阳落山了，我却一点也不绝望。

身影远去了，我却不想挽留。心，渐渐地陌生了，我却不流泪。诉说和纠缠都纯属多余。

我只平静站在岸上，微笑面对桥下流水，体会一把刀的痛。泪，是相当软弱的物质。纵使铺天盖地，也不能将千回百折的愁肠解读。

经幡和玛尼堆或许是一种召唤，将今生的悲苦与痛，渐渐转化为来生的快乐。将爱飘成了恨，又将恨，风蚀为一生一世的思念。

山川，误导大地。风，误导了雨。

只有雪山。以伟大的形象，稳重地捍卫真理。

（选自《青海湖》杂志 2017 年第 14 期）

登顶峨眉拜天下

徐澄泉

峨眉山站在四川盆地之上。

金顶站在峨眉山之上。

我匍匐在金顶华藏寺普贤菩萨脚下。

我最大的愿景，求佛舍我日出、佛光和圣灯，照耀我，让我的前程，像他的身心一样闪亮。

不远就是舍身崖，云海苍苍何渺渺。如果舍生能够取义，叩问我佛：我是否应该跳下去？

莲花台上，手执如意，普贤菩萨端坐不语。

高居峨眉山顶，我欲高高在上。金顶巍然，树木森然，大殿肃然，整整齐齐地包围我，高过我的头颅和思想。我被它们鄙视得十分渺小，一小再小，小得只剩半个"我"。我已濒临危险的边缘：左脚踏着伸向天堂之梯，右脚踏着陷入地狱之门。

峨眉山只有一座，金顶只有一个。世上的菩萨，何止万千！

普贤菩萨啊，你不度我，何以度得众生？峨眉山上不止有我，你不度我，又度何人？

"云上金顶，天下峨眉。"金顶浮在云上，峨眉一览天下。我要循着峨眉山的目光，转而叩拜天下了——山川河流，花木草芥，一人一物，一禽一畜……我都一视同仁，虔诚顶礼。

菩萨在上，愿您佑我前行！

（选自《乐山日报》2017 年 9 月 10 日）

怀念父亲（外一章）

王俊辉

1

右手寂寥的湖水，无人知晓薄雾，是如何缭绕左手上，无处安放的故乡。

时光瘦弱，识别出残存的思念。我坐在湿漉漉的水乡之上。苍老的彷徨，靠着清明的柳芽儿着色。

雨，又纷纷。返青的孤儿，趴在江南的城头。

回眸烟雨；

回眸北中原斑驳；

回眸父亲斑驳。

飘着狭窄、湿润、转不过一生的清贫。父亲以爱之名，度中原乡村辽阔的天空，耕种北中原大地的厚重。

何时，您能打马江南，哪怕您只是路人。看儿一眼，饱含深情，饱含一滴欲落未落的眼泪。

我在姑苏城中打磨父爱，于阊门繁华处做旧。

一别，再无

音讯……

2

父亲和故乡，一起走了。蓝布衣和二胡，一起演奏着家园的古韵。

蒲公英走在牛舌草的后头，清明开成梨花的海。我走在父亲的掌纹里，咿呀学语，蹒跚而行……

　　思念再无落脚的地方。山头揽着村庄消隐，村庄概况只看到父亲。

　　一本旧笔记的尽头，透过木栅栏看尽温暖，这一世父亲说没就没了……

　　土墙豢养寂寞，我翻遍陇上泥泞的旧梦。

　　每一片云朵哭了……

　　每一片树叶哭了……

　　每一片净土哭了……

　　我不哭，清明，我在父亲的坟头。

　　皈依父爱……

3

　　说书人是父亲耳边，越狱的荒原。父亲是北中原梦里嘹亮的唢呐，背景音乐里二胡演奏，一曲离歌，洞穿三世……

　　船不在古黄河靠岸，三只水鸟却在父亲左边，右边是苍茫落幕远山。再往前，走不进，父亲藏起的期盼，遗憾的是，他再不理会：

　　我如何胡搅蛮缠……

　　我如何说话吃饭……

　　我如果生病，去哪儿看看……

　　十年来，这个世界，只不过，是一个小小的——孤儿院……

（选自《中原散文诗》2017 年第 2 期）

苏州园林

　　偶尔绕枯荷行，秋凉不语一句。

　　你的美在天上。

　　携一人坐一生，明月清风也总有不合时宜之时。

　　这不过是你倒映在尘世里的幻影。

　　我只想投身这幻影中。

　　醉也不能，醒也涕零。出家修行，总不忍这藕园风景，干脆就皈依了这器器红尘。

　　于一处借景的空窗外，做你风景里的留白。别在我柔情的年华里，遇见你篆书的情意。

　　常倚曲栏贪看水，不安四壁怕遮山。

城外寒山寺，夜半钟声为君鸣，声声愁千载；

城里半园亭，几片太湖堆崒葎，浅唱离愁别绪。

抚琴斟茗香，我与你相遇无关，淡淡如烟往事，便做这往事随风飘散的傻事，我来，就没有离开。

只一座冠云峰，就醉了踏足此处的旅人。

行程太苦，低头重负，我负不起你的流离孤独。

泥泞稍浅，蛙声羁绊，半世辗转江南。

看松读画轩，无心画，尺幅窗。

三寸金莲，一步一景，笙歌婉转悠扬。

无心处有情天。你的美，在我心上。

我在姑苏城里等你，此梦不愿醒。

只恨烟雨，太朦胧……

（选自《八面唏风》"二十一世纪散文诗第 5 辑"，河南人民出版社 2017 年 9 月）

阴雨修书（外一章）

高　伟

风正刮得危言耸听，雨正下得伤筋动骨。

我在修书。笔像风中雨中的孤帆，在沉浮中爬行。

我试图说出一个字里的千言万语，说出文字里面的百年孤独。文字里的百年孤独就是宇宙的百年孤独，笔和剑殊途同归。

修书累纸，寓寄殷勤。我像攒钱一样攒着自己命里的烛光。

修书就是修心，修心就是修灵。大我和小我本是一人。

小隐隐于世，大隐隐于自己。

雨，还没有下够，我命里的荒凉还远没有积累够。

风声肥大，叫魂一样。

我不孤独。我孤独惯了。

我在这里杀人，把已死的自己再杀死一遍。

欲擒故纵

心是用来跳的，心更是，用来碎的。活在世上，我就不怕心被苦难七擒再七纵。

我早就习惯了自己与梦想的距离，和前世那么远。再远又能怎么样？反正我的梦想从来就不是用来实现的。

我的梦想也是用来破碎的，如同我的心。这又能怎么样呢？

为了活得更皮实，我欲擒故纵。一擒一纵之间，我突围成另外一个自己。每一次突围都是一次死，每一次的死后如同生前。

我因此有九条命，和猫的命差不离。

我用这样的命剑走偏锋，比别人更加成事不足，养肥我的孤独和近乎于快活的忧伤。

我原本无中生有。再也没有比这个更确凿的事情了。

我将继续欲擒故纵，和生命做这个游戏。

直到最后的一擒到来，我故纵不动了，就不玩了。

这又能怎么样呢？

（选自《北部湾文学》2017 年第 5 期）

以孝为先（外一章）

徐孝先

那是内心深埋善意的人。

夜色苍茫，纵有千万，只选择孝顺，百孝为先。

远方，充满诱惑，在深邃的内心，时而传出木鱼声声，时而传出诵经声声。

而承受冰冷与商海的波诡云谲，思想的领悟随之悠然而生。

在眺望与悸动，让灵魂飞翔，红尘之外，淡然面对世间之恶，永远不要惋惜地回顾，不要让时间在黑暗中度过，爱的伟大呼喊着，只要真诚不灭，感觉善在四周。

知道心里有什么在动荡，知道等候着爱母，最终把爱接在手里和善地和大家在一起，工作最忙的时候就有企望。会度过南方悠长的雨天……心和不宁的风就不会一同仿徨悲叹。

——懂得孝的意义，什么是真正的一尘不染者？从心中驱走一切丑恶，善给爱的力量来行动。

悲哀就不会在你门上敲着，夜的黑暗一定奔赴爱的约会。摸索着寻找心经的宁静吧，让命运得以解脱。

孝就是这样修炼？

领受佛心所赋予的，日出而作，日落而归，忙里偷闲移情山水。

虔　诚

那些充满禅意的菩提，仿佛要我淡忘一生的荣辱，我信守一份真爱，善良长出玄的翅膀——

面对更多的荒凉时，所有的苦难，都被真实的叶片轻轻地覆盖！

在广州塔上，让我抬起高贵的头颅，仿佛看见远处光孝寺，寺内的菩提树，树顶上的云端，许多无形的神秘在移动。

神到极致，圣境的红棉，南方的四季如春，合十的虔诚，减轻了一些花朵的忧郁！适应广州高温多雨的本质境界。

这是我在珍重的姓氏里寻找"虔诚"的诠释……

当黎明被氧化，从罗冲围到广州火车站，被命运驱赶。光线会暗下来的，高潮过后有的是迷惘……

习惯注视着刹车后留下的车辙，连同那些看不见的疼痛。

生命的光影厚重如金！仿佛一次感恩的旅行，有暗示的方向，听了召唤，谁肯裸足不前？

心灵祥和，虔诚甘愿，祈福……倾听内心。

轻率的脆弱、焦灼、倦怠。

违背了我的本性。

随时光的空灵随夏雨的到来，

彻悟。

（选自《散文诗人》2017 年总 47 期）

山　谷（外一章）

王崇党

不要再妄想抓住什么，能抓在手里的都是把柄，都是掣肘。

山谷正在轻轻合十，为万物生灵祈祷。

仙居山谷，我已没有太多奢求。

一些时间，我交给饮食俗物，一些时间我与古松对弈。我每落下一子，都会等松树落下它的松子。

在深深的暗夜，我与星空博弈，我总是自作主张地让一颗星星亮起来，又让另一颗星星暗下去。

我的山谷，是一张微开的嘴唇，正轻轻说着我的闲淡与富足。

哑巴突然喊了声"痛"

自从村里装上自来水，孩子们再也不去村口的老井玩，再也不在哑巴的身上抹鼻涕，拧像章。

哑巴一个人趴在井沿，看自己的投影在井底倒立，就像把老井戴到了头上。

井里好像有声音，好像有人在很深的地方说话，其实只有哑巴自己的影子在井里。

他取来一堆石块，过一会儿就往井里扔一颗，井"咚"的一声，就像从不说话的人闷闷地喊——

"痛"。

（选自《青岛文学》2017 年第 10 期）

我和绿的亲密关系（节选）

雪　漪

二

始终笔直地记着，自己作为一棵树，一棵脚踩大地，手招苍宇的树，无论骨骼还是血肉，带着与生俱来的深入，上下求索。

搭上太阳这张船票，被阳光滋润的绿，就在我的头顶灿烂。时光的手抚摸着我，我相信，只有被绿色拯救，才有辽阔的出路。

仅仅是春天一句又一句的语言，而我听了之后，却豁然敞亮，一颗心浮想联翩，紧紧跟随着走远。

绿一次次打开我向南的思路，哪怕一颗长翅的心浪迹江湖，哪怕一双灵魂的脚仗剑天涯，都是为了一场与生俱来的迎接。

绿，什么也不说，也代表着思念；绿，悄悄走了，也代表着永远。大地之上，新的时光，旧的时光，都是绿的给养。翻来覆去的绿，致使许多内容成为可能。

即使秋来，根也会绿着，根绿，心也会绿着，这是生命最本质的语境。

秋高气爽，绿让思绪中大面积的灵感忽闪忽闪，给我旷世的倾倒、玲珑的妖娆、疯狂的沉醉。于是，反复听《隐形的翅膀》，在来来回回中了悟，绿不会逼任何一段真情走上绝路。

让我告诉未来：真正长久的爱，与根同生、与绿同在。

自己作为一棵树，把一切杂想都放在大地上，让未来的天空来完成无限想象。

（选自《散文诗》2017 年上半月第 4 期）

疏淡才知情深，酒酣更觉谊浓

秋　月

每一个量子运动的背后，都是生命的超脱，有许多灵魂在碰撞、在感应。

生命在茫茫天际逡巡，一切都无法预料与设定。

轨迹与行程，又怎么可知？

但遥远的你我，却可听到彼此的心跳与脉动。

不为谁，不为什么，也不一定是天注定。

有一种情愫，让生命点火，让灵魂通透，会是亿万光年的宇宙流。

有无数的暗物质，挣脱了不见底的黑洞，没有法则与形状的能量介子，飞越浩瀚星空，发出光、发出热。

在星河来传送。

有无数个乾坤会懂，这份情愫。

遥远的尘埃，其实是星星，也不必分什么恒星、行星、卫星。

划过天穹的流星再美，也需要有内心的感动，也需要不羁的诗华去歌咏，用飘过城市的天空，穿过地球村的声音，去吟诵。

每一颗心都是星星，只有活着的星星，灵魂会带着不灭的能量，在大荒大莽中穿行。

（选自"秋月微信公众平台"2017 年 8 月 6 日，《散文诗人》2017 年总 47 期）

沧桑记

曼　畅

　　我说过一切都是隐秘的。走过小暑，那条河流拐过几道弯陪我，云在天边，风微醺，忽然觉出了我的无辜，十指交叉的花朵，在碎影中。

　　一个轮回的感受。秋风不情愿地翻动着时令，可我分明看见一轮明月从杯盏中浮了上来，一个人走过太长的路，路就会替他停下，好些年了，一棵树一棵树从身旁经过，风吹着日子布满的旷野……

　　众多的恩泽，我总惊讶路边草叶上挂满的露珠，也曾把自己植于脚下，与彩虹朝阳连为一体，映照着一些孤独的影子。原野蔓延，站在沟壑上喊雨，一场客观的雨，说下就下了愿与我辽阔。"人生一世，草木一秋"，穿过一些陈旧的回声，有几片枯黄的叶，和我，在风中不停摩擦，摇摆。

（选自《中原散文诗》2017 年创刊号）

纸上的绽放

如 风

阳光下，遗憾无处不在。

黑夜到白昼，不过一瞬。白昼到黑夜，不过一瞬。

我走到你的面前，需要用光年来计量。

一粒尘埃和我一颗星辰的遇合，要经历怎样的山高水长？

灯光下，我把自己隐匿。

正午的阳光下，我让自己绽放在一本打开的书页中，被禁锢的灵魂，在字里行间的草原策马奔腾！

（选自《青岛文学》2017 年 4 月）

一匹马闪过远方

三色堇

世界的正午成为我不可逃避的追忆，摩梭小院的青竹像是傍晚的雪在寂静中抒情。

风，从田野上吹过，扎西将黝黑的肌肤放在一片斜坡上，放在他用坏的时光里，直到山中的夜色越来越沉，他的马靴越来越稳健。

他们总是同时拥抱着一个真理，在灰尘和红尘之间，在高高的枯草与细碎的星辰之间，在摩梭人的旧史与执念、风骨与精神之间。

这些远不及他马背上的身姿，他的墙上挂满了酒囊、马刀、蓑衣与好看的羽毛。

他喜欢野花开到极致，开到奢靡，尽管他有北方雄狮的气势，尽管他的大胡子迷住了很多年轻的阿夏。

一匹马闪过远方，他在等星空之外的物象，在等突然而至的一场暴风雪的盛宴。

（选自《诗潮》2017 年第 9 期）

深处的声音

朵　而

以为听见寂静的声音，看到花开，便是好的。

聆听雨后聚集的细微声，才发现这些年太多藤蔓需要梳理，深藏于枝节末端，且一次次打开身体又颓谢的，早就不是单个的花蕊了。

耳边，又时不时出现另外一种声音，跳跃着前行，像一只蝴蝶的呼喊，又像是雨滴落在瓦片上，弹出的那种浑圆。它们从圆润滑向静默，最后渐渐消失在更空寂处。

没有刻意去想你走了多久。每次流浪猫回头，我发现你的眼睛长在它们身上，对着我，目光冷峻。

我能忍住的，是一声叹息。

另一头，蔷薇花开了。

（选自《青岛文学》2017 年 11 期）

石　柱

王宏雷

得道很久了，终于修来下山的契机。

入乡随俗，雕琢，文身，走进熙攘的人间。淬一把火。

工匠们一锤锤，一凿凿，雕出云龙丹凤，花鸟禽兽，雕出神灵图腾，远古神话，雕出深深浅浅，浮世缠身。

多少年香火旺又远去了，多少次兴土木又烧净了，多少回雕梁画栋油彩满，风吹雨打又褪了。

人间冷暖，淬不出石柱一声叹息。

这些王屋山的石头，安静地扛着大殿，早已参悟了无为大法，却从不泄露半句。

（选自《济源文学》2017 第 3 期）

巢筑在哪里，鸟最清楚

白炳安

处在春寒，这世界依然冷。

风在脸上刮出的声音凉如水。灯盏溢出的光亮有暖意，摸着，却觉得虚幻。

人心有热，亦有冷。

环球同此凉热，只是一厢情愿。

几千年的古训，揭示的每一页都有剑影刀光。弹弓射程里的鸟鸣，落在树梢，溅起颤抖的风声。

巢筑在哪里安全？鸟最清楚。

谁合适担当河的责任，只有桥知道；谁是最坚定的支撑，只有巢知道。

猎枪藏在草丛，时刻露出杀机；人为制造的天网，只漏掉瑟瑟的风，对飞翔而来的候鸟，撒开成无声的囚笼。

处在春寒，靠道德抑制不住风的冷。期望土崩瓦解的城堡开满花香，那是痴人说梦。

只有灵魂烙下火一样严酷的规则，从人间采集的花，才会转化成美。

只有一棵棵绿树挽成森林的臂膀，才能拯救鸟。

心只剩下慈悲，才装满整片鸟声。

（选自《中国诗人》2017 年第 5 卷）

夜宴乡村流年（节选）

任　浩

1

别离，像村庄一样清贫、悠凉。我约爱的人至山溪旁，希望水能聚集月亮与富足的慰藉。

林木兮兮，麻雀也能安歇赤贫的檐下。

她始终含着关于爱情豁达的困顿与传统的泪迹。我炽热的眼眸，能溅起她双颊的霭霭红霜；也难掩她，对我南下开拓另一种工业化洪荒的爱别离。

注定要变革地离去，注定要坚守地留候。

寂寥的对峙——贫穷的乡村多么矛盾与悲怆。

眷念极了那晚的月亮。落寞的诗情，执手镌刻在白桦树皮上"我欲与君长相随"的诺言。

我们的灵魂战栗，悸动！而我们又多么托付于那一枚守候的月亮。

2

褪去春梦的青苔，依然温存着那寂寥的秋水。雍容的那尊海棠，暧昧的清风，仍在不停地——挑拨着，她灵魂的霓裳。

远离乡土后的饥荒，炊烟是不是支撑你最隽永的坚强？

三个冬天了。

每年，我都会朝圣一场雪的到来，好让围巾在鲜红的柴垛上高高呐喊。

归来哟！我挚爱的人哪！归来哟！唢呐，一腔啼血的喧嚣；一步，一个缠绵。

山冈上的三生石碑已开始荒漠。

风吹麦浪，你还没有回来参加丰收的狂欢。

几个麦草人，茫然地伫立在风中守候：夜行人，归乡的跫音。

（选自《星星·散文诗》2017 年 2 月）

奉仙观

潘新日

荆梁北街把整个秋天的阳光都牵到奉仙观的石兽面前受戒，绿树在道法自然的微风里修道，青苔静下心，在尘埃的低处打开渺小的妙悟。

山门敞开，道家的气势，如同此时的敞亮，让一个个南来北往的香客，崇尚内心的神往。青石板整齐排列，圆滑的釉面，脚步，让花草探出今秋最后的光芒。

碑亭是石头展示时代的脚印，那些汉字，那些用皇家气息凝结的神秘，定格在石匠们用钢钎雕刻的声音中间，用墨香撑起天下。

三清殿肃穆，道祖道仪天下之心畅然，金黄的披风里闪烁无限生机。道生一，一生二，二生三，三生万物，万物负阴而抱阳，冲气以为和。他们开过花的手栽下多少护荫，纷繁的世事一如跌落的叶片，荆木作梁，还有多少俗心不可摆渡。

一切迷茫都来自民间的俚语，混杂的江湖被连根拔起。此时，希冀栖居在草尖虚拟的翅膀上面，我把花蕊作为一盏浓烈的老酒，用来麻痹悲凉和痛苦，以及市井里的平庸……

（选自《诗潮》2017 年 1 月）

漂　白

范恪劼

——把有机有色物质的发色基因氧化，而有机有色物的基本物质没有破坏，这一变化叫漂白

它们兀自白着。

神祇瞌睡的须臾，漂白风生水起。
积久成习，积习成性。有些事物终于出落成光明下该有的气色。
白，清白、亮白、美白。就那么白花花地耀尘世之眼。

不明不白的柔术，黑白颠倒的巫术，不分皂白的魔术。
弃道任术的隐遁无师自通。一夜间，粮仓里的老鼠换上了值更人的免检服。
硫黄若明若暗，双氧水若有若无，次氯酸钙若隐若现。
白，开始于不清不楚，停止于闻白色变。

有人开始觉醒，有人顿生懊悔——百无禁忌的白中，苦苦漂白成煞白岂不是傻白？
干脆指黑为白，索性知白守黑。
豪壮的赤裸裸，叫嚣乎东西，隳突乎南北，光天化日之下，利爪狰狞，无忌也无畏。
聚沙成塔，集腋成裘。三尺冰，百日寒。
破冰之航，嘎吱吱地对抗惊心吊魄。

尘埃中的低微抱紧记忆，不堪回首。

白米与白菜、白桦与白鹤、白玉与白金——曾经，有多少本色的白，安稳着我们向善的心；曾经，有多少谦卑在清流边学浣纱，漂白一生蒙尘的身。

可以从素白中生，可以向洁白处长，底色恒定。

假作真时真亦假，有一种民间的漂白终于失传。

（选自《奔流》2017 年第 1 期）

长相思·云一缇

毅　剑

窗外林立的楼宇丛丛无际，夜幕封锁着晶亮的雨帘，无定向的秋风裹着湿淋淋的心思撞来撞去，此时此刻，你是否还在路上？

你在朝着我的方向走吗？烛光摇曳，相思的泪从不曾干过。钟鼓已响三遍，雨水浸泡过的鸡鸣黏稠而凝咽。

已是深秋了，一些该走的事物还没有走远，另一些不该来的事物已在路上。我知道，一个注定没有结果的等待早晚都是伤，可我宁愿等待，宁愿一个人独自承担起两个人的伤害。

秋天——本来就是收获的季节，不到雪封大地，说结束还早。一些事物的热度在慢慢降温的同时，另一些事物的阴影也在慢慢向我靠拢。谁在楼宇的纵深处弹断了一把竖琴？谁又在不安抖动的罗被下辗转反侧？这一切都不重要，重要的是我已在爱里沉陷，年复一年，在日夜交替中不停爱着，用我的皱纹、泪眼，用我的忧虑和焦心，也用我深深埋藏于胸腔底部的噪音……

（选自《大观诗歌》2017 年第 3 期）

儿时的记忆

陈　顺

黄昏，母亲的呼唤是最美的声音。伴着牛铃，我的双脚会抽出翅膀，瞬间抵达母亲的眼帘。

油灯站在高处，昏黄的光晕在夜色里挣扎，温馨在火光里弥散。蝉、鸟、蛙的叫声，相互碰撞，伴着幸福的咀嚼，白天便匆匆谢幕。

父亲放下碗筷，抱着青草去了牛棚；

母亲拿着铲子，在锅碗里打捞；没有言语，时间慢慢踱向黑，直至某个深不见底的梦。

我坐在火铺中间打量着这一切。童年，于时光恍惚间逐渐长大。

（选自《星星·散文诗》2017 年第 4 期）

行走沧桑（节选）

1

行走沧桑，穿越风雨。点燃情爱做火把，照亮脚步，照亮远方。

情未了，扯痛思念的九曲回肠。

一步一回眸，你是心空的一片皎洁月光。

2

行走沧桑，衍生一腔痴情，生怕被冷漠风干。

想攀登情绽红紫、爱蕃绿意的陡路，更恐拽断缠绕约定的青藤，坠跌断崖，独饮孤寂，啜吮慨叹。

高举火把，朗照曾经的许诺。流向心河的一帘幽梦，是否会把许诺溅湿在枕边？

3

早梅选择在最冷的枝头吐艳。

夭桃选择在伤春的季节落红。

何必刻意梦觅秦淮？各揣乡河流韵，各揣季节衷语，各揣最美心音，在大鹏湾汇成牵魂的涛声。

把不幸的际遇，远抛泥泞山道。

韶光让你穿上旗袍和高跟鞋，更要小心翼翼，不要踏扁凝重的邂逅，以及邂逅后的相知。

5

在茫茫人海邂逅你，就想与你拼成方舟。这是感性与理性的有机融合。

情爱裁波剪浪的演绎，在沧桑的行走中延伸，在方舟的橹撑中绰约。

人间的冷暖炎凉，悲欢离合，尽在脚印和船歌中。

7

曾经有偷窥的流萤，不知不觉中，照亮宛若敖包相会时的心影。

那时，想一同握抱一钩新月，勾出黎明，驱散惆怅的深沉夜色，给梨窝珍稀的笑意，染上绚丽和豁达。

（选自《传世经典散文》，华文出版社 2017 年 7 月）

占 卜

庞　白

现在他们终于成了一群无所事事的老头，和石头那样坐在路边，享受世间的寂静。

真安静啊！

风从他们背后的稻田里吹来，吹到他们靠着的大榕树上，就停止了。

风在大榕树的枝叶间穿来穿去，一直没有到达他们前胸。

这样的情形是准许的。

谁知道他们与野地里的风是什么关系？

——熟悉的口音也不能传达经历、生命和死亡——不远处是坟场，先走的兄弟们在那里聚集了，他们也将睡到过去。

这是陈旧的过程，也是永恒的真理。

占卜只能告诉我们只有这么多。

除了耐心，没有任何东西是渡我们过时间之河的桥梁！

（选自《海燕》2017 年 5 期）

自由选择的耳朵

陈茂慧

它是自由的。一只或两只耳朵。

它可以选择听，也可以选择不听。

可以选择听多少，也可以选择有多少不听。

可以从左耳朵进，从右耳朵出；也可以从右耳朵进，从左耳朵出；也可以选择集体失聪。

自由，选择，都是它们的权利。

天黑时，万物宁静，仿佛一切都归于永恒。偶有的动静，是耳朵选择的结果，可屏蔽，也可以全部开放。

有距离远近之分。此时，耳朵是清醒的，在暗黑中，无眩晕，无迷茫。声音的分贝穿透黑夜抵达。

黎明似乎近在咫尺。耳朵离它最近，也最远。光明突破黑暗的一瞬，被大地尽收囊中。

雾的灰，光的亮，覆盖了声音。

耳朵，开始忙碌，开始寻找新的目标。纷至沓来的，浩浩荡荡的，前赴后继的，悠扬婉转的，嘈嘈杂杂的，叮叮当当的……众声鼎沸。耳朵失去判断。

此刻，耳朵也失去了自由。

一只耳朵失去自由，是否意味着另一只耳朵也要失去自由？

失去自由的耳朵还能否进行选择？

拉开窗帘，窗户洞开。森寒的冷气扑面而来。窗帘在窗边飘拂，耳朵在窗后瑟缩。

传说，流言，谎话，童话，故事轮番被风刮进来。失去自由的耳朵，实际上就是受伤了的耳朵。

受伤的耳朵依然可以选择——

耳鼓留下忠言。

耳膜留下漏洞。

耳石留下平衡。

耳轮留下疤痕。

命运留下悲欢。

（选自《伊犁晚报》天马散文诗专页 2017 年 7 月 31 日）

一片叶带路

丘海念

此时，人间美若虚构，一片叶，随风飘下。

我追随着它的轨迹，让它把我带入秋天。

这片叶，有它随性的美，它短暂的一生，从不在意谁主沉浮。

我用手接过这片为我带路的落叶，黄绿相间的叶面，写满眷恋，也写满相思。

我捧着这片叶，捧着平凡又短暂的生命，它的生命线有春风的沐浴、夏雨的洗涤。叶落归根是一种深情，我手中的这片叶没有饮恨别离。

我该如何描述我内心的感叹？凡生亦有死，新叶将比旧叶绿。

我轻轻翻阅着这片叶的另一面。

我相信，这片叶的反面有着和正面不一样的情感。同一片叶子，有着截然不同的际遇啊！正面的叶子油亮清绿，背面的叶子暗淡阴沉。太多的人大多数时候会看到命运的不公，其实，当正面的叶子在夏季接受烈日烘烤时，反面的叶子往往没有这样的烦恼。相反，正面叶子的温度离不开反面叶子帮它降低。

一片叶子，不正如我们的手心和手背么？各自有不同的奉献，也就有不同的快乐，彼此需要永远心心相惜。

一片叶子为我带路，带我品读悲欢离合，带我品读世事众生。

一片叶子一片情，我想没有人不喜欢叶子。

一片叶子为我带路，带我学习做一片叶子。

（选自《散文诗人》2017 年 47 期）

或者浮尘或者野马

陈海容

江山不远，时光不轻。

我们是散落在世界每一个角落的零件，一直沿着一个纬度切向生活。我们不断地排列组合，相互维系呼应推动，汇成一股不可抵挡的力量，世事的变迁得以推动，星轨的运行得以推动，宇宙的演变得以推动。

当然，只能以坐井观天的姿势看望辽阔未知的星空，以盲人摸象的勇气摸索星光的脉脉温情，或在遥远的星空之外有我们即将返航的家园？

而我不知从何而来，仿佛世界一直就在这里等我。我在这里，不知谁来替我？我或者是遗弃在这个尘世上的一颗浮尘或着一匹野马，飘浮或奔跑在月色下。

在时间面前我更是一个伐木工人，一段一段地截去过去，追逐着太阳也被太阳驱逐，砍伐着时间也被时间讨伐。

皱纹和叹息刻在年轮上，一圈一圈越绕越紧，果实已经熟透了，在枝头拉低一份莫名的忧伤。

脱下疲惫不堪的肉体，我就是一颗浮尘，与万物吹嘘相吸，偶然亦能逃脱引力从心所欲而行；我也是一匹脱缰后绝尘而去的野马，告别过去的我，不接受任何的挽留。

而我的梦想总是执拗地和现实互为颠倒，后来蜕变成深恐的梦呓。期望不可久期，时间愈加漫长，愈要将内心的热驱出体外。

我在天地间游走，有如浮尘有如野马，这就是我。

（选自《山东文学》2016 年第 12 期）

红果子

郭　辉

深夜，月黑风高。老得没有一粒牙齿的舅母，丢下一屋儿孙，突然驾鹤西归，去了另一个世界。

山角落里，那一株舅母也叫不上名字的小灌木，一下子耷拉了。

分明能听到，它坐拥空山的哭泣。

自打小灌木，带着一身的野性，从泥土中探出头来，舅母就瞄上了它。培土，浇水，施肥，仿佛它就是自己的风水宝地里，一棵至亲至爱的庄稼。

几多年，天天施之以抚爱，浇之以琼浆。昨日早上，还喂了它一盆酽酽的淘米水。

点点滴滴，入心入肺。

怪不怪，舅母直起身子，正准备离开时，手里端着的粗陶瓦盆，竟然毫无先兆地破了，碎了。舅母一愣，一苦笑，转身返回了家门。

是夜，她就撒手人寰，顾自走了。

小灌木说不出有多么懊丧，多么伤心！

舅母呵，没有给它留下一句话，一个手势，甚至一个细微的眼神。

一树的酸果子，只三个时辰，就都哭肿了眼睛，哭失了魂！像被一竿无形的竹竿，敲着，打着，抽着，噼里啪啦，一齐掉落了下来。

一颗一颗，那么红，那么红，那么红！

是不是它，用鲜血——

酿制的泪滴？

（选自《散文诗》2017 年 3 月第 3 期上半月刊）

没有人能知道，我内心曾经的锋利

孙庆丰

上苍从不怜悯卑微的灵魂，太阳早早醒来，突兀的远山，一如我的脸上黯无光彩。任何一丝可能闯进的世俗的鄙夷，都被父亲用一根崭新的门闩阻挡起来。

我慌忙从炕头背过身去，因为我分明看到，父亲的脸上，掠过些许羞愧与无奈。时常最简单的一顿早餐，今天被母亲张罗得，过年一样丰盛，每一道菜都散发着母性的慈爱。

其实比起荣光，她更在乎儿子的平安和健康，只是在父亲面前，从不敢说出来。倔强的父亲，或许从心里已向命运屈服，他拼命打磨着锈蚀的农具，渴望能找到一丝慰藉的光彩，但所有的农具都是那么不争气。

我的脸颊不由得灼热起来，像一把被遗弃的镰刀，没有人能知道，我内心曾经的锋利，即使躺在冰冷的墙角，也依旧未曾忘记自身的使命。然而我的命运还不及一把镰刀，在城市，我至今未能找到，一片可供我收割的土地。

（选自《散文诗世界》2017 年第 1 期）

回　答

张敏华

曾经绝望过，像走到了断桥的尽头，春天的颜色变得模糊。风湿的生活，度过了一段虚词般的日子，雨声稀薄了懦弱的呼吸。

循着欲望的回声，黄昏泛着泡沫，青色的睡眠像水蛇一样潜行。突然迁徙的鸟，道出了自己的伤痛——就像在昨夜，背叛成为难言的宿疾。

艄公在哪儿？无援的渡船停泊着焦虑。不断上升的水位，抬高了道德的堤岸，宽大了婚姻的苍茫，入夜的灯光挽留着爱与恨的理智。

感情的引擎在一瞬间熄灭，短暂的青春，似一声尖叫。当一个梦境开始向另一个梦境突围，窗外传来无法言喻的回答——"不完整的夜晚，汛期如期到来"。

（选自《青岛文学》2017 年 3 月）

那　曲

符纯荣

阳光下，事物醒目，铁轨并立。

三分钟的停靠，无法说明爱是什么。比如一列火车转瞬就会开走，一只小憩的麻雀迅速惊飞。

　　或许，一路追着海拔绽放的油菜花，情感相对恒定。可是，一切绚烂之美，都会在夏天结束。

　　那曲火车站的上午，阳光从车厢表面铺展开来。

　　三个赶火车的藏族青年，脸上蓄满光线的硬度。一位手持转经的妇人踟蹰而行，向供奉于内心的佛，小声说出善良的言辞。

　　铁轨靠着三分钟的阴凉打盹。

　　正如藏匿于皮革的锋芒，大地从不改变固有的内心——

　　离天空近了一寸，透彻心扉的寒意就多一分。

（选自《星星·散文诗》2017 年第 2 期）

阿木去乎的乌鸦

阿　垅

　　不能再小的一个村庄：阿木去乎。

　　首先映入眼帘：两三座牛粪堆积起来的塔。

　　一条小路宛转其间，拨开草丛，裸露泥土，直至每家低矮的屋檐下。每次经过，都仿佛与世隔绝。每次经过，都让人心里一颤……

　　那安静，出奇的安静啊——

　　被几只低空盘旋的乌鸦叼着。

（选自《奔流》2017 年第 9 期）

静夜思

朱东锷

月圆月缺，时间，在悄无声息中轮回。

一圈光晕环绕着弦月，朦胧而诗意。

月光透过甬道两旁白玉兰宽大的叶子漏下点点细碎的银辉，空气中白玉兰的馨香幽幽。

晚上，喜欢沿着基地的甬道散步。

白天热火朝天喧嚣热闹的风雨球场此刻阒寂无人，拳术、棍术、极限体能对抗、狙击枪……

从清晨到日暮，在火辣辣的太阳下跌打滚爬。

战友们真累了，早早就躺在了床上，有的鼾声已与蛙鸣虫声相唱和。

静静地来到球场入口旁边的橄榄树下，橄榄树的躯干一个人已经无法抱拢，在离地一米多高处分成三支再分叉蓬勃生长，枝叶已经高不可攀。

抬头细看，对生的叶子密密匝匝错落有致，树冠如撑开的黑色巨伞。多么熟悉的场景！

在三毛那首《橄榄树》风靡的时候，

也是在这样的月夜，

我和他站在这棵橄榄树下，

当时这棵树只有海碗粗细，移植没几年，

我俩分享对未来的憧憬，

相约举杯邀月笑谈人生。

虽然同在一个星空下，平常各有各忙碌，

我俩成了最熟悉的陌生人。

月升月落，草木荣枯，橄榄树的年轮一圈一圈增多，橄榄树茁壮成长。

相约举杯邀月的他呢？

此刻是否隔着铁窗也在望着这一轮明月?

身为领导的他,收受礼金礼物为当事人开脱,身陷囹圄,令人痛心、唏嘘!

月晕消散,月光明亮。当年的情景历历在目,言犹在耳。

我俩谈论古往今来,古今中外,人情冷暖,人间百态……

最喜欢的警种,理想希望,

一次次的辩论和夜读,

不同的时空,相同的轨迹。

当年意气风发的他干过刑警和预审,

从事过缉毒和经济侦查,

一直冲锋在前,惩处各种违法犯罪,

没想到,人啊,是否一旦富贵腾达,贪婪、自私、骄奢、淫逸等丑恶的劣根就会显露?

人性本善?本恶?

悠悠岁月,几千年的历史长河,沧海桑田,社会日新月异,现代物质文明是古人梦想不到的。

人性呢?精神追求呢?有没有变化?

岁月悠悠,古往今来,古今中外,权力、金钱和爱情,人的追求并没有多大变化!

当今,社会繁荣,科技越来越发达,

我们的时间越来越零碎,

仰望星空的人越来越少,

对月静思的人越来越罕见,

"心中有束光,眼里有片海"的人越来越稀罕,

安逸享乐成为追求,社会越来越功利冷漠,人越来越浮躁肤浅,

静下心审视自己的灵魂,审阅我们的人生答卷。

(选自《散文诗人》2017 年总 47 期)

夜风吹过屋顶

王小玲

因为灵魂醒着，所以身体也不想睡去。

风明亮地吹过屋顶，我听到一种声音，越来越响。

这样的夜晚，我在自己对面坐下，舒泰，安静。我的名字咳嗽着从灰尘里抽出新芽来。

很多年了，我总是错读了天气预报，把雨雪读成花开，把台风读成多云转晴。我也被误读了若干年。

从此以后，我打算不再理会误解和质问，我要像远山一样沉默，不再与世界争辩。

从明天开始，我要爱上白玉兰，这些下放到人间的天使。

爱上那些红宝石光芒的酒，让我面若桃红；爱上那些长翅膀的歌雀，与它们一样用华丽的高音唱歌。

我还想告诉那些天一黑就瞌睡的人，我彻夜不眠，真的没什么，只是因为灵魂醒着，身体也不愿睡去。

（选自《诗选刊》2017 年第 9 期上半刊）

庙堂巷 16 号

韩树俊

庙堂巷 16 号的陪弄里，阿季从振华女中走进东吴大学。

无锡、苏州，牛津、巴黎，上海、北京，一生走过一百零四个春夏秋冬，人生的路很长很长，起步在庙堂巷，你说："庙堂巷的日子是我一生中最难忘的日子。"

庙堂巷的日子，是安静的日子。

有秋千的陪伴，有父母的呵护。

前门传来卖菱藕的农妇软糯的叫卖，后门响起"笃笃笃，卖糖粥"的竹杠声。

巷东头有养育巷里黄包车的"叭卟叮当"，巷西头有剪金桥巷卖花姑娘送来的花香。

难忘童年的手足情深，

难忘与钟书订婚的那个下午，

难忘与夫君牵手赴京父母在庙堂巷口的相送。

这一去，庙堂巷从此成了心中的宫殿，乡愁的思念，最温馨的回忆。

庙堂巷也记住了她的名字——

杨绛！

（选自《风润江南》，散文诗集作家出版社 2017 年 10 月）

风吹洮河

花　盛

春风，像一把生锈的剑，在时光的石头上，不停地磨。

一磨，锋芒毕露，驱散了洮河两岸的冰雪；再一磨，寒气逼人，逼到那些浪花纷纷醒来，不舍昼夜地奔跑。

风，每吹一次，寒冷就后退一步。她不止步，剑，就始终保持锋利。

即使我们被吹到悬崖的边缘，甚至一落千丈；即使我们被吹到巨大的漆黑里，看不到自己的存在……

直到阳光驱散了阴影，一朵桃花映红了洮河两岸的村庄……

马蹄的声音和悠远的牧歌，才唤醒了青草、呼吸和远方。

那张拭剑的纸，才像一段揉皱的时光，被扔在路上——

转瞬，被春风捡走。

（选自《星星·散文诗》2017 年第 1 期）

多　亮

容　浩

涩少年多亮从河滩上来，他驱赶着鸭子——这家里最值钱的东西。鸭的羽毛像梦的身体，寄居在活物的身上。

多亮看见了我，草帽里藏着对陌生事物的小惊恐。他被晒得很黑，像我小时候的伙伴，像小路上晃动的酱油瓶子。

他失去了爸爸和妈妈，奶奶是最亲近的人，他有慢性疾病，药是好朋友。

他是少年多亮。落日在他的身后下沉，小剂量的药在他体内像泪水在眼眶里回旋，不知要过多久，才会离去。

那是三月十八日的多亮，星期六的多亮——开在半山腰的，只有一个远人思念的多亮。他当然听不懂远人的歌唱："夜忍着黑，月光忍着白，一条大河，忍着泪水，多宽阔。"

（选自《星星·散文诗》2017 年第 7 期）

老 师（外一章）

唐雪群

听见您的声音，明白了万物的意义，将心敞开，不会再漫游在蜿蜒的小巷中。不会再关门闭户。

您在我们中散发的花瓣，为了未来的果实。

于是您的生命融进我们的分享中，您的思想光芒，您片刻的玄思妙想，随着时光的浮动翩翩起舞。

心灵的飞翔长着稀薄的羽翼在您的渴望中，铭记造诣。正因如此，夸耀您的久远，轻轻一笑的顷刻间，仿佛把我们带进五彩斑斓的世界之流。

愿意融进您的清波荡漾之处，不再被束缚手牵手。至此，我们回到了童年梦想的中心，便有了爱您的表达理由和致意。

别 说
——这就是理由

你来了多好，你不来也好。

巴厘岛浪漫的异国风光里，寻找不到你高大魁梧的背影。滞留于忙碌工作中的你，或许咀嚼着一份苦涩的快乐。

一年前的想往，一年后的放弃。

试图读懂？

工作永无止，即新月天天升，生命的游戏转瞬即逝……

别说——这就是你放弃的理由！

面对人生观与价值观——或许就是两条平行线，何苦寻求共识的交聚点呢？

在某条线上的某个点，或者做一朵木棉花：一片小草、一棵金银花、一抹九里香的植物。

攀上自己自由的峰顶，在澎湃的目光里创作快乐的游戏，一心一意跟每一缕时光一起不停地消磨，已意足心满。

理智把你的法则当风筝来放飞，真理也会使事实摆脱羁绊，得以自由。

（选自《散文诗人》2017 年总 49 期）

我把千年的高度举过头顶

封期任

擎着燃烧的太阳，我在一团烈焰里，思考生命的分量，是否重于晴空飘过的一片云霞。

蓝天，白云，飞鸟，还有那些飘飞的花絮，接受一个季节的拷问。

日渐成熟的思想，在岁月的熔炉里淬炼出一把利刃，把日子切成两半——

一半是飞扬跋扈的鲨鱼，像暴君一样，疯狂发飙，渴望卷走我的祖先，和祖先们赖以生存的空气和土壤。

另一半是猎猎的光影，横空划过宽阔的海域，划过沉闷的天空，撕破那些狰狞而狡黠的面容。

我把坚守寸土的精神，刻成一枚海石花，同我的国，微笑自如。

这样的时候，我不想去书写海藻尽展的婀娜多姿，也不写水草摇摆的妩媚妖娆，更不会去写企鹅胆怯的身影。

我的笔墨，同浪漫紫英一起，把千年的高度再次举过头顶，用三伏的潮水把骄狂的巨鲨烤煳、烧焦，成为我杯中的茶点和食粮。

（选自《山东文学》下半月刊 2017 年第 5 期）

这是谁的河流（外一章）

雨倾城

从前世到今生。这是谁的河流？这是谁的古老的爱情，最好的水？这是谁的，远道而来的连绵不绝？

摁住胸膛，羁留于此。

留下，我就是澎湃，留下，我也是宽敞。

一个人走着，她是一滴水。

一个人离开，她没有太多的伤口。

涨水的河床，抓一把树叶，摊开自己。水上生红日。

梦里。有我不愿落下的樱花，还有世外的村庄，一波一波遭遇的往事，从未到来的赤裸的真实。

一条时间的河流。

岸草摇晃。

长大的小鸟，只与青山语，只与白云语。

风在风中，水在水上。

我不说出爱。我在它们中间随意行走，带着自由的灵魂。怎么走，都叫命运；怎么走，也没人认出我。

总有一个地方

总有一个寂静之地，浪花喧响，芳草萋萋。

总有一个长相和你一样的地方，让你忍不住纠缠，回归，侍奉山水，放浪形骸。

茅草街、乌嘴、浪拔湖、北洲子、麻河口、华阁、武圣宫……

眺望的每一眼，都是告白。

这平静的地方，平静的流水，平静的人们，平静的生活，可亲，可怀，带着温暖而缓慢的气息，拥抱山河岁月。

在这里，我变成了一个多么简单、多么新的人。

来，与我一起手牵手，在华阁厂窖赏油菜花海万顷，在洪山禅寺听木鱼声声，在天星洲等芦苇的影子从脸上一点一点退走。

与我一起，抱紧蛙声，抱紧稻田，抱紧草垛，抱紧屋外日常灶边炉火，一日三餐，呼儿唤女。

与我一起吧。

与我一起寂静生长，忘掉喧嚣的生命，看时间逶迤，成灰，让世事和恩仇——永不知晓。

红枫古道：命运的火焰，像是祈祷树上的秋天，落满一地。安静落满一地。我，落满一地。

无尽的天空下，我寂静地走。

不能停下来。

一个姓氏，脱胎换骨。

许多事，无法回头。我不相信那些鲜艳的红。

那些古道上新鲜的脚印，晨曦，和傍晚。

我们互不相识。我们情绪复杂。我们转身陌路。

那么多。那么多红的叶，红的火，红的誓言，红的热烈，红的浪漫，红的深情，红的寂寥与沧桑，带着持久的热爱与信仰，飘落空旷。

它们在古道之上、山崖之巅，沉默、自在、燃烧，若垂天之云。它们骄傲地红。红给谁看？

更远一些地方，晨雾坐在枝头成为回音。

命运的火焰，像是祈祷。生命里最缤纷的颜色，有过大爱恨？

（选自《延河诗歌特刊》2017 年第 1 期）

与母书

鲁绪刚

一边薅草，一边唱山歌。

音符连绵。

若老树上的新芽，在大地上争夺春天，绽放。

是的，你在跌宕起伏的秦巴山，荒凉地存在，背负着厚土与错综复杂的河流。仿若院边篱笆上的牵牛花，长到故乡之外的花朵，是你呼唤的阳光和新月。雪花不愿在你的头顶融化，面颊上淌着檐水和落满记忆的溪流。你攥在手心的地址，是你不愿放松的挂念。

在泥土与雨水之间，我嗅到了你身上清苦的草叶味。可我还想重新回到你的腹中，感受你分娩时的疼痛。以羊水的单纯，对抗人类的谎言、阴谋与欺诈。

悬浮与混乱，无法从你的目光里偷走春天。

我违背了一棵树、一条小溪的诺言，像少年放飞的风筝，还漂泊在巨大的苍穹，仅有你在黑暗之中，把一盏油灯挑亮。

并以苍老而虚弱的手掌。

捧出圣洁之水，修出仁爱之路，将我们的秦巴山覆盖。

（选自《山东文学》下半月刊 2017 年第 6 期）

两个人的年龄

蒋志武

时间，展开的花瓣，我和母亲一直向前走，一个像农民，安守故土，一个像商人，东奔西走。

我们的身体里，都有叮当作响的空瓶

今年，母亲五十九，我三十五。我们相差二十四年光景，这二十四年，母亲从出生就开始孕育新生命，我像一粒种子躺在母亲的深处，让她幸福，而又无法安宁。

衰退的身躯，一面轻薄的镜子，光阴细小的乳房上有赤裸咬噬的白蚂蚁。

母亲，一生一次年龄，两次疼痛。在母亲六十岁，我想为她做一件挂满花瓣的长裙，会有连续不断的花朵从她身体上开出来。

（选自《山东文学》下半月刊 2017 年第 1 期）

乡村，我该怎样描述你的生机勃勃

月光雪

露珠与田野的体香交往过密，这早已不是村庄的秘密。

夏刚刚探出头，就撞进眼帘的一幕：饱满的五月，饱满的物象，都穿了露骨露相的旗袍，穿着各种花的丰美，束不住的腰身，在枝头巡展。口含露珠的名字，口含爱人和芽孢的名字。广袤的大地之上，连风都启动了孕育模式。

一波波的春汛，把江岸推出一道道妊娠纹。羊水渐深，漫过种子的头顶。翻浆的泥土，返青的枝叶，遮盖不住的早孕反应。掩盖不住，生命喜悦的嘴角，万物都被希望点名，被微笑点名。

我牵着孩子的手，站在点名簿上，站在蚂蚁和蜜蜂之间，轻轻地应了三声。便有蝴蝶和彩云应声起落。

五月，我除了一遍遍应答，该怎样描述你的生机勃勃？

怎样描述乡村女儿的幸福感，描述怀一胎的妹妹、怀二胎的姐姐？

这次，我还是想请一组露珠代言。

（选自《散文诗》2017 年 1 月上半月）

当雾霾散去时

鲁本胜

橙色警报响了。
雾霾，又一次光临。

烟笼大地，春草生辉，鲜艳的野花，一片诗之桃林。
扑面而来的，依稀这一年最后的糁雪。

掩门闭户，品茗，听乐，一种想听就能听懂的语言，
正在发芽……

从一片月色中走出来，花前月下的男子啊女子啊，误入一片迷蒙。

楼林中的，一块巴掌大小的绿园，花影凌乱，全因了雾霾重重。

高速路上，一群咬尾擦肩的甲壳虫，喷着温热的灰白气息，似乎是在穿越一场——

世纪风雨……

（选自《巴中文学》2017 年第 1 期）

柘树在歌唱

张晓林

在老家，在沽河，我梦见一只宋朝年间的鸟，
活了过来……

我听见，风在焦灼地吹。
一场瓢泼而下的雨，正在酝酿。
时有热烈的风，多余的沉默。

而每一片叶子，所有的叶子，就在这时，海啸般发出了热烈的歌唱！
这歌，感召着大地，比天地间所有的响声、潮声、雷电之声还要明亮，还要响。
这是柘树，面对天地，发自灵魂深处的歌唱！

（选自《大沽河》2017 年第 2 期）

月凉如水

邱雨秋

秋月，真的可以沁凉如水吗？外公讲的爱情故事，那些娇艳的玫瑰，康乃馨，像一支民谣，在城市、乡村到处吟哦。

与爱无关，月躲闪着风。

或许，秋月应该是一位男儿，站成保家为国的士兵，站成父亲殷切的嘱托。

我在城市的蜗居，看不到乡下葳蕤的庄稼。月影里，父亲在他的庭院里，用月光、虫鸣浇花。

（选自《大沽河》2017年第2期）

今夜：给故乡的老屋烧烧炕

庞学杰

炊烟袅袅的夜晚：故乡很近，故乡就在眼前！
伸手不见五指的夜色里——

看到了星光，看不清老屋。

只见灯光，不见亲人！

睡梦中的泉水，流出谁的嘴角？

泉眼深处，暗河滔滔！从脚跟发芽的水草，纠缠逆流而上的鱼汛。一条河打结的地方，整个村庄都空了下来：小巷脚印稀疏，墙头上没了起伏的鸡鸣。所有的狗，都被拴在了绳子上。

而今晚——

炊烟入梦！只有柴火的气味，没有米面的浓香……

（选自《山东文学》下半月刊 2017 年第 5 期）

咳　嗽

许泽夫

夜，像一口倒扣的锅。

父亲牵着我，在锅里行走。

从不抽烟的父亲，他双手拢着，挡住怪叫的风，抖抖地点起了一支烟。

伸手不见五指，我也不敢松开父亲的手。明明暗暗的烟头，是夜空下唯一的星星。

劣质的烟味，随风四散。

父亲在咳嗽。

深深吸一口烟，星光闪耀一次，父亲就咳嗽一次，大声地咳嗽，故作夸张地咳嗽。

父亲的咳嗽很勇猛，胸膛像炮膛，在半空中炸响。我坚信，足以吓阻蠢蠢欲动的山兽不敢出洞。

路经荒坟、水塘、黑松林，父亲的咳嗽格外响亮，似乎带着血。父亲挺着胸，吸一口烟，响彻行云地咳嗽一声。我迈着在村小操场上军鼓队的步子快速跟进。我听见水蛇扭着腰窸窸窣窣逃走，在脑门飞舞的蟛虫乱了翅膀。

进了亮着油灯的家，父亲松开我的手，坐到竹椅上，椅子瘫痪了。

我的手心汪着父亲的汗水。

（选自《文艺报》2017 年 5 月 8 日）

琅勃拉邦（外一章）

许文舟

琅勃拉邦的中餐馆

藏在一条小巷，辣椒呛人，炊烟还是湖南浏阳的身段。

青花瓮里，游着澜沧江鱼。一定还要让它进行几天深呼吸，好吐完从中国染上的乡愁。洗盘子的妇女，两手湿漉漉的，怎么看都像母亲，背着牛的草料从玉米地里出来。

遍地是罐装的酸菜，随意挥发的白酒。点菜的小姑娘，中国话说得很憋屈，老挝版本的笑容，中国的游客都喜欢接受。先喝两杯吧，他乡遇上故知，只是唐诗里惯用的手法，但我还是自己与自己客气了一下。

老板姓黄，忙完一桌子客人，他用方言安排孩子课外作业。水把茶叶泡得骨酥肉软，清水煮豆腐，鸭血灌肠。用餐时老板特意前来敬酒，我知道，他就是用善良支撑了中餐馆，不温不火的关张。

他不可能，从中国带那么多菜肴，还只能在市场，选购肉类蛋白与大米。问题是，他用中国烹调术制造出一局又一局，中国人喜欢的食谱。

什么菜谱都有乡情的源头，就是鱼，还没加入老挝国籍。陪餐的茶水，流淌着中国的小溪。

琅勃拉邦少女

选什么背景，都不能选大皇宫。

纯金的回光，每一寸都有阴谋的锤印。象牙停下咀嚼，丝绸朽成轻灰，皇后消受的果盘，蜜瓜打着饱嗝。

请注意西沙万非常宠爱的老虎，已放归深山。黄金镶嵌的宫墙，一样越过了青草与藤蔓。

美颜是手机流行的功能，对于你，无须改变什么。嘴角有恰到好处的自信，眉间刚刚入驻春风。这时的你，多么年轻，月白的裙裾像那天下午的光线。

爱情是受惊的白马，而你是青春的鸟飞，两个互不相干的物象，在后宫，我一百六十分之一的快门都无法追踪。

时下，西沙万已不用早朝了，手握一卷《罗摩衍那》站成石头，这是他想要的轮回。而你不关心壁画与傣锦，卖安息香，是你针头削铁的小生意，还要照顾妈妈丢下的两个弟弟。

琅勃拉邦的下午多么美好，后宫的寂寞让鸽子啄破。

（选自《散文》2017 年第 4 期）

辑三　起伏的音界

一个词（外一章）

庄伟杰

借着灯光，赊来月色。信手展纸。研墨。挥毫。

有一个词，似乎会燃烧，会吐出火舌喃喃自语。它带着墨香迅速闯入我的体内，令人猝不及防，却巧妙地道出我此时的状态。

对一个词的敏感，并且用来描述自己的心境是危险的。这约等于提取一瓢水来浇灌一场爱，或者采撷一片星光来喂养苦难的诗歌，同样值得质疑。

对一个词的拒绝，相等于拒听一首多愁善感的歌。唯有跟自己交谈，让心成为灵的窗。

探测着一个词的内涵，意义的背后却没有带来多少宁静，或者慰藉。

留下的阴影，就像此刻的心境。我不得不学着回避，或收敛起视线。

邂逅一个词，泄露了目光中深藏的微妙感觉。

然而，它依旧在燃烧。那细小的火花，亮

闪触目惊心的光焰，带着一种神秘的美。于是——

我挥洒一弯银勾，定格在宣纸上；

我发现一弯月儿，悬挂于静空中。

心系一念，今夜，谁能勾引起我的笔情墨韵，与我饮酒，品茶，泼墨，共赏。

然后，看室外的风声，和一泓幽光谈论聚散或离合……

雨中畅游清明上河园

初秋。一阵风伴随着一阵雨，在大地的肌肤上擦拭。

一缕缕由远及近的菊花香扑鼻而来，让我再一次神怡心旷。

禁不住端详着张择端《清明上河图》营造的意境，把陶醉的心境自由放飞。

与同行诗人们结伴。畅游以实景再现的历史文化主题公园——清明上河园。

油然生发"一朝步入画卷，一日梦回千年"的感觉。时光仿佛倒流了。

透过雨帘，眼前映现着时光与梦的交叠。面对如画江山，分外妖娆。

任何景物都是传神而生动的存在，真实却显得空阔。

那些被秋风秋雨唤醒的诗句，一行行浮现在大脑沟回里，随之化作斑斓风景。

怀揣激动的心，打开体内的全部窗户，体验着留在雨中的那份记忆。

在这里，所有呈现的事物，古色古香，活色生香，如在画中安然存在。

在这里，小桥、流水、亭榭、楼台、游船、石径、鸟鸣、花木、小草……看似寻常却充满灵性。

在这里，桨声撩拨的一船歌声，与低吟浅唱的河流共舞，与沿岸嬉戏的灯笼呼应，为万物注入了脉脉温情。

从市井风情到皇家园林，从日落到月升，从春天到秋天，水光山色，杨柳依依，生动了天地，也染绿了泛起的诗情。

举月四望，意随雨飘。一路流连，一路谈笑。

置身于这片聚秀的河山，穿行在潇潇秋雨里，我滚烫的思想随风飘舞。

那被雨水漂洗的灵肉，好像找到了安顿的居所。

（选自《散文诗世界》2017 年第 4 期）

深海沉潜（外一章）

徐成淼

我要去的，是世界上最低的地方。

比峡谷还低，比深渊还低，低到了再无可低之处。

以勇者的名义挑战世界的深度，我全副武装，一头扎进了大海。

下潜，下潜。

再深，更深。

一直深潜到不可思议的极限，直抵生命的末端。

那是世界的尽头，那里暗无天日。

周围漆黑一团，没有一丝光亮。只靠一支电棒，照见被我搅动的水流，和峭壁上脱落的几缕细沙。

长夜漫漫，昏天黑地，一片死寂。

有如地狱的入口，逼人放弃最后的幻想。

我突然陷于彻骨的孤独，恐惧感油然生起。

就在此时，电光一扫，我看见前边不远处，两只小红虾，正在嘴对着嘴试着亲吻。被亮光惊动，它们一起侧过脸来，眼神又吃惊又得意。那种稚拙的模样，令人忍俊不禁。

这是天大的奇迹！

万米海沟，一千多个大气压，血都浓缩了，竟然还有如此活跃的生命。

小红虾引我跟它前往，一起去访问它的伙伴：无眼鱼什么也看不见，连眼睛都退化了，却游得自由自在；管状虫和孔虫上蹿下跳，兀自在黑暗中撒欢；还有狮子鱼和欧鲽鱼，一对对在那里进退自如，自得其乐……

在生命的禁区，它们活着；在浓黑的海底，它们相爱！

黑暗也能造就幸福。千寻之下，阳光照不到的地方，同样是爱侣们死心塌地的情场！

（选自《文艺报》2017 年 1 月 6 日）

风的奏鸣曲

风从山那边吹过来的时候，环城林带的每一片树叶都欢呼起来了。

林涛像交响乐，弹起了高山流水的八音坐唱，和欢快的木叶奏鸣曲。

风从垭口那边逶迤而来，从山坳那边蜿蜒而来，从河谷那边跳跃而来。

带着峡谷和悬崖的清凉，带着溶洞和瀑布的丰润，带着河流和湖泊的幽远。

它们聚会山城，轻松地讨论着关于凉爽的主题。

风在街角流连，在广场跳跃，在小巷盘旋。

它吹开一张张笑脸，在游人的耳畔轻声絮语，为人们抹去鬓角的汗珠和心头的焦渴。

风在老人的额头逗留，在婴儿的腮旁拂动，在情侣之间传送着绵绵细语。

携着饱含负离子的空气，为每一颗渴望的心，带来滋润和慰藉。

风吹开季节的翅膀，带来了没有暑气的日子。

赶走热浪，拂去疲惫，拂去焦躁和惆怅。

为人们营造一个清凉的驿站，让身心获得最惬意的小憩。

让所有的"凉粉"，都能在夏日里尽情地享受春天。

风掠过湖面，吹皱一池碧水。

那是写在阵阵涟漪上的象形文字，书写着从清凉王国带来的抒情诗篇。

在酷暑难耐的季节里，是风建起了这一片绿洲。

绿洲上有浓浓的树荫，有翡翠般冷冽的清泉。

浪花与浪花接力推送，沙滩呈扇形铺开，比基尼和八块肌肉争奇斗艳。

朋友圈里，风发布一封又一封微信，自定义菜单苍翠欲滴，留言板上点出了一个接一个的"赞"。

好花红了的时候，芦笙和唢呐，按风的节律奏起了靛青的蓝调音乐。

在经度、纬度和海拔之间，风和绿叶正在视频聊天，环形屏幕映出了二维码和立体声的 3D 画面。

那里有花仙子和水的精灵，它们手挽手，跳起了梨花带雨的水上芭蕾。

一股清流，从暗河潺潺流向无所不在的客户端。

清风掀开了诗册，绿色大字的标题下面，是一首首关于凉爽和舒坦的十四行诗。

大数据随风而至，奇数按温度排列，偶数按湿度排列，最后耦合为最适合人类居住的矩阵。

是风带来了最高级别的舒适度，电子告示牌上，显示出休闲和度假的最佳指数。

让这座迷人的城市，真正成了避暑的乐园。

清风吹开了少女的心怀，把杨梅和刺梨的清香，从山麓吹向了河畔。

那里的钟鼓楼，正为蝴蝶和蜜蜂，敲出丝丝小雨的鼓点。

风的表情包颜值爆表：凉风和微雨，树篱和绿荫，处处显示出健美，快乐，自信。

连风向标也露出了灿然的微笑，和测速仪一道，转起了风生水起的呼啦圈。

高原的风，是民歌和诗，是蜡染流畅的线条，是峡谷湍流回转的波纹。

冰爽牛角酒，清凉水豆花，清风吹来鱼腥草和浓汁豆腐果独有的香气，还有迷你春卷那超级时尚的绝味包装。

晚风在行进，月光如水，清凉地铺展。

林梢奏响了沁人肺腑的小夜曲，T 型台上，白雪公主秀出了冰清玉洁的最新时装。

风把广场与河岸，布置成了一个纳凉王国，向人们演示一个个关于高原和森林的美丽童话。

来来去去的旅人，在习习清风中，从容地领略着高原明珠的万种风情……

（选自《贵阳日报》2017 年 8 月 20 日）

站在红红的骝岗山上（外二章）

何　霖

今天，我站在红红的骝岗山上，用尽洪荒之力搜寻你前世今生的踪影。

广州东涌，在伟大的唐朝，丝绸之路的起点上，你还是一片水深 6～7 米的浅海。

一场深不见底的回忆，直到近代，那些滩涂、河汊、堤围，才造就了你的过往今生，才拥有更多的桨声和渔火。

全国发展改革试点镇、国家重点镇、全国文明镇、国家卫生镇、全国宜居镇、广州市特色名镇、广东省民间文化艺术之乡……我在一连串响亮的名字里呓语、融化，用一次再生把火置换为水，洒向泥土。

大地在脚下蛰伏，蔚蓝写满天空。从南沙港快速路走来，在青铜铸就的"合力东涌"鼓韵感召下，我走进了青砖黛瓦、飞檐翘角的吉祥围，走进了岭南水乡的世界。

向纵深抵近。路，被一辆辆小车劫持，一朵朵鲜艳的紫荆花释放羞涩的香味，一片片抖动的树叶向游人敞开了心扉；桥，被缓缓的流水牵引，疍家人用乡音喂养的歌声，将一座座麻石砌成的拱桥，紧紧地连接在一起。

东涌，来自一堆泥沙，来自一泻江水，来自一河蚝壳。

村庄，有破土的种子，有发芽的树枝，有甜蜜的木瓜。

工厂，有勤劳的员工，有创新的科技，有出口的货物。

在这里，我可以不说天空的蓝色，可以不说仿古的景观，甚至可以不说民风的淳朴与和谐。

啊！我什么都可以不说，但可以肯定，我会把它藏在往事的记忆里、生命的路途中。

站在红红的骝岗山上，我左手握着广州，右手牵引世界。

碎花的影子飘过十里画廊

郁郁葱葱的骝岗河边，芦苇的任何一个动作，都会让水鸟停止喧哗。

翠竹、水杉、红树林，骝岗河堤，一段十里绿墙矗立。

木棉、紫荆、野菊花，鲜艳夺目，引来红男绿女驻足。

一条岁月的河流，将十里骝岗河岸冲刷成簇簇嫩嫩的新绿。

一首亘古的渔歌，在东涌先民倚着月光的桨橹欸乃中飘荡。

每一条小船，每一尾游鱼，每一根翠竹，每一阵花香，都是画廊如梦如幻的诗章，演绎着温馨的画面、似水的柔情。

时光带不走那么多的美，比如一束束被榕叶遮挡的阳光；一声声环绕震耳的蝉鸣；一阵阵在捣衣女的棒槌下，一声高一声低，一声长一声短的乡音。

阳光匍匐于田野，渐渐地，从东向西，从一棵树梢到另一棵树梢，从一片片蕉叶到一丛丛蔗林。

村头的大榕树被茂盛笼罩，凉风徐徐的岸边，婆娑的景致里，总会有停下自行车的男女老少休憩，他们或为游客，或为长腿性感的青年。

树荫下轻声的吟哦，阳光中欢喜的笑脸，河流里粼粼的波光……有多少诗人在这里停下远行的脚步？

安静，闲适，祥和。水草般柔美的情思缭绕弥漫，谁能长住于此？

小桥，流水，船家。在袅袅的堤岸，谁能颤动出撩人心弦的渔歌？

城市的疼痛，还在四周蔓延。只有经幡引领的时尚，才会在这画廊中踏歌起舞。

即使在季节的河流，我会把自己变成一块不会说话的石头，在水石交融中，依然会响起优美动人的旋律。

船只、树木，黄昏、倒影，碎花的影子飘过十里画廊。

青铜雕塑的传统印记

"开面""过大秤""鱼头汤""回娘家""饮杯心抱茶"……

这些传统的文字，或许在印象中有些模糊，但它们却是一幅幅民俗风情画。

在水乡东涌，这些青铜雕塑，是唯一让我的诗歌茁壮、让时间停留的景观。

一位穿着香云纱的妇女，是什么力量让她从生活的艰辛中抽身出来，如此急切地"开面"？在阿婆的一条细线、一点粉团揉搓下，眉毛、汗毛慢慢被去除，红润光滑的皮肤让她把微笑亲切地写在脸上。

放眼田畴，天边的云朵又搬来满天的雨水，为大地积攒那么多的金黄。赶集趁墟，一对平和安详的老农夫妇正为一大束青黄的香蕉"过大秤"。他们是坚挺果实的生产者，也是公平买卖的制造者。

隔着一条河，我望见对岸的人家大门敞开。那位坐月子哺乳的母亲，手持一碗姜片参酒的"鱼头汤"慢咽品尝。突然想起那首朗朗上口的民谣："阿嫂饮碗鱼头汤，虾仔乖乖训落床。哪管猫儿做卫士，公公探头笑呵呵。"

夕阳西下，撂下闪亮的镰刀，那位瘦若蒲草的母亲"左手一只鸡，右手一个娃"，在狭窄摇晃的木桥上"回娘家"。尽管是泥泞的道路，也要让别离的日子不再叹息。

鸡鸣相邻的村庄，篱笆上的喇叭花正热烈地吹奏起婚嫁礼仪，在"大襟姐（媒婆）"的引领下，"心抱（新娘）"羞答答地向家公家婆举杯敬茶。屋檐上的鸟雀叽来喳去，将伴娘喊得耳热心跳。

东涌，这里有青砖黛瓦的风情街，有乌黑锃亮的民俗雕塑。

只要笔墨渲染，都会风情如画；只要阳光照耀，就有浓浓乡情。

（选自《海外文摘》2017 年 9 月）

知　遇（节选）

谢显扬

知遇，是一个穿越时空、激荡情感、浸润灵魂的梦幻命题。

凄婉感人、侠骨柔情、有情无缘的知遇，当数南宋诗人陆游与唐婉的情爱悲剧。

曾几何时，几多才子佳人，自视清高，终生落魄，感伤悲哀，空嗟怀才不遇，空叹倾国天姿无人知遇颜值。

人生知遇，可遇不可求。真善美的知遇，智慧在自知之明。自己的才学、人品、形象，当真值得知遇否？自己的被知遇，当真能予知遇欣赏自己的人印证成就荣光引为自豪否？

真善美的人生知遇，或仰望高贵人品、或欣赏卓越学识、或心仪俊美形象魅力……

真善美的人生相知，是价值观的认同、是智慧火花共燃、是审美情趣印心印魂……

人生知遇，互触心魂、互生情愫、互感情怀、互勉惺惜，是士为知己者死，鸟为知己者鸣……

人生知遇，有乐同乐、有喜合喜、有忧齐忧、有苦共苦、有悲相悲，心有灵犀，天涯海角，人生命运，人类文明。

漫步人生路，真善美是知遇的定律，共鸣陶醉是知遇的境界，珍惜挚情是知遇的情怀，追崇文明是知遇的真理。

为梦知遇人憔悴，衣带渐宽终不悔……

（选自《南方日报》2016 年 3 月 10 日）

油地码头

蔡　旭

一条木船坐在街边，坐在海边。

讲着油地码头的历史和水东城的历史，讲着一个码头对一座城市的贡献。

自古以来，水东湾就是一个天然的良港。风和日丽时，穿梭着一帆风顺。台风袭来时，停泊着一路平安。

这一天，我站在油地码头眺望，一眼望到了明朝末年，水东港已成鱼货集散地，海上丝绸之路的节点；到清朝，又有了直通江门、广州、香港的航线。

望到八九十年前，港口桅樯林立，码头车水马龙，四海客商云集。"太平洋""五大洲""东泰号""东利号"，运进来洋油、布匹、食品与针织品，运出去食盐、桐油、花生油、竹木器与土特产。

"咳哟咳哟！"码头工人车拉肩扛，推动着一座城的历史车轮。

大汽灯亮如白昼，照耀着一座城的柴米油盐、酸甜苦辣、离合悲欢。

站在油地码头眺望，我望到了五十多年前的自己，在退潮的海滩上捡过小鱼虾仔与聊以充饥的红树林种子，货轮与渔船驶进了好奇的眼帘。

而在荔红时节，我与倾城出动的人群一起，曾为力争上游的龙舟，忘情地欢呼叫喊。

如今，货运大码头虽已搬离，油地又成了交通、旅游、观光的胜地，一座花红树绿的公园。

船来船往，运走的是岁月，运不走的是乡愁。

我站在油地码头上，眼中，一边看着千百年电白的海洋文化，一边看着身边休闲的人们的满面春风。

心里，一面留下了历史的记忆，一面涌动着现实的情怀。

（选自《湛江日报》2017 年 2 月 26 日）

甘肃行

王　元

嘉峪关

面对长城三大奇观之一的嘉峪关，我的思绪飞越了千年时空，如此宏伟浩大的工程在那个冷兵器年代是如何完成的？眼前仿佛出现了万千民工肩扛手推的繁忙景象，也听到了孟姜女哭长城的悲伤。

登上城楼高处，我不能不为古人的智慧折服！整个嘉峪关由内城、外城、罗城、瓮城、城壕和南北两翼长城组成，气势磅礴，豪迈万丈，横穿沙漠戈壁，构筑了一道铜墙铁壁的防线，不愧为天下第一雄关。

嘉峪关是明长城最西端的关口，扼守河西走廊，是古代丝绸之路的交通要塞，大有一人当关万夫莫开之势，故有西出阳关无故人之说。雄关漫漫雪花飘飘，边关之外埋藏了无数古代将士的尸骨，城墙挡不住胡敌，城墙文化折射的是一种封闭的心理。

敦煌莫高窟

莫高窟的意思就是世上再没有比这里的艺术造诣更高的地方了，在干旱少雨酷暑严寒的西北沙漠戈壁，谁能想象这里不但隐藏着绿洲，而且隐藏着世界艺术瑰宝，为古今中外的人们所景仰。

那一个个高大的石窟，那一尊尊形态各异的石佛，那一幅幅精美绝伦的壁画，来到这里的人们没有谁不惊叹得五体投地，所有华夏子孙都为中华民族灿烂文化而自豪，即刻涌现出文化自信。

这里的一砖一瓦、一草一木都极其珍贵，价值连城，管理者们采取了各种措施来保护这些人类的瑰宝。千密终有一漏，最可恨的就是监守自盗，民国年间莫高窟来了位目不识丁的住持王圆箓，把珍贵经书当作废纸卖，对精美的壁画乱涂乱抹。这是一次文化浩劫，由此可见没文化有多可怕。

鸣沙山

远远就能听到呼呼作响的怪叫，有如呼啸而过的警笛，又如千军万马奔腾，在辽阔寂静的沙漠戈壁，常常使人胆战心惊。

鸣沙山就像一条巨龙，骄傲地横卧在敦煌城南。沙体像金子一样灿黄，像绸缎一样柔软；没有起风的时候就像少女一般娴静，像孔雀开屏一般美丽，常常让游子乐此不疲。

平日的我孤陋寡闻，不曾听说过鸣沙山，读万卷书还得行万里路，以前只知道沙漠干旱人烟稀少，没想到竟有如此奇观，况且鸣沙山的势力范围不断扩大，原先景区的大门又不得不向外迁移，我担心人类对大自然的日益侵蚀，鸣沙山奇观将来还能否存在？

月牙泉

听到她的名字就觉得美妙亲切，果然是藏在深闺无人识的美景，犹抱琵琶半遮面，小巧玲珑面含娇羞。

明明是绵延几十公里的干旱大沙山，竟在其北麓隐藏着沙井，状如月牙，虽被四周流沙环抱，却终年泉水不竭清澈无尘。

世间的事就是如此神奇，常常出乎你的意料。月牙泉周围竟生长着茂密的芦苇、眼子草，亘古流沙不填泉，千古沙漠奇观，并与莫高窟、鸣沙山构成敦煌城南一脉相连的"三大奇观"，让我唏嘘不已，惊叹连连。

（选自《散文诗世界》2017 年 11 期）

仲夏夜梦里，我的心上长出一朵荷花，
兰花引（节选）

邱春兰

1

推门三十里路写不成书
撑着一苇江湖　等到云歇雨住
揽把稻香扶风看日出……

许珂矣的《渡风》因为禅意解读江湖隐士的心境，莫名地切入到一朵兰的灵魂，莫名地恍惚可见兰朵盛开，蝴蝶飞来。

烟色中蝴蝶不惊不慌，渡风、渡月、渡春夕，长江河瞩望的星停驻到兰坡，春兰惊蝶，惊了朝朝夕夕谁的呼吸？

蝶飞飞停停，蝶度过光阴的矛和盾，渡过摇曳的从容不惊，春兰惊蝶只不过是种兰人所命的兰名，变异的奇花，传奇地惊现一世，惊奇地复问，南山无山，一纸光影，失去拦截的刻骨铭心；不必一语道破，不必穿透鸟鸣，分裂着字与词的即兴。

颠沛的光影关上虚窗，层叠的声音再也透不出来，春兰惊蝶并不想急切地表达再生，复活造就了传奇，与这烟火的俗世，复活中爱恨分明；春兰惊蝶注视一个不可能会被想起的人，注视中步步惊心，这是一场场失控的场景，夜色压不住飓风的蓄谋。

生命之外，兰坡之外有烟火，春兰惊蝶只顺应灵魂的呼唤，遵从光芒明媚的内心，有时动用逾越之词，只为恣肆，热烈，随心随意地完成一种浓烈，随生命而来的恩赐，不如说是比远方更远的忘记；过了立春、雨水；又过了清明、谷雨、小满、芒种的日日分明，夏至隐约传来唤梦的雷声。

永恒的暖景里，兰风渡过景象的虚拟，清醒的眼眸正在接纳光线堆积的场景，雨水的呼吸若即若离，春兰惊蝶以一盏明亮的状态呼出词语所能呈现的兰境，云影移过黄昏，惊醒生辰的恩慈，时光不老，兰以兰的形态再生。

（选自《中国兰花》2017 年第 1 期 ）

走进童话的瑶寨

温阜敏

枫叶流丹的季节，我走进一个童话般的美丽瑶寨。

青山欣颜，绿水欢歌，铺开绚丽的瑶锦。

莽莽苍苍的粤北南岭乳源大山。

一个叫雕子塘的村，崭新的联排别墅竖立，似一具具巨大的长鼓，依山排上。

汽车与拖拉机列队，像趴着的大蘑菇。

耳边传来的已是新的瑶歌，不再忧郁苍凉，喜悦的音符在果树上累累挂满。

岁月炊烟香，盘王的子孙们正忙，张罗农家乐，提供观光。忙上网做电商，电脑、手机联通寨外世界。

告别百年的贫穷落后，刀耕火种的往事被画上雪白的墙壁，传习所儿童绘绣着瑶乡新风光。

白天，岩鹰翱翔山间，抵达瑶史的深处；野花如火如荼，点缀地脚涧边。入夜，星星依旧璀璨如灯，秋空如神奇的屏幕。耍歌堂里电子音乐热闹非常，《盘王歌》有了新世纪新篇章。

一个"瑶"的语词与意象，在乳源东坪雕子塘村，梦幻般获得现代的意味，童话般升腾南岭。哦，把瑶寨的秋天养得红肥绿瘦、黄甜青香。

（选自《季风》文学杂志 2017 年秋季号）

流淌着血脉里的深情（外一章）

徐福开

每个人都有一根软肋，如同孩子之于父母。

——题记

夜很深了。细碎的谈话声，在油灯的微弱黄光里丝丝缕缕绵延，细弱、悲痛、无奈……

在外面顶天立地的那个人，回到家，却总有一种情愫，让他的眼泪夺眶而出。

风雨数流年，一张发黄的试卷上，刻满了虚度的年华；一纸残卷的背后，是揩不尽的失望泪水……

从孩童蹒跚学步，到青春沉默不语，每一个成长的脚印都踏在他们心上，贮着他们爱海情潮淘涤出来的心灵精粹。

一场小雪，一地败叶，一堆支离破碎的梦。

青葱岁月里撑一支长篙，向记忆更深处漫溯——

曾记得，有一种心安，是依偎在柔软的怀抱中悄然入睡；曾记得，有一种安慰，是在外踉跄受伤后那一碗溢满亲情的小米粥；曾记得，有一种爱，是有个人静默地望着你那渐行渐远的背影，告诉自己，不必追。

一影黯然，几许残白。

午夜的月光在我身上温柔地抚摸，轻轻地、轻轻地为我披上雪白的棉被，将人间的幸福瞬间镀亮。

天空闪着泪光，寒风扯碎了思绪。

一枝幽香的蜡梅，溅起清圆如泪的涟漪。

多少次，闭上眼睛，试图借一丝遥远而亲近的故事，为我即将铺展的文字取暖，而后真情地道一声：谢谢。对不起。

说不清，是感激还是愧疚。含泪攥紧手中的笔，在他们期盼的目光中越走越远，怯怯地不敢回望。思念，在我凌乱的日子里愈加深刻，在深情的诗行间泪光潋滟。

一个乍暖还寒的季节，我回到故乡。

晨曦中，父亲早早地劳作于庭院间一隅的耕地，一丛丛韭菜苗在父亲的精心照料下柔顺如柳；一日之计在于晨，母亲也忙碌着，把生活的温情烹饪得五香俱全。是他们，开启了一天崭新的光景；是他们，给幸福的日子栽满了晨晖。

落霞染红了天空。

在云霞中，依稀看到父亲的脚步轻轻踏着散文诗的韵律，黯然神伤；在云霞中，依稀望见母亲的秀发牵扯着念儿的忧思，不忍放下。

夕阳的残影啊，遮不住岁月流逝后的沧桑，千言万语欲语无言。

父母的时光就是劳碌的时光，片刻不停地穿梭在岁月的最深处，将晨曦缩短，又把落日拉长。

如果，如果时光可以倒流，我依然愿意依偎在他们身旁，嬉戏、打闹、开怀大笑，让一捧无忧无虑的眷恋延展到日久天长……

（选自《滑台文学》2017 年第 1 期）

今夜，我只想把你写进诗里

日子悄没声息地变换，转眼间已是春来。

是谁挥洒笔墨，半梦半醒中，沿着文字的路途寻觅你的芳迹？

是谁度稀薄月色，饮相思成泣，声声若清风徐来？

是谁把心中无限往事说尽，如琵琶琴弦轻诉，而止于皓月、明镜？

梅花吐蕊，沐雪展颜，微微春寒携一缕斜晖行走。

想去看你！想去看你，你总说来日方长。当我闻到东风送来的第一缕馨香，你却在另一座城市欣赏春的百花齐放。于是山南水北，路远流长，我又等在了文字的这一端。

想，想把你写成一首歌，温柔倔强，却转眼如烟，于耳畔不绝回响。许是一缕灵犀，此时此刻我忽然低吟，纵然没有明月，亦可以千里婵娟。

今晚无月。

仿佛又回到了寻常的平淡，举杯共赏的希冀流淌在苏翁千载不绝的诗行间，一吐为快。

当晨曦漫过花香幽径，凝视着春芽上含笑的露水。欣慰、感激，还是不舍别离的泪水？无论我的文字或深或浅，或冷或暖，内心都蓝莲花般纯净。

——有你，我便寂静，安详。

多么想，多么想去看你。可是，我的时针，已经与你相差了六百三十五公里，为此，我让我的诗带着明天的太阳去温暖你拥抱你，你，看见了吗？

等我，等我长成一棵大树；等你，等你赞我一声良木。

（选自《中原散文诗》2017 年第 2 期，河南省散文诗学会微信公众号

2017 年 5 月 28 日）

中华旗袍（外一章）

崔长灿

好喜欢，身着旗袍的女子；好喜欢，女子身上的旗袍——

或浓墨重彩，或轻描淡写，五颜六色的旗袍，独领中华民族千年服装的

风骚。无论是肉体丰腴，还是纤细柳腰，都能淋漓尽致地彰显女子那圆滑、柔美的线条；无论是如雪玉肌，还是如月胴体，都能将女子曼妙的身姿裸露得恰到好处。

如果，一袭艳丽或淡雅的旗袍，再有一双高跟儿皮鞋的绝配之美，那"碎步轻移斜柳前"的窈窕淑女，就会更像早春二月的杨柳，婷婷袅袅，婀娜多姿，风情旖旎。

如果，让一袭旗袍和一双高跟儿皮鞋秀出最美模样的女子，再撑一把油纸雨伞，微步轻移于水湄茵草之径，那她就"当真胜如凌波仙子"，有着那种诗经里的"蒹葭苍苍"的古意。

一袭旗袍，一帘清梦，给暖意浓浓的季节平添了几分画意诗情，也让那可人的气息在人们的心底袅袅满盈。

一袭旗袍，万千风情，让失魂落魄的双眸从厌倦中找到种种喜欢的理由，生命中也顿时闪耀出缤纷的五彩。

一袭旗袍，一剪嫣红，惊艳了多少须眉的眼睛？一顾倾人城，再顾倾人国，笼一怀惺惺相惜的痛。

一袭旗袍，一腔柔情，氤氲了多少地老天荒的痴痴情种？明月夜，泪飘零。千钟醉，解心痛。

一袭旗袍，一次凝眸，缱绻了多少缠绵的红尘别离？让一笺离愁凝成诗句，缕缕素心遥相寄。

一袭旗袍，一双玉腿，摇荡了多少风流男子的心旌？葱茏了多少缠绕心头的绿梦？摇荡的心旌不必与春花争艳斗芳，葱茏的绿梦也会化作凄凉的情殇。

一袭旗袍，一段柳腰，迷醉了多少轻浮浪子立残阳？迷离醉，泪千行。空思念，枉断肠。

……

俗世纷纷，天下攘攘，中华旗袍的姹紫嫣红，旖旎成一帘幽梦，浪漫成万种风情——明亮了眸，妩媚了心，斑斓了滚滚红尘！

石碌碡

你，像一枚巨大的青石印章，或横卧在荒无人迹的小院一角，或竖立在长满野草的乡路一旁，载着永远的乡愁，印证着过往农事的古朴与沧桑。

你，曾经是一块古老的岩石，从遥远的山中走来，经过了石匠无数次的雕琢，经过了泥土千年的抚摸，成就了一身的光滑，不知有过多少个金色的日子从你身下溜过。

你，没有鼻子，没有嘴巴，没有眼睛，没有耳朵，却用瘫痪了一身的老疤述说着一种古老的语言，让今天的年轻人难以琢磨。

看到你被冷落的样子，我仿佛又看到了旧时麦场的情景：旭阳普照，场院麦积，树荫洒地……

看到你被冷落的样子，我仿佛又看到了旧时割麦的情景：午阳流火，镰刀唰唰，汗流如雨……

看到你被冷落的样子，我仿佛又听到了布谷鸟那熟悉的四字歌，在氤氲着小麦清香的麦田上空回荡。

看到你被冷落的样子，我仿佛又听到了你在滚烫的麦场里发出的与声带无关的两个字的呻吟，这呻吟单调而好记。

看到你被冷落的样子，我想到的是，世世代代的农民，曾经用自己赤裸的体温，温暖着四千年深邃的老农历。

（选自《八面晞风》"二十一世纪散文诗第 5 辑"河南人民出版社 2017 年 9 月）

月亮之下，我捧起一坛老酒

施迎合

我要低下我的头颅，就在今夜，在八月十五中秋皎洁的月亮之下。

父亲，你看见了吗？此刻，我就跪拜在你的坟茔前，双手捧着的是你最爱的老酒呢！那酒是用故乡土地上生长的红高粱酿造的，是绝对的纯粮，不像现在市场上卖的那些酒——掺水的，酒精勾兑的，喝了上头……

我知道，你别无嗜好，就喜欢喝上两杯。喝高了从来不发酒疯，就喜欢高声地哼几句家乡小调，长了翅膀的小调呵像你的兴致飞得高高，惬意在你的脸上飘出红红的云彩，你就踩着那云彩走呀走，走到月光照耀的梦乡。

我还知道你好酒，是怀念一个人，一个你爱的人。不能相亲相爱，白头到老是你一生的痛呵！酒，在你心里不是液体，是燃烧的火焰！在熊熊火焰中你才能清晰地看到她，看到她依然美丽如花，甜甜地拥着你、偎依着你……

酒伤肝呀！你知道，我也知道，但我无法阻止你！

与其在漫漫痛苦中煎熬，不如快乐地跟随心爱的人而去。也许，这就是你嗜酒的缘故吧？父亲！

你看：今夜月光如华，芳草含香，我捧起一坛老酒来看你了——

来！就让我陪着你喝，陪着你醉，醉了就紧紧相拥在一起，抱成一轮中秋圆月，再也不分开……

（选自《重庆政协报》副刊 2017 年 9 月 19 日，"重庆散文诗作家 10 人行专刊"）

亚麻·亚麻（节选）

支　禄

1

亚麻，人类时尚的先驱！

亚麻，让久远的岁月穿戴一新，温暖一年四季紧贴肉身。

大风吹不走的春天啊！

让骨头不再寒冷的亚麻；让日子高贵、典雅的亚麻。

我们细皮嫩肉的日子，也缘于亚麻的呵护！

在一株亚麻上，我听到 5000 年的纺织声！

一个人闭上眼睛想：久远的岁月里，如果身披亚麻，就人眉嘴脸的样子！

纺车上，一次次飞速而过的亚麻像是领着日子蓬勃而来。片刻，留下成吨的歌谣，谁也唱不完！

当亚麻铺成火焰样的星空，
沸腾的河流牵来似锦前程。

2

东方的顶礼，西方的膜拜。
神话中摇曳的亚麻，歌谣中疯长的亚麻。

尼罗河岸，亚马孙平原，多瑙河上，黄河上下……人类的先祖们身披亚
麻让风吹着哗啦啦地响，那是另一种亚麻已从泥土长到人心上！

从金殿上百官的深衣朝服到佛僧们传承的法衣；从马王堆西汉服饰到埃
及法老服饰；从阿拉伯头巾到基督教庭圣袍；从东半球的汉服到另一半球的
西装；从大地平民的夹衣马褂到神话国飞天女飘逸的衣袖……

古朴、柔韧，风雨的刀子割不断的亚麻！
猛一看，生动凹凸的纹理里藏着一千个、一万个火热的太阳。

3

再低的亚麻，总是高出我们的手掌。
再高的亚麻都会走下来，遮挡风雨。

农民的汗衫、工人的手套、高铁的坐垫、鼠标的垫子。
从 T 台走秀的模特身着的时装，到撑灯人的棉鞋，再到舞龙耍狮者的帽
子；从小小的笔套到层层叠叠的铺盖……
横织竖织，织进角角落落！
高晾低晒，装扮生活点滴。

从轮船到飞机，从工业园到航天城，从城市到农村；从平房到楼房，从
平原到高山，亚麻正把低处的生活一寸一寸领向离太阳最近的地方，离太阳
最近这是祖祖辈辈需要的生活。

在亚麻中，找到朴拙的色泽；

在亚麻中，寻到生活的舒适；
在亚麻中，拥有沉静和古典。

4

天然纤维中的皇后，最初的柔韧由你构成。
一千零一个春天了，亚麻依旧朴实、壮丽。

昨夜，我发现自己睡在用亚麻装饰的屋子里，亚麻色的屋顶与蓝天接得最近。用绣着鹰的亚麻布装饰四周的墙壁，一声长长的呼哨，就可以在亚麻花的天空里放牧兀鹰。

对于兀鹰来说，在亚麻色里飞翔和辽阔的草原没什么两样。

在亚麻布的餐桌上，一个人把锅碗瓢盆当锣鼓敲，幸福的羊群就像云朵一样飘荡；一个人在亚麻铺成的躺椅上，品茶读书，和风细雨，悠悠我心；一个人在亚麻布的地毯上裸足舞蹈，都是春天在大地的盛典。

有月亮的晚上，大风吹动，亚麻飘来唐诗宋词！

一个人的美好梦想也需要亚麻演绎。
朴实无华的亚麻，意境高远的亚麻。

5

今夜，我从辽阔的塔克拉玛干沙漠穿过，在茫茫的风沙中，让我突然想起亚麻！
你的韧劲给我力量！
你的温暖，禁得起风沙捶打！
你的美好依旧马不停蹄，一直日夜向前、向前。

你的风声中，发出灯的光亮！
你的丝线中，埋葬忧伤最好不过的地方。
一盏灯，光芒照亮我的周身。你缓缓铺开，就有黄金白银的重量。
尘世的喧嚣声，高不过歌唱亚麻的谣曲。
亚麻无处不在，早已深入一个人的灵魂！

亚麻。亚麻。

一台轰隆隆的织布机，预测亚麻未来的方向！一千台织布机说，只要阳光指向前方，亚麻就指向美好。

（选自《中华文学》2017 年 3 期）

信　仰

黄凌烽

母亲用弹壳铸的菜刀，切不开恐惧里的和平。世界的镜头，总是聚焦于我的背影。

我知道，我的呼吸一颤，我的手指一动，狼烟便会遮蔽天空。我没有穷奢极欲的权利，但我有扛起钢枪的勇气。

我不知道越过草木楼宇，是走进孤冷的新坟，还是跃入鲜花和拥抱。

我不是在孤独中衰老，就是在厮杀中扑倒。

我憧憬每个不期然的，相遇与期然的重逢。烈焰却堕入深海，烟花仍绚烂飞腾。

我发誓，即使涌动的鲜血浮起斑驳的战盔，也不让母亲，在冒烟的枪口下哭泣。

我和我的发小，只剩下挺立的身躯，排起来像一列青松。

爆竹声中，我和我的恋人海誓山盟。

军号响前，你说我不及一条赤练蛇。我在黑暗中注视着一切，偶遇你和你的新欢，笑语喧腾地走过。

请别留意迷彩，以及我的寡言。我不会对你嘘寒问暖，但我为你站岗维安。

为了背对着的，一片属于你的光辉，枪炮声的暂歇使我变得感性。

昔日的老同学搂着我的肩，碰着像野战手雷的酒瓶，早已家财万贯的他告诉我跟着他前途灿烂，可如果，在断壁残垣的狰狞前，在寒气逼人的坦克前，如果不是我在对着它们咆哮，甭管蓝眼睛怪物还是小胡子恶魔，都会杀死一切，还要向那团枯骨啐口水骂着：看，这群东亚病夫！

我尽力把我的影子藏在背囊里，抹去五官、涂改面容。

我知道，嘶吼着冲锋便是死；我知道，即使活着，堰塞月光的流水，也要冲刷铁打的营盘！

你知道我军装的英俊，你知道我枪法的精准，但当你看见我的背影渐行渐远，请保持沉默，别问我是谁。

别怂恿我的过往呼唤我的脚步，我虽一无所有，与黑暗共眠，却能自豪地对世界呐喊：忠诚于这片土地！我永远，从属我的信仰！

（选自《新桥》文学杂志 2017 年创刊号）

今夜，春色正浓

林小冰

你绝不是偶尔倒映在我湖心的一束春风，是我人间的四月天。

绿得透明的山野，你的目光成了一道碧波，在灵魂之舟双双荡漾。细雨谛听杨柳风，你我同剪一支巴山烛。天地弥漫，长久的思念与梦幻，尽在青翠的声响复苏、发芽、生根，长伴你的心，我的魂。

天地轮回无数个春天，唯独这一季，是裂帛的这场风暴，卷走可怜的空想，劈开凝结的欲望。

一场淅淅沥沥的雨水，润湿淡蓝色的愿望，那是一种从天空滤出的蔚蓝色啊，蓝得让我们渴想在美中合一，蓝得叫人情不自禁把精神全部裸露！

这是一副什么模样呢？是诱惑，是贡献，是饱满，还是汹涌呢？

在天籁律动、月色如水的夜晚走出家门，走上一条未知名的路。

牵着彼此的手，走在春风荡漾的路上。绵密的树木安详，娇艳的桃花欲滴，湿润的夜空没有繁星，痴情地期待多少年，就是这样的季节，这样的夜晚，只有你和我。

如此的无尽渴望，是长相思兮长相忆。当绚丽的梦开花了，花瓣被流年撕碎，抛散尘埃，散发片片芬芳，心灵的热望展开翅膀，随着南风扑动。彼此坐拥大地，把巍峨的群山妆饰成眼底的窗口，向你流露沉静温情，你的眼睛丰满飘逸；执子之手，相对无言，沸腾的情话早在前生倾诉干净啊。

时光好像回溯到许多日子以前。我们青春欢快，无忧无虑，世间的尘埃和喧嚣，疑虑和阴暗，都被挡在化作烈焰的爱情之外。

我们站在这阳春铺就的绿色长毯上，紧紧地相依，呼吸渗入我们的一举一动，爱就像缠附细胞流动的音符，伴随终身。

是你明朗的言辞、默契的眼神注满我的心怀！今夜的春风，是亲吻，是点亮的灯火，终将使这迷人的午夜沸腾。

不要去想，流年终将带走使人艳羡的幸福，蹂躏了人间多少春花冬雪，而我们的相依之情，不也沿着这时光的曲径，穿过生活的市集，在南风徐来时，从内心跳出长久热烈的愿望，激烈旋舞吗？燃烧后的灰烬不是死寂，它化作空旷田野上风华绝代的冷风。

哪怕有一天，你我的脸上刻满朝圣的皱纹，再次披上这个春季斑斓的衣裳，除了泪流满面，我们的心泉沸腾如初。

窗外，春色正浓。你意味深长的爱，伴着你的歌声与爱情的红莲，拨动心的涟漪。

一句共结连理，是前生你把我好生埋葬的功德；执子之手不是飘忽的果实，请记住我日夜的祈祷。

即使缄默，在灵魂交缠的分分秒秒，我都在守望的地平线上相随你的左右。

（选自《江南文艺》2017 年 5 月）

三生三世香透秘密

沉酣一梦

昨日你不愿匆匆地，离开某个人的心尖。借水面上月亮的镜子，三生三世地照着桃树下的相顾无言。

可曾爱过或曾记得，溪水莫长忧，莫从指间流走。

冲刷记忆时唯恐，笑声消失在空气、草木和渊底。溪流自顾涓涓，也不愿听你们交谈。夏雨在你耳边低吟的不会是，飘过你心房的我的影子。

时光路过新月和旧诗，朝阳和残垣路过你们沉默的凝固，含着爱慕默颂完清晨的赞歌，心中吟唱情调上的谱子，哭一滴为你而徘徊的泪。

溪流决定流向大海，一路上在回忆的风中水波不兴。

你在一朝更一朝的光辉里，眷成晨露，凝结在花的心里，香透你们俩才知道的秘密。

（选自《澳门月刊》文学版 2017 年秋季号）

我走过岐澳古道

于芝春

从日出到日落，我就走完了 70 公里的岐澳古道。

从残碎成泥的石阶上，我触摸到了香山铁城的繁盛与沧桑。南门起，过天王桥，经良都，转平湖，通翠微，直达澳门，古道拉长了五桂山山脊。一路沉香香飘一路，父亲们肩挑背驮，祖祖辈辈在这条古道上奔波搵食。每一块砾石，每一粒沙石，都是父亲们脚印的幻化。

石莹桥香洲船，南门口前的山寨，越来越模糊的界碑深锁了多少年，古道上的故事也尘封了多少年。

母亲的牵挂，和云迳寺寂落的香火，未来得及带走，都被光阴深埋在古道的黄叶下。

从日出到日落，我就走过了海上丝绸之路的百年时光。

大南坑穿石透壑的清泉，奔流不息。从几粒秋虫的鸣叫声中，我听到那段沉寂百年与喧躁一时的对话。

是谁将沉重的喘息影印在古道上？

是谁怀揣悠悠咸淡水激醒孩子们的梦想？

残存墙垣，青石断壁，保持着理性的沉默，守着繁华落尽的孤清禅意，还有古道上的温暖阳光。

如今，那些盘旋在山路上，承载了无数坎坷与磨难的圆润条石，抖落了身上的尘埃，迎接四方游客的闲庭信步。

而铁城的遗迹、市井的喧嚣，闪着被双足经年累月磨出的光泽，从这个秋天延伸出去，诉说官道商贾曾经的昌盛与逶迤，让诗人们以歌以文缝补成

历史民俗和文化精神

（选自《清远日报》2016 年 11 月 11 日）

卷珠帘（外一章）
——献给刚出生的女儿

白政瑜

我的前生一定对你有某种亏欠，今世你终于可以恣意纠缠。

这缠绵悱恻的雨呀，应是你轻卷人世间的珠帘！

你的眼泪像惊蛰的露水，你的初啼开启生命的新篇。你一定是渴望有双翱翔的翅膀，粉嫩的小爪总是竭力攀援。

就算是明媚的天空，我也不想你远行群山。就做一朵幽香的花吧，庭前院后，厮守相伴。

不争锋花荣，不虚妄流年。

西海湾

带上轻盈的步伐，带上诗，带上酒，带上滚滚红尘，带上宠辱不惊，来吧，来西海湾接受海风的洗礼！

在贴着云朵的海堤上奔跑，与飞机轰鸣的气旋对流，与电车流闪的幻影对焦，红树向天空捋甩飘逸的长发。

石头泛起的光辉，像星星好奇的眨眼。

信步在固戍码头，我想披件雕花的斗笠，然后解下一匹快马。

在沿江高速，逐海驭风，绝尘而行。

唯有时光的铃铛在摇响，不鸣昨日之音，只饮云生水起。

携一壶老酒吧，要十五年的茅台，带上你的生平，把自己的故事，慢慢讲给海鸥听。

也记得带一本好书，静坐绮云书屋的一隅。

花间月下，把几番逗留，融进笔墨，埋入春风。

（选自《当代诗人》杂志 2017 年第 3 期）

雀飞北山村

唐晓虹

一只雀。一只翅膀健硕的雀，隔着斑斓的阳光端坐我的对面。雀，向我描述飞往南屏北山村的经历，炫耀她了不起的举动。

那天清晨，雀悄然苏醒，她梳理好羽翼，呈现轻盈乖巧的模样，如同晚清画师任伯年笔下的生灵，楚楚可人。

就是这只不存犹豫不知疲惫的雀，告别都市躲雨的檐角与栖息的树丛，开始起飞。

此时，所有的车辆与行人匆忙倒退。倒退的还有水湾酒吧夜晚演出的情景剧，喧嚣早已歇了场。我知道，雀是抛掉现代尘世的烦乱与喧嚣起飞的。

雀，飞越前山寨城墙，再向西；雀，掠过流向澳门的前山河道，再向西；雀，冲出都市迷蒙的雾霭，再向西。雀，一直沿珠海大道飞往前方！

那是一个脱离了世俗尘烟的前方，那是一个潜伏着秘密神奇的前方。一座名叫"北山"的村落正敞开天空一般的大门，让风剥雨蚀的老屋敲响铜锁的记忆；让年轮绕圈的老树挂满慈祥的表情。一切的一切，只为等待雀的降临！

　　雀来了，她自由无比地盘旋直朝天空之门飞去——她从门口钻出，骄傲地站立榕树的枝头，舞蹈家一般，翩跹起岁月的柔情，开始与古老的北山村同歌共舞。

　　轻轻地踮高双脚，站直身子，沿着榕树长须般飘忽的气根，雀在跳跃。渐渐，像是回归自由的家园，雀安宁了；像是寻找心灵的地图，雀神圣了。

　　离开都市楼宇飞来的雀，用北山村古井之水洗涤灵魂，用北山村石街之风抚慰心扉。于无声之处，雀望见了北山村七百多年风云变幻的印迹，嗅到了北宋王朝南下臣民种植花树的芬芳。

　　那幢青砖硬山顶的杨氏大宗祠、那间断壁残垣的杨家将军府第、那块钉牢宗祠墙壁上的"奉天诰命"、那幅悬挂府第院落镶嵌云母的花窗、那株生长三百多年花开富贵的玉堂、那本修整了十余次的《杨氏族谱》、那条深幽绵长的北山村石街老巷，都谜一样牵扯着雀的每一根神经。雀，开启了思想的剑鞘，在急速的穿动中去探究关于北山村那些没有答案的答案。

　　建筑构造的北山，像是一口秘密的匣子。雀，想打开她——千年不朽的坤甸老木是如何硬实地撑持宗祠的栋梁？这不摇不动的坚韧，宛然杨家云镶镇海将军父子浩气雄风。一组水浒故事的木雕梦幻了门庭，是谁把梁山好汉置留宗祠的高处？宋江李逵武松成为北山村的常客，让尚武之风流传千古。高垒的琴台，依稀流淌古乐的音韵，还有"门当""户对"两个默默无声的石鼓，依旧守候宗祠数百年的朝晖夕烟。建筑的秘密，雀怎能真正解读？

　　植物生长的北山村，也会神奇地变化。雀细心观察那株百年的九里香，为何至今花香袭人？树旁一群爬上爬下的孩童陶醉花香，忘记了返家的路。一棵比宗祠还年长的玉堂春，为何在暖春光芒里花繁锦簇？朝花的节日，花神微笑地将北山拥抱。一株被簕杜鹃紧缠了腰的老木棉，每年春天会挣脱藤蔓的重围绽放花朵的绚烂，散发阵阵清香。植物的神奇，雀哪里会明了？

　　北山村，一个现代都市包裹的古村落，一个宗祠家族文化集中彰显的地方。她，是雀寻找到的自由舞蹈的理想国，是雀穿越现代文明进入历史遗存的路径。

　　过去、现在与将来，北山村会一直梦幻般与雀同歌共舞，永远保存慈祥的表情，永远敞开天空之门，搭建巨大的舞台等待自由生命来临。如雀一般降临，如雀一般舞蹈。

一只雀。一只翅膀健硕的雀，隔着斑斓的阳光端坐我的对面，向我描述探寻"南屏北山"的历程。雀将了不起的举动炫耀，再炫耀……

（选自《左诗苑诗刊》2017 年 6 月 17 日第 22 期）

在冬季的暮色里，独自苍茫

黄曙辉

空。寂。打开一个箱子，我复又盖上。
盖上，我复又打开。
在冬季的暮色里，独自苍茫。
空。寂。忧伤。

从破旧的杂屋里取出的这只香樟木衣箱，让我闻到了时光皱褶深处的浓浓气味。

尘封的物品，尘封的纪念。母亲的嫁妆，就是这样两担香樟木制成的衣箱。

姐姐出嫁的时候，母亲打发了两只；我上大学的时候，母亲又打发了两只。母亲打发完她的东西给我们之后，我们就仿佛掏空了母亲的心房，不知前路，去远方流浪。

生命里一场无法回避的龙卷风，疯狂地刮走了我的影子和思念。劫后余生，剩下的一只木箱，成为了我全部的家当。

我把思念与疼痛锁在箱子里，不敢在无人的时候再次打开。
母亲在我们转身的时候，去了远方。姐姐和我，在撕心裂肺的寻找中复又离散。

洋流。暗涌。飓风反反复复狂吹。

姐姐和我，以木箱为舟，在狂风恶浪的夹缝中，偷渡余生。

暮色苍茫。我和姐姐在一处无人的荒岛相逢。她曾经将那两只木箱与自己的生命绑定，一个渡日，一个渡人。而我，那满满的一箱思念，过于沉重，吃水太深，仿佛就要沉入海底。

姐姐为我擦去眼泪。我为姐姐整理衣裳。

姐姐和我在暮色里，反反复复，把时光咬噬得百孔千疮的香樟木衣箱，盖上，打开，打开，盖上。

瞭望远方，想起故乡。姐姐和我，在荒岛上，再也无法挪动黑漆的木箱。

（选自《星星·散文诗》2017 年第 7 期）

十堰博物馆

张泽雄

在北京路，人类的一只眼睛，水汪汪地，盯着一个城市的日出和日落。

博物馆，用一个造型，就交出了身份。从高处俯瞰，这只眼睛，在钢筋水泥的支撑下，仍然水灵妩媚。

一只眼睛需要多大的辽阔，才可以抵达黑暗和时光的边沿？才可以洞穿一个城市的秘密？才可以漫过自己？

闭合之间——两条太极鱼，陷入八卦阵，抱紧，又分开。

月亮回到湖心。

打开天空一样浩荡的水域，翻来覆去地繁衍，一个城市的魂魄就散在一汪清水里……

秘密，最早从石头里醒来。

在青龙山，在梅铺，在白龙洞。这些被目光照亮的地方，一块小石头都会价值连城。

用这些石头奠基，博物馆会像黑陶一样朴实，像美玉一样奢侈，像青铜一样豪迈。

（选自《散文诗》2017 年 10 月上半月刊）

大山与老人

云　子

有一座大山很忠诚，山下住着一位老人，老人的小屋是石头筑成的。

山顶种着老人的心事，老人经常从山脚爬到山顶，想想山外的山外，尽管很累，但老人的笑容很年轻。

大山身上，除了几根稀疏的野草外，什么也没有。老人有时候很伤心，就用小锄一把一把去添点什么。而风，就把老人一点一点缩小。

老人真正地老了，而大山没有老。老人就把皱纹刻在大山上，并且写上最后的名字。大山一阵悲凉，伸出理解的手，收回了老人。

（选自《散文诗世界》2017 年第 11 期）

乡村的月光

王　剑

说到月光，一缕清晖，就从窗外进来了。

一枚月亮，从古走到今，从月缺走到月圆。然而，它的行程，刚刚开始。

苗条的月，挂在树梢上，像一把镰刀。看着成熟的庄稼，被农人收割。装载的马车，吱吱呀呀地从田埂上驶过。成群的牛羊，走下南山。圆圆的肚子，在晚风中招摇。炊烟拧着身子，直飞天空，它想成为月亮的挂件。

丰满的月，照着家乡，也照着远方。新婚的妇人，手扶栏杆，把月光纺成缕缕的思念。远行的诗人，采下江边的芙蓉，递给月下的虚空。一位老人，刚刚咬下一口月饼，躲在里面的回忆，就连连喊疼。

月光流淌。照着树木，也照着行人。照着村舍，也照着村外的坟墓。

月光下，有人在微笑，有人在痛哭。有人在赞美，有人在诅咒。月光引领着人们的哭或者笑，爱或者恨。月亮神情淡然，透着生命的苍茫。

月亮和树木、牛羊一起，勾画出乡村的诗意。

月光里有远山近水，月光里有亲人音容，月光里有童年岁月，月光里有憧憬希望。

一代代人啊，在月光里死去，又在月光里新生。

（选自《中原散文诗》2017 年创刊号）

桃花太行

王兴舟

春天里，太行巍峨在哪里？有多少人这样好奇地寻觅：壁立万仞的冷峻，逶迤千里的雄浑……谁敢说满山夭夭，灼灼若燃的桃花，美若画廊的桃花谷，汩汩淌歌的桃花溪，飞泻成帘的桃花瀑，静然若仙的桃花村，藏着陈旧故事的桃花洞，充满幽怨神情的桃花仙子，还有山味桃花面的美妙，桃花嫂子创业的传奇……是群峰苍岩的太行？

桃花怏怏地问从脚下淌过的淙淙山溪，从头顶掠过的悠悠云影，从腰间飘去的渺渺雾景，太行在哪里？山草在摇曳，山风在歌唱，山鸟在翩飞，高处的泉水喋喋不休地说："太行不知何处去？"

朝阳村像一双明亮的眼睛，闪耀在太行之巅，请问村在何处？春风冶荡，桃花似海，满目灿烂，绚丽得像是天上掉落下来一片云霞，一切都婉约成曼妙的图画。沿着熟悉的山径，叩着熟悉的门环，喊着熟悉的名字，想着熟悉的故事，听着熟悉的鸟鸣，就是遇不见熟悉的人儿，但却看到了熟悉的丛丛桃林，依旧在春风里张扬着鲜艳的容色……

把自己沉醉在桃花的映象里，站在窗前远远地瞭望，那耸立着刀削斧劈危岩峻峭的景象，满身披着嫩绿的衣袍之上绣满妖艳桃花的可是太行？英雄硬汉也有柔美心肠，俏丽妩媚，似少女初装，且让太行妖娆去吧！

不由分说的桃花，让灿烂无边无际地泛滥，结果淹没了无可奈何的太行山……

（选自《奔流》2017 年第 7 期）

无名花

赵克红

无名花，开在小溪边，开在大道旁，开在远离小区门口的地方。无名花，蒙着，一层无名的碎屑，不知是花粉，还是微尘。

不知是什么时候，长出的叶片，什么时候开的花，什么时候，引起了我的注意

不知什么时候，它们，对自己的美，有了如此的概括，如陌生人望我的眼神。

（选自《牡丹》2017 年 9 期）

青砖，蔓延着时光

刘向民

午后的阳光，耀眼。

穿过天空，直照着这一堵青砖墙。

黯淡。凹凸。青苔。阳光透视着岁月的经历。一株小草斜出墙缝，开出灿烂的花朵，与历史的事物相映。

我相信经历，我信仰经历。这陈旧的青砖，经历过风雨，经历过雷电击打，经历过烈火灼烧。也许已经五百年，也许已经一千年，那些唐朝宋朝的日子，就镌刻在这上面。

这么多年了，只留下静静地等、静静地待，当年的名声、功利，以及华丽的张扬都归于黯淡和没落，归于尘埃，烟灭灰飞。不论怎样，却会有一株小草和一朵花，悄悄渲染着往日的气息。

我相信沧桑。每一个日子，阳光都会如潮而至，照耀着青砖，由表及里，一次又一次堆起温暖。

不单单是青砖在执着坚守，默默地坚守到今天。一粒又一粒久远的种子也坚守着信念，涌起一次又一次激情，开放花朵，永远徜徉着幸福，存在于历史的时刻。

人心思古，或许会有悲伤，但总要相信未来。

（选自《散文诗·上半月》2017 年第 5 期）

晨读山林

唐鸿南

可不可以这么说，这里不是一座山林？

清晨，我爬上阳光的格子。

只身一人奔赴到她的跟前，天南地北一望穿。才发觉这是一片张扬铺展的绿帐篷，彼此起伏地相拥相抱，清唱着自己的心曲。

老人呢？也许被清晨的凉意驱赶而隐居。孩童呢？也许被清晨的乳头锁定了睡梦。

遵循阳光的眸子，我若即若离看见远处的山影，有一群群情侣宛若觅食的蜗牛，勾肩搭背、蠢蠢欲动地缓缓爬行在帐篷的囊腹中间，晨读月光的丰收。

赶路吧！踩踏着清晨安分的前奏曼舞。不要惊跳惺忪和夜幕的配角，不要惊恐露珠和叶子的谜语。

她给人留下的是隆闺一样的天堂，森林一般的高大！

（选自《海拔》2017 年 6 月）

红军房中的马灯

李志亮

蓦地，马灯光彩射目，白发婆娑，慈眉善目向我走来。话当年，峥嵘岁月，马灯踏过了冰天雪地，血染沙场。

马灯越过了波涛汹涌的大渡河，跨越翻澜金沙江。

听，风风雨雨……

视，几番雷鸣……

呼吸之间，惊雷一响，蝶飞蜂喧。

万缕垂杨，春风荡荡人声喜。

阳光闪闪杜鹃鸣，千朵牡丹。

啊，昔时英烈不能忘，流年年华莫要虚度。伸出手，高高举起马灯，马灯是我们的引路人。马革裹尸学前人，一生多为国家忧。

（选自 2017 年《散文诗世界》）

一生之水

袁雪蕾

大水天上来，劈开命运。我独木成舟，左手握着自由箭镞，右手捧着思乡泥土，内心藏着谷子和酒，穿越花香、鸟鸣、乌云和彩虹。

木质的桅杆，呼啦啦地钻出金黄嫩绿的翅膀。光阴把亲人的名字，淘洗成天边最美的云霞。呜咽的船歌，能否把青山的堤岸推得更宽广？

这一生，羊水、泪水、汗水……这么多的水，与我相依为命。这一生，日光如母，佛法如母，你的关爱如母。我一直在母腹，解读星空。

当我战栗着浪花的舌头，跪向静默的银河，发现那些欲望和思念，都是投向自己心湖的小石子。它们正在被时光流水带走。带不走的，磨砺成珍珠。

（选自《劳动报》2017 年）

海之梦

梦南飞

夜幕下，海做了一个梦，纯净剔透的蓝拥吻着一朵浪花，在海中翻涌，一浪推着一浪，一浪淹没一浪，寂蓝的海面，在欢笑，在幸福地哭泣。一朵浪花趴在海的肩头，任他疯狂地吻。

天地间，唯大海的心脏在激越中律动的舞。

海的梦，是蔚蓝色的，无边无涯，无生无死。在海的梦中，幸福地呓语，听海浪层层涌来，在耳畔鬓磨私语。

今夜，我只身走向大海，趴在大海的胸膛，在他起伏的涛声中和他做着同一个无边无际、壮阔人生的梦。

（选自《诗潮》2017年第3期）

藏剑之湖（节选）

李智红

2

在接受一个季节的邀请之前，在携手一片蔚蓝的指引之前，我只是一片沉湎于风花雪月之中的，比轻盈的鸿毛更轻的羽毛，在红尘滚滚的闹市，漂浮，游弋，忧郁，沉沦。喧嚣的市声，正缓慢地腐蚀着我的纯粹。黏稠的物欲，正不可抗拒地消解着我的空灵。阴暗的气息，正日夜侵蚀着我洁白的肌体。

我真的很需要，很需要一泓圣水的菩提。

于是，我来了，来完成我生命中一个极其重要的仪式，我来虔诚地朝觐您，我梦寐中吉祥如意的藏剑之湖。

循着一朵白云的轨迹，我来了。

沿着一缕和风的牵引，我来了。

向着祥光普照的方向，我来了。

我来了，我来兑现一个神圣的、宿命的承诺。

我来了，我来完成一次伟大的、灵魂的淬火。

我的身与心，将在你千年不涸的净水中，脱胎换骨。

我的灵与肉，将在你亘古不变的波光里，彻底施洗。

你将成为我天长地久的生命之湖，从此之后，你将岁月般久远地在我的脉搏中浩荡，在我的梦境中蛰伏，在我的骨血里奔涌，在我的魂魄中闪耀。

我将怀抱你灵性的昭示，怀抱你与生俱来的烟霞与清远，走向人生的终极。

（选自《昭通日报》2017 年 8 月 22 日副刊）

把最后一滴汗水交给土地

谭词发

阳光卸下最后一片铠甲，鸟儿收拢归巢的翅膀。父亲把最后一滴汗水交给土地。

该是收工的时候了。

收起农具像收起兵器，收起喘息像收起战场上最后的轰鸣。追赶时间的父亲，怀揣春播秋收的秘籍。虽有火燎之心，但懂得在夜色来袭时还土地一片宁静。

收起最后一缕检视的目光……

该是回家的时候了！

老屋单薄的灯光等待点亮，清瘦的炊烟等待升起，灶膛的炉火等待围坐。

父亲穿过虫鸣与犬吠，穿过单薄的暮色。从田地走到老屋的距离，就是从少年走到暮年的距离……如果身后的土地是战场，父亲只是终生搏斗的缩影。

（选自《散文诗世界》2017 年第 4 期）

爱一个人

向天笑

我在等待一场雪悄然到来，整整一年，你一直无声无息，现在，你缓慢地下着，不急不躁。

你仿佛用尽全身的力气洗净自己，那么疲惫，无力前行般前行着，每朵雪花都是你伸出的舌苔，那么温柔。

你说爱一个人要缓慢，像衰老……

你准备用一场雪，来覆盖我，覆盖我们的前世与今生。

我就身陷这场虚构的雪里，不愿自拔，我似乎看到春水在雪底下四溢，春光缓慢地照亮黑暗，即将灿烂起来。

一场雪就这样柔软地坍塌在我的怀里，一遍遍地抚摸着缓慢融化的喜悦，任日渐衰老的爱像皱纹一样缓慢爬上脸庞。

（选自《北海日报》2017 年 6 月 1 日）

嗨，朋友

阿洛夫基

嗨，朋友！

你从哪里来？这里已没有牛和羊，你还对着草地吆喝什么，放牧佬也进城喝酒了。

嗨，朋友！

这里已没有人等你在村口，你还对着山冈喊谁的名字？他们攥着故土和泪，在千里之外喊故乡。

嗨，朋友！

这里没有飞鸟了，你还对着原野学什么鸟叫？红嘴鸟成了讨好官人的心意，画眉鸟成了贿赂富人的笑脸，野生动物的骨头和保护野生动物的意义同时从人们的嘴里吐出来。

嗨，朋友！

你是那个来信说，梦中常被牛绳子拴在屋后的人吗？你是那个传话说，赶来寻觅自己长眠之地的人吗？

火塘熄灭了，我将起身离开。

（选自《星星·散文诗》2017 年第 1 期）

居客栈

王 琪

一万亩绿洲有一万朵花，一万支蜡烛有一万束光。当我在通往西域的另一个驿站等你，长满风沙与胡杨的心底，就在这个情意浓浓的七月，葳蕤起难以平息的苍劲与深邃。

边关，无以抵达的远方。身后，烟尘滚滚，像一首诗句里的豪迈与悲壮。丝路上的漫游，就是从这条古道上的客栈，悠悠千载，通向了四面八方。

以笔直的线条勾勒出的客栈，形成居所古朴、雅致、典雅的气息。绿树之下，空阔的院落，和陈旧的木质结构的屋子交错杂陈，恰似天幕下的一枚棋子。

相比于富丽堂皇、气魄雄伟的宫殿，这丝路上的客栈，别有一番家的味道。

前堂划拳行令，后堂高枕安寝。南来北往的旅人，"远观烟徐徐，近看风云卷食色"。小小的客栈，留下了几多脍炙人口的传说，不能复述和把味。

莫说千古风流的城堡，莫说此起彼伏的吆喝，丝路上的客栈，总是醒得太早，这摇曳的灯盏，总是小镇上最后一个熄灭……

偶然相遇，又彼此分离，像一场轰轰烈烈的爱情故事，在丝路上的客栈演绎，在历史的长河中日渐老去。

丝路上的客栈，原来也是久经岁月剥蚀，筑立在不经意间的繁华与衰落之间……

（选自《诗潮》2017 年 4 期）

红灯，是在为谁沉默

曹立光

日子还热，生存却变凉。

断弦的雨吹灭了黄昏，掐断了写字楼乡愁的灯盏。

那些流淌在水泥地面上的光正闪动尘世的霓虹。

转动的车轮。倒退的站牌。路灯下的花伞。大型商超的打折促销。批发市场门前湿漉漉的韭菜。横穿马路的猫。

红灯，是在为谁沉默？

补习的孩子，除肉体之外，神给予你的，他随时会拿走。

（选自《散文诗》2017 年 9 期）

一条河

陈德根

我要对沉默不语的苍天追问，一条河到底哗啦啦地流淌了多少岁月。

我搂住一只低头喝水的羔羊。它和我一样，看一条河流从村头消失，要很久，才又在远处现身。

羔羊要到山顶吃草，望着日头一天天升起又落下。
我要到外面的世界去，在茫茫人海，跌倒又爬起来。

但我们看不到一条河的尽头。
它要走的路，比我们一生一世都要漫长、艰难。

（选自《山东文学》下半月刊 2017 年第 2 期）

经　幡

风　荷

天地——
日月，轮回。
但涌入雪域的更多的是风。古老的风，智慧的风，带来雪山、黄金、佛音和一腔旷古豪情。

风猎猎。
经幡猎猎。风每吹动一次。以天神的旨意将经幡上面的经文诵读一遍。
将天空、祥云、火焰、江河和大地默念一遍。

围着经幡，转动，膜拜。神明降临。
山顶山口，江畔河边，道旁以及寺庙。上苍诸佛保护一切制造和悬挂经幡的人。

朝圣的人。怀虔诚之心，扔掉内心的锯或斧，傲慢或脆弱，放荡或贪欲的魔鬼。一路匍匐，叩首。

以草的责任，树的态度，风的狂野，水的清澈，鹰的高昂。

在雪域，与炽热的星辰对话。

风动经幡。让爱和美德之根蔓延吧。不磨损，不玷污，长成一片茂密的森林。辽阔内心的蓝。

飞升，超度。

帮助西西弗斯把石头推上山顶。

而我愿在无数的膜拜者抵达之前。

先一步提起神灯，照亮自己的经筒。"坚韧才是秘方，可医治路途折断的翅翼。"向经幡飘动的方向匍匐，前行。

无视鬓边早到的秋霜，和孤独。

创造自己真正的宽阔，让被毁的美、淡定和勇气——复活。

（选自《散文诗世界》2017 年第 3 期）

藏

任俊国

是禅的一种态度。

灵岩禅寺藏在雁荡深处，闭关在展旗峰和天柱峰后面。所有拔地而起的山峰都是探幽的指南，而喧嚣比山峰更高。

只有禅心低于尘世，又能抵达天堂。

灵岩禅寺后面，屏霞嶂上霞云飞渡。小龙湫如线的瀑布穿过霞云，穿过鸟儿的翅，穿过目光，抵达岩石。我们总是通过绘画、文字和相机收藏美好的景象。而水滴石穿就不仅仅是渗透了。

是时空的记录仪。

人流退潮。黄昏与灵岩禅寺对坐，互为怀抱。

（选自《中国诗人》2017 年第 3 期）

海朗树

陈计会

咸腥、湿润、缠绕，一个封闭的、自足的清凉世界，任由我的脚印在滩涂中左冲右突。我惊诧于这古老而又神秘的领域。它让我更接近内心原始的气息。它纵横交错的根须犹如人类社会，你纵使深入其中也无法理清头绪。其实，脚印是你自己踩出来的，你与它有一个共同的起点，都脱胎于母体。它的果实萌出小芽才从枝头上掉下，逐流水而生。命运也由此展开它的随意和归宿。

当你在林中艰难行走，鸟鸣和阳光常常从头顶密匝匝在枝叶间漏下来，生动你涂满油彩的面孔。涛声在外面轰响，你独享这一方静谧。犹如在霞光中翻开一卷诗集，将白日的喧嚣置之度外。我们内心的隐秘往往在不经意间被把握。脚下不时出没的寄居蟹和弹跳鱼，以醒目的语词，提醒你闯进了他们的领地。这一片被绿荫庇护的世界，犹如诗集之于心灵。

海朗树终生在海水中泡浸，却从不诉苦，不说艰辛，它碧绿的叶子聚拢大海的光芒，叶片上还偶尔析出晶体，接近盐的深刻。

（选自陈计会散文诗集《虚妄的证词》，北京燕山出版社，2017 年 8 月）

春杪，有些记忆可以按删除键取消

阿　红

立夏之后，夜里还有春杪的意境。

风隔着窗棂打探病房里的情况，一场高热煎熬妈妈的意志和肉体。盐水、葡萄糖、丹参、抗生素、乳蛋白，一遍遍洗涤妈妈的血液。晚饭后，我给她洗脸泡脚。坐在她身边跟着输液器一起读秒。10 个小时后，妈妈终于退热，睡着了。

我怕她冷，给她盖了三层被子。她嘴里哼唧着，脚不时踢开被子。

守着她，如同守财奴守着稀世珍宝，生怕片刻疏忽，这宝贝就被人"盗走"。

她的每一丝疼痛都能淹没我的生命，她的每一份快乐都能滋养我的灵性。

母女缘真的很美妙！这是生命成长里最动人的诗篇。

两年前，春杪正浓，我也是这样陪着她，同样是对抗癌魔；只不过不是同一家医院而已。

那个大窗口的病房可以看到飘浮的云，慢条斯理地游来荡去。

为此我写下几首诗。

此刻，妈妈的鼾声像小夜曲，抑扬顿挫。

而我毫无睡意。

夜深深锁住我的双眼，但我仍然看到无限光明。

一团希望之火在我体内燃烧，美丽的妈妈一定战胜病魔，走出医院。我和我的弟弟妹妹一定让她实现凤愿，去宝岛看她的台北姑娘。

稍许，我会告诉那位台湾艺术家，一切准备都在进行中。

等妈妈出院，我们立刻出发。

人生是一场旅行。

重要的不是去哪里，而是沿途的风光。

生命不过是个轮回，而灵魂将永恒。有些今生能了的因缘何必等待来世，来世我们不一定相遇。

请珍惜身边的有缘人。

春杪已去，有些记忆适合珍藏，有些记忆可以按删除键取消。

火热的夏天马上来了，有妈妈的日子从来不冷，何况盛夏，我如夏虫般欢愉。

在故乡，妈妈身边的日子永远是生命的春天。

（选自《吐月》2017 年第 3 期）

高高的白玉兰

陈艺毅

在电白供销宿舍大院内，有棵高高的白玉兰树……

——题记

她高有多高？

她高达九层楼，比四面围着她的宿舍还高两层。太阳出来，她最先热烈拥抱；太阳离去，她最后深情挽留；风雨来临，她最早接受沐浴洗礼；严酷夏日，是她默默送来绿荫凉意。

雨水把玉兰树的每片叶子洗濯得绿油鲜亮，阳光将树冠照耀得晶莹剔透。不管雨里、风里、阳光里，那浓密的玉兰树啊，永远是鸟儿的栖息宝地。也无论是傍晚或黎明，百鸟叽喳的歌唱总是先从那里响起……

她香有多香？

在花蕊绽放的季节，她给大院荡溢满庭的香韵，向每层楼的人们致以清新的敬礼；向每扇窗户投放芬芳的问候。当风儿阵阵吹过，周围小区都感受到她的高度，分享她淡淡的幽香。勤快的小鸟，更乐意传播她花开的讯息……

大院里的楼房老了，也旧了。可这高高的玉兰树啊，在风里、雨里、阳光里粗生粗长，仿佛一杆绿色的定海神针，牢牢扎在这大院中间。三十几年的蓬勃转瞬过去，老人已记不起她的来历，年轻人更不知道她的传奇。

每当暖春把她催醒，才用花语悄悄吐露心中的秘密……

（选自《茂名日报》2017 年 6 月 16 日）

珠海之约

林志山

我的珠海，在祖国的南海之滨的苏曼殊故乡。

四季盛开的拱北口岸，等候——挂满晨光的你。可否，骑上骏马，奔骑而来？

我想让你单身而来，这里花果甜美，土壤肥沃。暖风醉游人的情侣路为你敞开胸怀。

珠海歌剧院将因你而今夜无眠，横琴岛上的长隆乐园歌舞飘香。

我想让你带上所有的祝福和嫁妆，踏浪而来。耕种四书五经以及我不卑不亢的灵魂，灌溉淇县比干祖先留下的遍地稻谷及心愿。

当然，你可以从平沙的甘蔗林中，取糖，点燃——甜蜜的事业！可以在珠海渔女像前，临海弹琴歌唱我的珠海。但不可以，耽搁了唐诗的深刻宋词的豪迈，你可以行走在港珠澳大桥上，拥抱世纪工程的改革开放辉煌，抚摸文天祥的丹心。但不可以，弃爱而不坚守。你可以仰望珠海航空航天博览会的速度，记录你喜悦的心跳放飞你的梦。可以体验横琴新区的"一路一带"。但不可以，丢失了爱的魅力。

我的田野广阔，460 个海岛盛产阳光与海水，等你来！

开垦、耕种、施肥、收割，秋天的金黄！守望，心灵的净土！

当然，来或者不来？

我都在浪漫的珠海，等候。请你一定要在衣锦无忧的空间里，想好。此刻的我，海很阔天很蓝！夏天热情澎湃！春天鸟语花香且山清水秀源远流长！

（选自《香海文学》，2017 年第 6 期）

春分：背一坛陈酒北上

何敬君

涉过黄河，越过海河，北上，北上……

都说温暖击退了寒冷，都说白昼赢得了黑夜，我背一坛缄默了三千昼夜的老黄酒

来，与你对酌……

还是有点儿冷，还是有点儿阴雾。但连翘是黄过了，桃花也是泛粉了，玉兰轻解白霓衣了，在干冽的北方，这是大好的日子了。来，饮一斛……

我知你在等我，就如我等你，就如我们都在等一场雨浇解积年的垒块。

一大片云彩已在玄鸟背上，在我们的碰杯声里飘来。来，浮一大白……

就算是梦里的岛屿浮为船舶吧，白昼再次跨上马背，长鞭摇曳。

哦，过去的冬季空寥而冗长，我们无计驾驭漫漫黑夜。

多少花朵没有结实便怅然凋落……

今天中午 12：30，小小的世界在对峙中讲和。

倏忽的瞬间里，我们好像在太极图对坐，好像先秦的人们分坐于郊外长亭的条桌，以长把大勺盛舀春色。

畅饮吧，不管泛成潮汛还是聚为冰雪，时光都不会暂停脚步。

说它"凝固"，说它"老去"，是以臆想的词语慰藉自己。来，再饮一大斛……酒里的时光不敷红粉，不长胡须。

……日头偏西，"春分"已然过去。

我听到你的骨头喑喑作响，看杨柳树抛撒花絮，卸却一些行李。我们活着便靠不了岸的不系之舟，不需要帆篷，也没有篙舵，彼岸的码头早已修筑，灯塔在月光里闪烁又闪烁。

再来一斛，我们酌了再酌……

（选自《青岛文学》2017 年 1 月）

阔　地

王　琪

汹涌，并不能成为江河唯一的代名词。

梦魇深处，被雷鸣蓦然惊醒的人，泄尽最后一丝气力，收回游走的魂灵。很多无从知晓的秘密，带着慢节奏和怪脾性，走向一块未曾开垦过的领地。

嘶鸣中死去，远天暗哑。再听不到响亮的歌喉。

暗自拔节的生命，再一次碎成粉末。

花朵等来白云，我看到了惊艳；篝火等来星辰，我体悟到静默……

饮尽孤独和美酒，大多数相附依托的时光，原来，是用漫山遍野的呼吸和心跳可以换回的。

哪一条路通向卵石滩、荆棘地，哪里就有和我相似的童年寄与。

积怨变浅，来路不明的咒语，令参禅的一行银杏林道破天机。

推开命运带来的暗疾，篱笆墙内颓废、残败的景象，除了墙体上的一丛新绿，没有什么是新鲜的。

（选自《青岛文学》2017 年 1 月）

谁喊住的

王忠友

田野里，最后的那个稻草人，是谁喊住的——
是那个瘦得皮包骨头背着行李的外乡人，在大地上行走，喊住的；
是那行归雁拽着哆嗦的村庄，喊住的；
是那个使劲抽烟的男人和抱着头对着河水哭泣的女人，喊住的；
是瞎子叔抱着那把旧乐器沙哑在小沽河岸上，喊住的；
是棉花地里，弯腰的母亲咳嗽着，喊住的；
是坟头上三三两两的野花，替坟里的人，喊住的；
是那座老屋在空旷处咽下更大的风声，喊住的；
是我的泪，滴落在风里，风吹着我内心的孤独，和命运喊住的……

（选自《山东文学》下半月刊 2017 年第 8 期）

热 爱

王小忠

秋天的脚步已经远了，落叶和泥土抱在一起，它们的内心充满了真实和幸福。

我站在草地上，想象着即将来临的雪——它们会让草原纯净而温暖？

那辆大车停在院子里，春天里将载着一颗明亮的心赶往牧场。

该放弃一些杂念和担忧了。

晨曦里清扫街道的妇女背对冷风，她们是否看见了光明？

晚归的牧人凝望着城市的苍茫，还有什么比渴望更令人不安？

翻开欢乐与忧伤的心事，还有什么比真诚更光辉的记录？

真的需要静下来了！让清晖照耀着，然后坐进时光里，想自己喜欢的人，做自己喜欢的事。这样，你一定会梦见雪的干净，梦见一波一波汹涌而生的青草。那么，就和它打成一片，好好爱着甘南大地……

对于命运、爱情，以及信仰和追寻，最好不要用简短的语言去叙述。

（选自《山东文学》下半月刊 2017 年第 10 期）

季节河

张永波

再好的嗓子，有时也喑哑。雨季的美声唱法，带着浓重的方言。

我听出了，兴安岭的松涛声，赫赫亮亮的，绕过了季节的额头，介入草木之争。

它们喋喋不休地，在滂沱的意志里，提炼水的硬度。

我担心那奔波在雨水里的人，有无溺亡的倾向。我连连喊着这些名字，就像喊着他们的体温，和他们水波一样的笑容。

"泥泞和糟粕的气候适宜变节"。

为他人担忧，我无师自通。从此，我要化为水，上善若水的水。水世界的尽头，我等一些人，他们忘记了我的春天，一如忘记了我的山形地貌，我的鸟语花红。

云层里雷电的引擎，大功率地制造水的扬程。风中吟诵的教义，是我透明的祷词，返璞归真，一个匍匐的身影，被阳光反复推敲着，仿佛一个赴难的人，手中破烂的旗幡，在风雨中残喘。

我在公共避雨处，寻找一块干净的地方，那里挤满了人，挤满了期待和惶恐。

季节河在抑扬顿挫间，泥沙俱下的险境，咆哮的台词，被谢幕的掌声遗忘，泛黄的舞池，干枯的诺言，觊觎奔腾的心，在渗血龟裂的记忆，栖息着帆影和渔歌，打着瞌睡——

"这条让浪花休克的河流荒草，让堤坝想起了坍塌"。

我融入了这些庞大的纷乱里，擦拭着因湿寒，枯萎了的笑容，而大汗淋淋的公交车，定点靠站的习惯丝毫没有改变。

(选自《青岛文学》2017 年 8 月)

椰林寨：晚风轻轻吹……（节选）

倪俊宇

1

余霞在远处的尖峰上，闪了几下……

屏息的凤尾竹，静静地听着什么声音。牧笛，携暮色自黝黑的牛背上冉冉升起，挽住炊烟那袅娜的腰肢；篱笆门吱扭一声。一记水桶撞响。一弧镯光闪烁……

5

黄昏雨倏地飘洒下来，弹响芭蕉的心事……

这时，竹楼上有一个甜甜的声音唤你。

雨幕里，闪着穿筒裙的拜扣，撑一把粉红色小伞，低眉一笑，背影就迤逦成一缕遐想……

13

头帕。筒裙。馨香如并蒂夜来香。

款款情话，从鼻箫眼里流出，流出一段新的鹿回头传说……

14

诺言是一捧鸟鸣。云鬓间，灿然绽放一朵岗稔的微笑……

此时，山寨所有的景物，正被一种柔情融化，融化，到处都流淌着、流淌着紫色的神秘的芳馨……

（选自《四川诗歌》2017 年第 3 期）

回避天涯，向内心沉沦

海　默

　　——可是，那词语中爆裂的骨骼，必将在易腐的大地上，长出孤傲、哨音或者新鲜的空气，必将刚柔并济，以树的形式，向天空列举精神的重负。

　　以星子和玫瑰的方式生长。

　　从一座山顶到另一座山顶，我必是那个长了长腿的人，必借了词语的力量，学会走，然后奔跑，听见风在耳边吹，而不必追究风从哪里来，到哪里去。

　　——"把我所有的拿去！把我本身具备的也拿去！"

　　这一生，无非是，一滴鸟鸣敲碎了星光，世界空无一人；无非是，一粒药片追赶疼痛的距离，而暗疾此起彼伏；无非是，一道闪电劈开乌云的过程……

　　四野沉寂，天空幽深，凌晨两点，所有的灯光转沉，我是夜的胃里，消化不了的那块结石，挂在十一楼的窗前，寻不到神迹，只与眼前醒着的四颗星星彼此遥望。

　　"我是光：唉，但愿我是夜！"

　　"我把我自己发出的火焰又吸回我的身体里。"

　　我是碎裂的梦，是贫穷，也是孤独。

　　是狭隘的黑里，逼到死角的那一片富含希望的影子。

（选自《海燕》文学月刊 2017 年第 3 期）

五点四十五分的蓝

麦　子

一念起，而万物生。
这命定的秩序，有着让人沉陷的美。

五点四十五分的蓝。空旷，孤单。
蓄满了离愁别绪。

就像首班地铁，寂静地穿过城市的心脏，带走怀揣远方的人，并将更深的寂静留给站台上——那个被离别锯疼的、孤单的影子。

（选自《诗潮》2017 年 1 期）

辑四 网风的馨香

辽 阔（外一章）

郑小琼

秋天裸露出辽阔，收藏着盛夏的果实。秋天像一块硬币朝着天空弯曲，大地上，布满噩梦的体温，泉水怀念着卫国，亦流于淇。在淇河之头有我爱的人发育，我们在河之洲，相互燃烧，相互熄灭。

春天的白花，开于山楂枝头。

这些青与红，这些初绿，这些春天的旅馆。

淇水湿透了我裙裾的黄昏，在卫国群山的寂静间，我和他互相看不见，失去了记忆。

日子的面孔，雨水中的筵席，迷蒙的云，焦虑在海水随星辰运行的秩序。

蔷薇开于潮水之上，记忆的麝香在春季结冰，有情，有爱，有生，有死，有离别，有亲人……都在退逝。

夏天与冬天握手相识，鸟在天空中旋转，阴影在心扩大，它们像饿虎吞噬着我。

汛期循着旧朝的历法来临，露水打开秋天

的门，花开在想象之外，昨天与明天握手道别，镜子的两面相互咒骂。

这些水流向旧日，这些水落在日子之间。
而我掀开海的皮肤，看见鸟的动静，看见泉水的阴影。
有水流入淇水之中，有日子流入时间之中。
你分辨的记忆已落在记忆之间，它们居住在辽阔的秋天之间。

裸露的秋天何其辽阔，剩下淇水慢慢地流。
我收藏好自己，我与自己已陌生得无法看见。

都市会

都市打击乐在地铁站上演着，它湿漉漉的，似大海卷起书页的卷角。旧的羊皮书，新的印刷体，电子版本，它深入都市打击乐的黄昏，深入人类的痛苦之间。幻象的床上，墙壁，樊篱以及无限锋利的刀子切割着内心的梦境，你关闭魏晋课本，关闭长袍烟柳，关闭全身敏锐的触觉。剩下失丧的脸与枯绿草坪，剩下孤独、拥挤，无可救药的蓝天在遭受炎凉的分割，这年间我们离世态很远，它像遥远的海域一只微小在战栗中的小帆，模仿着我在眺望着的遥远梦。

她正经过扩版注水的晚报，与暧昧不清的早餐，剩下一帖招工的启事有着落日般难言的温暖。前世的明月隐进霓虹之中，远方的诸鸟与树木隐进开发之中，唯见粉色的别墅点缀青山悲喜交加的眉尖。

她的身后，是一条像旧城一样消逝的唐代。

隐匿于广告的某个角落里，而她正经过紫箫青袍，人生的残液倾倒得如此缓慢。

她在结核，成形，跟随一堆故纸与旧事，她洗尽那些乌衣巷的红尘，洗尽那些寻常阡陌的清苦。在城市间行走，寻找着一张清澈的脸，一个在他的身体里安置着一座城市，打击乐中聚集着一个人的心愿。

他站在生动的地方，一直倒着生命的残液，倒着苟延残喘的生存，倒尽炎凉的世道，倒尽流落他乡的悲苦，倒尽这些失业的沮丧，剩下一张沮丧的脸，在城市间，我被打击乐淹没，那张湿漉漉的脸反复地呈现……

（选自"郑小琼新浪博客"2017 年 9 月 9 日）

二沙岛

蔡宗周

有人说：二沙岛像一艘前行的舰艇，海心沙是驾驶舱。

有人说：二沙岛像一片芭蕉叶，飘在碧波荡漾的江面上。

二沙岛是音乐岛，星海音乐厅年年在演奏岭南音乐：《步步高》《赛龙夺锦》《雨打芭蕉》……让人们听到广州人滴水穿石的毅力，随物赋形的坦荡，水利万物而不争的品质。

二沙岛是美术岛，广州美术馆月月在展出岭南画派的佳作：居廉居巢的山水、关山月的梅、黎雄才的松……让人们品出广州人的山水情怀，梅的高洁，松的朴实。

啊，绿色的叶脉里，还存留着水乡的风情画。

啊，古老的港口边，还回响海上丝路的咸水谣。

真想探下身子，登上那一艘舰艇，去继写广州千年海上丝路崭新的故事。

真想扑向珠江，亲近那一片蕉叶，在艺术之海打捞广州现代文明的珠玑。

（选自"广东散文诗学会微信公众平台"2017 年 11 月）

中元节之念

——写给父亲

田景丰

自从那年在高高的白杨树下挥手告别，

我就再没有见过你瘦长的身影，没有听到你熟悉的笑声。

一堆黄土把我们分隔，从此一个地上一个地下，犹如天上人间。即便是使用所有现代通信手段，也不能得到你的消息，唯有思念在穿越。

我曾经沿着你漂泊的足迹去寻觅，企望捡拾起对你的记忆。有一次我在望谟的那株大榕树下站了很久很久，回想着你见我趴在树上时的惊恐与愤怒；我还静静地坐在母亲的跟前，听她絮絮叨叨述说对你的怨尤。这一切都那么的亲切，那么的生动，因为其中有你的啊！可是，你终究业已西去，在故乡东门城外的那片开满油菜花的坟地化作了无言的泥土。

每年中元节的时候，我都要为你遥寄一个封包，作为你归来的盘缠，企望你会无声无形地站在我的身后。

今天又是中元节了，我没有再寄那纸钱的封包，因为无法能投递。我只能在高高的凉台上点燃香烛，把我的思念化作青烟，在夜色中随风飘去。

（选自"柳州市作家协会微信平台"2017 年 9 月 5 日）

韩家荡的荷花（外一章）

灵　焚

我曾想说，不知道韩家荡的荷花与其他荷花有什么不同。

印象中的荷花，多少是有些矜持的，正所谓"重重叶盖羞人见"。她含苞不语，纵然舒瓣也低眉，在无边的莲叶中频频藏身。难怪曾有诗人，以荷的气质赞美女人："最是那一低头的温柔，像一朵水莲花不胜凉风的娇羞。"

面对荷花，确有"佳人彩云里，欲赠隔远天"之感。

而韩家荡的荷花，确实与其他荷花有些不同。

她们在莲叶托举的天空上忸怩三寸金莲，谁也不再藏姿匿色；她们紧紧依偎着来自大海的风，深一脚浅一脚踩在莲叶上婀娜弄姿，娇媚招展。每一朵都有"出浴亭亭媚，凌波步步妍"的卓然。

也许，这是今日苏北大地的自信使然。

曾几何时，灌河的日出只与夕阳齐肩，云梯关外，万里乡愁。

如今的响水，不再是贫瘠滩涂上每一粒盐的呐喊，不再是黄河夺淮时子民的呼救，不再是母亲转过身子潸然落泪的声音。

论身高，响水只有 8 米的海拔，却抬起 36.4 米的目光，俯视大海。今日的响水，长颈鹿一般高高昂首，不再是瞻望岁月，不再期盼远方。

响水说：再给我一次关于东海龙宫的想象，我将壮怀杜仲的热烈、捧出棉花朵的温暖、递上浅水藕的纯情……

那么，韩家荡的荷花，你怎能只是传统审美中的温婉与娇羞？

曾经，我不知道韩家荡的荷花与其他荷花有什么不同。

到了韩家荡，我明白了那里的荷花，为什么与其他荷花有些不同。

七月流火，路过韩家荡

季节开始下垂。立秋还在路上，隔着今晚的夜色。

今晚，我从韩家荡路过。想起某诗人曾经仰望着哈尔盖的星空，任凭"群星的亿万只脚"，把栖身的屋顶"踩成祭坛"。

这里不是圣域高原，也没有一座火车站连接没有终点的远方。

我、天荷园、荷塘栈道、碧叶暗香、参差夜色，还有夜色之上高高的神明……

究竟是什么让我企图寻找什么？

同样有七八个星散落天外。没有山峦的参照，苏北滩涂的"两三点雨"，滑倒在莲叶上无法站立。

没有稻花香，此时的蛙声也被人删除。也许此时，白露、秋风还早，青房晚节尚不堪忧。然而，七月流火，秋之将至。

入秋，"不堪翠减红销际，更在江清月冷中"，元人刘因的提醒谁能省略？
星移斗转，此行的韩家荡，正在成为此生的内容。

那么，七月，我的文字在祭奠什么？能为谁招魂？

七月流火，这是季节的审判。
路过韩家荡，我来自远方，将再走向远方。

（选自"盐诗刊微信公众平台"2017 年 8 月 31 日）

我在漓江的朦胧里等你

我从湘漓的源头走来，在象山水月的光影里，在伏波山边的涟漪中，在徘徊的竹筏上叼一支凤尾竹做笔，蘸漓水的浪花，写下两个字——等你！

我在三月桃花的艳红里等你，我在四月雨雾的迷蒙中等你，我在八月莲花的洁净里等你，我在十月桂花的香韵中等你。等你，漓水涨落了千年。等你，岩溶滴成了雪域。你，终于出现，一袭白裙，从碧莲峰的花蕊里摇曳而出。九匹神马，簇拥你的柔姿，逆江而上。

漓江的浪花，软了，天边的云朵，醉了。你，却在桃花江款步一转，倏然，没有了踪迹。我用焦灼的心思，穿梭于老人山、穿山、叠彩山和七星山，甩出千万条红线，织网拦你！我用嘶哑的铜锣，唤你！

可听不到你一丝的回应。

喝一瓶最烈的三花吧！忘记你！忘记你！

可隐山说：我在这里，我在这里……我的泪水呀，瞬间涨溢，似青狮潭的水坝哗然决堤！

（选自"广东散文诗学会微信公众平台"2017年11月）

抽出一支火炬，把夏天点燃

江 涌

6 月 31 日游广州流花湖，遇满塘荷花盛开。

——题记

1

初识去冬。

你在池塘里玩耍，我从你身边走过。

你并没有抬头，我却有深深的回眸：你瘦弱的身影在冷风中舞蹈，脚下尽是些污泥浊水。

你在这宽阔的池塘里尽情撒欢。我想，这疯丫头玩得多开心啊！心里一定藏着美好的梦想。

2

春雨，让你激动得泪眼婆娑。

泪滴打湿了串串晶莹剔透的珠子，让你全身流光溢彩，珠光宝气，熠熠生辉。

你用玉手挡住自己的害羞，却挡不住亭亭玉立的成熟。

小脑袋在绿帐中隐约闪现，其实你心中的秘密早已被人看透。

3

姑娘，你真坏！

我还未及反应，你就突然抽出一支火炬，把夏天点燃，把我点燃，你自己却拥有夏日的一叶阴凉。

我要与你共享一叶阴凉，好仰视你的红颜，直到双眼灼瞎。

初见红颜，感谢流花湖。

（选自《常青藤》公众微信平台 2017 年 7 月）

鸡足山，我的心灵火车站

我是一列火车，每走一段都有一双无形的手在为我扳道。感谢那双手，曾经让我去了峨眉山、青城山、华山、恒山、长白山等诸多名山。

鸡足山我仰慕已久，中国佛教第五大名山，和我老家贵州的阳宝山同为西南四大佛教圣地，一直心向神往。

但是，那双为我扳道的手，竟让我满世界行驶。今天，那双手，终于让我这列满载 60 年风尘的列车，驶进了神圣的站台。

只有先经历海拔 500 米盆地的炎热，才能感受到 3248 米高的清凉；只有沉沦过 60 年的滚滚红尘，才能省悟佛国仙山的空灵。

这是大自然对人类的良苦用心，是迦叶尊者选择鸡足山的真实意义。

鸡足山是我的心灵火车站，鸡足山为我做了内心和能量的加持。

也许，在未来的人生路上，哪里有岔道，我将向何处去，会有些许预知。

（选自《散文诗世界》2017 年第 8 期）

谷 雨（外一章）

——《春天的诗笺》之六

萧 风

念叨着"谷雨"的名字，我看见一位灵秀而丰满的女子，站在春的深处，粲然而笑……

这是一个多么富有诗意的名字呀——

谷雨，一滴雨就是一粒金色的谷子！

一场喜雨过后，谷粒们开始春情萌动起来。

一阵阵渴望被吻、渴望受孕的战栗，自谷粒的心瓣间荡漾开来……

"快快布谷，快快布谷……"

踏着布谷声声的韵脚，和着小麦拔节的韵律，一群群金灿灿的音符，从一双双粗糙的手掌挣脱，带着重逢的喜泪，一头扑进大地温暖湿润的怀抱里……

一粒种子和一首诗，都有从孕育到破土的过程。

抓一把谷粒在手上，就有一种新芽拱土的感觉，从指尖一直痒到心底！

一枚颗粒饱满的谷子，就是一个美妙无比的词呀。

我把它小心翼翼地搁在案头——

与我的诗一起，播进春天最后的一个节气里……

白　露

——《秋天的风采》之三

"白露"，一个多么富有诗意的名字。

喜欢"白露"，因为《诗经》中那首美丽而婉约的诗："蒹葭苍苍，白露为霜。所谓伊人，在水一方。"

第一次读它时，心里就十分喜欢：芦花掩映，伊人轻舞，水乡清秋，妙景天成。

那个"宛在水中央"的美丽倩影，从《诗经》里娉娉走出，一直在我的梦中踏歌而行。那份可遇而不可求的因缘，年复一年温暖着青春的记忆。

又是白露为霜的日子了。

伊人，我就是水边的蒹葭呀，一颗颤抖的心，正与你隔水相望……

"露从今夜白，月是故乡明。"

白露一到，十五的月亮就要圆了，思乡的梦儿就要圆了。

离开故乡的日子里，母亲总爱在村头眺望。

团团圆圆，那可是母亲一生的期盼啊！

"秋荷一滴露，清夜坠玄天。"

这秋天的眸子，如此圆润，如此晶莹，如此纯净。

从枝头上滴下来，从竹叶上滑下来，从草尖上滚下来，从金桂银桂流香溢彩的花蕊上洒下来……

每滴露珠，都折射着七彩的流霞，都闪烁着诗性的光芒。

哦，走进"白露"，便走进这盎然的诗意里……

（选自"中国诗歌学会微信平台"2017 年 8 月 24 日）

神奇美丽的布达拉宫

曾　静

西藏，透着古老的神秘。

仿佛一位曳着红袍的高僧，独坐于世界之巅。

跌宕的身世，神奇的传说，一笔一画镌刻成了生命的纹理。

他双手托起天堂跌入人间的倒影：豪情与秀美的雪山湖泊是他的容颜，千年不渝的佛语是他的魂灵。

风雪烈日，未凋容颜。

酥油梵呗，萦彻魂灵。

他，使智者沉静，仁者长叹。他，使信者心契，凡者留恋。

晨光初绽，拉萨方醒。

阳光照亮整座城市，如酥油灯火勾亮一方佛堂。布达拉宫披着晨装优雅地立于山巅，

注视着这座城市，海般的苍穹在他身后尽情铺展开：

山一程，水一程，千转梦回是君身，心路向天横；

风一更，雪一更，几度轮回舍红尘，无声似有声。

沿着历代达赖喇嘛的足迹，带着虔诚和敬畏，我来了！来到了拉萨，来到了布达拉宫。

　　站在山脚，抬头仰望，红白相间的布达拉宫还是1300多年前的模样。扶着厚重粗朴的宫墙，追寻着活佛的灵魂。缓步走进布达拉宫，宝座上活佛曾经身披的衣物，散发着神圣的气息，他曾经读过的经卷还摆放在修行的斗室。

　　千百年来，佛前的长明灯从没有熄灭，仿佛看到了他正在撩拨灯芯，添加酥油。

　　那如豆青灯，照耀着他不倦的容颜，盘腿坐在他的经房，闭上眼睛听磬声缭绕，闻梵音弥漫，心静无娱。

　　来到红宫，在每一尊佛前伫足祈祷！

　　重复着不变的诉求，感受着活佛遗存的温暖。

　　看着那些高大、圣洁的灵塔，我知道你不在其中，青海湖畔留下了你最后的佛影。

　　你是活佛，却眷念人间，你本该为众生抄写经书，却为一个人写下无数的情书，写尽俗世最浪漫的情愫，品出佛心最炽热的情音。

　　四方而来的藏民，流动于布达拉宫周身。

　　手中旋转的经筒，摩擦出"吱吱"声，汇入了诵经中的真言。

　　布达拉宫脚下的这条经廊，是他们每日的必修课，也是他们心中，朝佛的起点。

　　金黄的转经筒不停地转动，前行的脚步也从未停歇。

　　人群中有的白发苍苍，牵着孙儿。有的步履矫健，生机盎然。所有人都重复着相同的动作，围绕着布达拉宫。

　　当我用双手摩挲着经筒上凹凸不平的经文时，却想起我不为触摸谁的指尖，只为——寻找诗中的温暖。

　　此刻，我是真真切切地离布达拉宫如此近了。

　　清晨我被磕长头者手中木板摩擦八廓街青石路面的声音吵醒，这种极富节奏的声音唤起我内心深处的善良，我常常感到莫名的不安，这种不安是一种忏悔，一种丧失信仰者心中最后的哀鸣。

　　当信徒们每一次五体投地地匍匐的时候，我的心也跟随其起伏，但愿能唤起我心里仅剩的一点善念。我沿着边玛墙拾级而上，一步一步接近这神圣的信仰，这应该就是信仰的力量吧！

看着世间最美的樱花，自有一袭淡雅。那一天，我真的转过了所有的经筒，不为触碰你的指尖，只为你平安幸福。

（选自"广东散文诗学会公众微信平台"2017 年 11 月）

散步的诗意

蒋登科

夜色中穿过校园

大风走过密密的树林，绿浪翻滚，但仲夏不落叶，地面干净，不沾杂尘，只是大地的高烧有些微退却。

青春泛滥的这些小路，此时安静得有些死寂。路灯孤零零地站着，只有扑灯的飞蛾在无效地劳作。监控的摄像头下，不是静静的茶花，就是过路的蚁群，抑或迷路的马蜂。

爬壁虎不是虎，守护着并不斑驳的砖墙，无心探问墙内的人究竟酷热还是清凉。黄桷兰泛出的香气，让闷热的夜空清爽了许多。

有虫鸣，无鸟啼。

体育场。铁丝网的那一面，灯光明亮。来来往往的人们或疾走，或慢跑，或静坐在草坪，个个都汗流浃背。他们消耗多余的体力，说是在呵护生命，以及还未实现的梦想。

不管有梦无梦，这都是一个真实的仲夏之夜。

不管你喜欢还是不喜欢，明天依然有阳光。

凋敝的磨坊

一群石头，一群躺在故乡院子旁的石头，与杂草为伴，接受日晒雨淋。

这是一群经过反复打磨的石头，一群长着牙齿、在山里也是最硬的石头，一群在乡亲的眼里和口中泛起过自豪的石头。

这是一群曾经风光无限的石头，一群就如城市茶馆一样，围绕着它们，产生和传播了无数乡村故事、家长里短的石头。

曾经安放在木架草盖的碾房磨房里，我的祖辈父辈总是担心风雨磨蚀了它们的利齿。少年时代的我，曾经无数次吆喝着牛儿拉着碾子磨子转圈，于是才吃到了米饭、面条。那时候没有机械化，大米、面粉都是从自然走向自然。

如今，偌大的院子已经凋敝，很多人都离去了，村头上增添了一座座长满杂草的坟茔。很多人进城了，在钢筋水泥的道路上奔波，然后紧闭家门。

故乡的碾房、磨房早已成为历史，曾经的草蓬只在记忆中。这群历经百年沧桑的石头依然沉默地站在原处，只是一切与木头有关的配件早已腐朽。

我站在这些石头上，感觉它们依然稳固如初，錾子的凿痕依然轮廓分明，那是它们曾经的牙齿。

但岁月肯定是流逝了，时间肯定不会回来了。

我多想把它们搬回来好好珍藏，但它们太重，和历史一样。我没有力气完成这个梦想。

我多想写下对它们的赞美，但词穷意短，实在写不出它们走过的岁月沧桑。

让它们继续以石头的方式存在吧，以它们的坚硬告诉人们：这个世界就是这样过来的，热闹、冷清、落寞、凋敝，反反复复，轮回交替，这是谁也无法改变的宿命。

登梵净山

等待，漫长的等待，披着月光，顶着烈日。

攀爬是此行的宿命。这是一条狭窄的单行道，只能上，不能下，别无选择。抬头是悬崖峭壁，低头是万丈深渊。为了既定的目的地，必须同时脚蹬手扶。你帮不了别人，别人也无法帮助你，在攀爬的路上，每个人都只能自己拯救自己。

一路上都有惊叫，一路上都有叹息，一路上都有埋怨，一路上也有沉默不语。

来到这仙境，每个人都露出了本真。

一切都在云遮雾绕中，看清的只是眼前的一小片区域。巨石、峭壁、野草、古树、不知名的小花、悬崖小径。它们此时与你最亲近。

高空的风总是不停地吹，带着初秋的凉意。传说中的仙境一直在想象与期盼之中不肯露出真容。偶尔云开雾散，也只是像镜头扫过，蒙太奇般地露出小小的一片，短得只够眨一下眼睛，短得来不及按动快门，短得一声惊呼只叫出了一半。

也许，仙境就是一种想象，就在这似动又静、似明又暗的浓云迷雾之间，石头成了神仙，雨雾中仙女来往。

于是，有人等待，继续等待，期待着奇迹。

净，也静。

空气纯净得泛绿，不断有露珠滴落。

大自然只发出了属于自己的声音，风声，雨声，虫鸣鸟唱。

山是奇妙的，但路是坎坷的。在漫漫行程中，呼吸顺畅，身心透明，虽然没有见到这座大山的神奇全貌，但至少见到了一些鲜活的片断。

这已经足够。

不用再等了，否则又要错过下一处风景。

留下一些梦想，也留下一些遗憾，用回味与想象去慢慢填充。

（选自"广东散文诗学会公众微信平台"2017 年 9 月 3 日）

2008：隐藏与清晰

严　正

阳光普照，照耀着活人和死者。

我贴在地面之上，我二十岁的一个名字叫红，红是他边邻有一树结满桃子的绝望。

在纷乱与清晰的卡在口中的谜，早晨显现火车东站，针尖上稠密的人群，构成直角的诗人为虚空中的一个节日打扮：比如谁都不像谁，他却化成了他曾经喜欢的那片影子，比如伸长一只手去阻止布满月亮的神经，词汇会短暂地改变我疼的形象。

戒绝漫无目的的漫游。远方与往昔，因为时间紧，一个人有一块钟表的齿轮，那压抑像无法定义的某个活跃空间，但有些东西必须被打开。

在我热燥的寓所里，我的睡眠被封死了，出着汗，涎迹是我吐在地上的唾沫和一口痰，仿佛一些人默不作声，在死者的房间，或者沉湎于那个死者，只有头颅和一只拖鞋停在墙边。

如果碰到雨天，你还可以喊醒镜子里的泥泞和潮湿的痕迹。沿着灰色的曲线和一片失语的冷风景，生活是圆的，因为滑，我碰到铁疙瘩，我是那镜中的人吗？

酒醒之后的暖阳，树下的鸟鸣也有让人不耐烦的时候，在酷热的月份里飞过午后的墓园，我的回声和嘴在那时缺席，鱼眼瞪着猫眼，她说铁轨边也有哭泣的花环，那是一句多么绝望的话。

如果黑不垂下它的帷幕，苍穹之下我和她，声带互相接近但不触碰，沉醉于昨天融化了，在我们不完美地活着，在亲吻与缠绵，与暧昧与隐藏，与仿佛弥补之中。

陷于阴影和故事瘤结的细枝，毫无办法。去猜想女人是清凉的迷宫，布满青蛙和猫的呕吐，像一块吞在嘴里的肥肉。

在看得见风景的房间，这么肿大的烦与乱缠着我不放，像痴像水体恐惧症，我不知道呼吸会溺死于哪一滴水，如同我会忘记生锈的收音机和昏睡的姓名。

连阴天更好，晚餐之后依旧继续饮酒，然后在凌晨伸出手指抠出呕吐物，你想象我昨天丢下的汗毛。如此寂寞的语言与我又有些什么关系呢？

树落叶时光色淡远，回忆有时比它更响。在脱与裂之间，我带着一条新的坏消息，在我过去的一张脸上开放，如果我去考虑它的内容，会有丝绸的故事性。

我二十四岁的眼睛，能看到甲板上的晴雨表和一滴血的小号。紧张与焦虑，有过的现在没有了，你去想危险的思想里悬浮着他的复身。

我活着，沼泽地里红色的客体，尽量不去听潮湿的墙体里虫子在叫，在雨后的一大片窟窿里。被打惊的失眠和头发，和下沉的房间，它们的每一秒钟何其漫长。

让我醒在睁开一只眼睛的现象里，让我怀念的夹角开始变大。

齿轮上的风景跟我一样口渴于水，一个人网在猫吃着青蛙，黑乎乎的热与加浓的病生活掉肚子了，它和我的关系。

一天天，把头从水中探出，倦于词语，倦于无论在哪里肉体都会被打开，我不愿松弛下来去爱一个女人、一个掮客和一个动物，在一棵树下可以永远不出现我。

请不要用窥探的镜头去挖它的隐喻，正如我不会用黑而大的栗杨树和蛇皮去测量旧居，我会用红绳子维护现场。

它属于轮胎下被轧扁的蟾蜍。

它属于雪在我的梦里只降落过一次。

（选自"严正新浪博客"2017年10月）

都市里的草帽

李　成

在大都市滚滚的人流里，我发现了一顶草帽，一顶麦秸编的草帽，像一朵莲花、一枚浮萍，在太阳下折射着阳光。我甚至闻到它发出幽幽的清香。

这顶草帽与城里所有的遮阳帽都不同。它的粗糙，它的原始的形态与风味，表明它来自原野。它原本就是盛开在原野上的花，只因为偶然的机缘来到了这都市人海。

它漂流、浮动，看得出，它被所有的遮阳帽蔑视和拒斥，但它却吸引了我的目光。我遐想那草帽下是我的汗湿的脸盘，被骄阳炙烤得通红的颈项；我仿佛看见那帽圈里边围拢着一道黑色的汗渍，那是我的汗水留下的痕迹……我仿佛还感觉有条带子在我的下颌系得紧紧。

就像遇见了飞碟，我的心也不由自主地跟着这顶草帽飞走了，飘向那贫瘠的村庄，我原始的村庄，那金黄的麦地上旋起麦浪，多少枝麦穗在欢快地摇动尖芒……

那顶草帽还在人流中浮沉。我庆幸它没有被淹没，没有被尘嚣和市声吞噬；我庆幸它仍像一朵向日葵在开放，在散发着光芒，给这森严的都市注入现世的温暖……我的心再也不会感觉孤单，我也可以骄傲地走进冷饮店，我的身后有一片金黄的麦地，有奔涌的麦浪！

（选自《广东散文诗学会》公众微信平台 2017 年 11 月）

回望黑里河（外一章）

刘海潮

用斧头劈开的炊烟，嫁接的血液，感染的方言，都在阳光下暴晒。

姓氏排列的土地，高过生命。

比土地还要高的，是剜了一辈子的地地林、马蜂菜和水萝卜棵。

苦染白空心的发髻，染白风。

一种叫家的植物就挂在目光，挂在睫毛一寸的距离。

可始终背对着诺言，始终没有校对出发的方向！

（选自《广东散文诗学会》公众微信平台 2017 年 11 月）

菊

银子的光芒碾碎，搅动秋。

从此，我就在埙与吉他之间，在月亮和溪水的交汇处，长出嫩芽，长成苍茫。

不可逆转。

忍让是唯一的救赎。

绽放，或者凋零；开，或者封；红，或者黄。

过程诠释出季节的力量。

锋利的叶脉切割过往，截断出路，我只能匍匐在你出嫁的路上！

（选自《山东文学》下半月 2016 年第 2 期）

会同慢时光

甲骨文

1

你曾路过会同 10 号的庭院，说绿藤像柳，血娟像火焰。

时光也慢下来，像游客在此地流连忘返。

如今，我乘春风细雨而临，再觅那条一同合影的巷陌。店家循环播放的古筝曲，由远而近，又由近而远……

真想用满园春光捆绑自己，锁住慢慢远去的梦和初心。

如同日薄西山不忍散去的红霞，让天空更灿烂，让执念更滚烫！

2

朝露还在春草尖上迎着晨曦，像琉璃珍珠晶莹剔透着：石砌的街、斑驳的青砖黛瓦和飞檐，还有枝叶繁茂的古榕和血红的杜鹃。

村南有"风起"，村北有"云飞"——两座中西合璧的百年碉楼，如同天兵神将日夜护着古村。

谁在听风雨弹奏的神秘旋律？谁在看岁月描绘的幽幽画卷？

我将沿途景色收藏在单反相机里，像莺雀在墙上雕琢时光的模样。

3

一群群鱼儿穿梭在茂密的苇草间，如风撩动荷塘。通向深山的石板路，竟由一对白发夫妻亲手镶嵌。

沿路而搭的竹栏栅，围不住疯长的油菜花。像一座繁华都市，追名逐利的欲望在不断膨胀。

听说那些与他们远逝的城南旧事都埋在了土里……

看那依山而种的几十亩沉香树林，似鸟的天堂；三月绽放的芒果花在春风中摇曳生姿；远山深处的炊烟淡淡飘远，颇诉禅意。

两位老人相互搀扶着，摘下了硕大的木瓜赠我。

如接过经年旧书般把它捧在怀里，我泪眼婆娑。

无从知晓这对白发老人想忘却什么。正如他们不闻不问我途经此地的缘由。

或许只为清泉淙淙，谷蝶狂舞。

或许只为飞鸟欢歌，禅蛙幽唱！

有多少人奢望，行走在春色盎然的光阴里？

遇见命中注定彼此相爱的人，白首不分离！

（选自"甲骨文网易微博"2017年10月）

这一声谢谢

——献给广州复大肿瘤医院（之一）

钟子美（中国香港）

万千句浮在浮云之上的赞语，比不上这一声谢谢。

这是感激的泪水溢满心堤流泻成滚滚长河的一声谢谢；

这是生死场中蹚过感悟了人生真谛的一声谢谢；

这是负载了生命的沉重用血的诗句升华的一声谢谢；

这是穿越时空无可替代的对大医者人性光辉的一声谢谢；

这是吞没了自甲骨文以来所有文字元号语音的一声谢谢；

这简单却是包含一切意念的一声谢谢，献给您，复大！

你顶上的光环

——献给广州复大肿瘤医院（之二）

又看到你顶上的光环，医生，这不是鼓胀的荷包不是华屋名车，不是滔滔不绝的讲演不是鲜花掌声。

是人文回归决然与病人出生入死，从冰冷的器械计算机 B 超机你抬起头重拾温情，以先哲鲲鹏高度的人文思想诗的感悟，在心灵最深处聆听苦雨倾诉劈开荆棘，心贴着心你带领我们回归橘井回归杏林，与我们手牵手兄弟姐妹一般走入彩云，肩并肩我又看到了你顶上的光环，医生。

（选自《广东散文诗学会》微信平台 2017 年 8 月 15 日）

不再是向日葵

王素峰（中国台湾）

1

你说你已是光电板，为什么我还是向日葵？

光电板、光电板、光电板、光电板，光电板一排排。

向日葵、向日葵、向日葵、向日葵。向日葵，一列列。为什么我还是向日葵？

2

放眼城市顶楼，乡下郊外，一排排太阳能板，整齐明亮，没有表情。放眼原野，连绵的原野，一列列太阳花，心情高低随风摇晃，鲜灿灿，暖黄黄。

光电板和向日葵有什么不一样？

我说，我喜欢的是向日葵，确实希望是向日葵。阳光是你，温情也是你，你是我唯一的方向。

3

幸福只有一样，就是遇到我们人生的太阳。

可真希望，你我都是向日葵。在广阔的云天下灿烂地并肩牵手，向着光明，温暖地微笑，即使小小的奉献，都骄傲地、自若地昂头。

纵然我们不说千言万语，但此时，不说什么也值得，永远也不嫌风来迟。

4

人说向日葵追着太阳，光电板也追着太阳。

我说，光电板是太阳，你就是太阳，向日葵是太阳，我也是太阳。人间有两个太阳，你我都一样。

可你说，美丽的向日葵们，将先后凋零，终会心安于自己的土地，并且绵延子孙生生不息。帅气的光电板们，则无所谓土地不土地，只要一天伤残无用，即被废弃，被废弃……只是引流之心从不在己。

我终于，终于懂得你，为什么不再是向日葵，不再是。

5

我也终于，终于决定是一片光电板。

你我肩不靠肩，也不手牵手，也无语，但我知道，我们的热情在燃烧，在与天地汇流。

我们如果都是光电板，就都创造人生的太阳，不仅光亮彼此，也照耀四方，内心的暖流在虚空中交会，送向世界的热流疾如风，快如闪电，人间因此更接近天堂。

那时候，快乐的想象就是，就是惊讶我们居然同年同月同日生，同年同月同日死，也就是我们曾经期待的来世。

（选自"广东散文诗学会微信平台" 2017 年 11 月）

金山寺

郝子奇

淇水，没有断桥。那只敲开许家沟柴门的纤纤素手，应该涉水而来，牵着朴实的后生，他们一块在金山寺，聆听了诵经的风暴。

断桥是后来的人修筑的。
历史出现了裂口，爱情如何弥合这漫长的伤。

金山寺下。淇水干净。
岸边。延绵的竹林，足以安放等待千年的缠绵。大风吹饱的谷穗，足以喂养人间的爱情。这时候，只需要男耕女织，就是幸福。

我来。已找不到宋时的门环，去验证一场爱情的悲欢。

那时候，风动云低，衣袂飘飘，纤弱的白素贞，抱定万劫不复的决心，敲开金山寺的大门，人性的淇水，在她的身后上涨，汹涌澎湃。

那场传说中的大水，已退却多年。

那些被洗白的岩石，只剩下沧桑的苔斑。它们的沉默，让一场刻骨的见证，成为了秘密。

复活的野草上，开着白色的菊花，一只又一只蚂蚱，在现代阳光下，振动着翅膀。

寺院深深。没有了法海。

没有了白素贞。也没有了许仙。

仿佛，一场大水之后，人妖在爱情的奔跑中同途，走到了西湖，再没回来。

多少年，一切都在历史中老去。

只有不朽的爱情，在不息的淇水边站着，如初。

（注：金山寺位于鹤壁市淇滨区淇河岸边，是白蛇传故事原发地）

（选自"郝子奇新浪博客"2017年9月）

天之涯

马东旭

风吹乌鹊，密集地。

把穹庐拉黑，它们是托格拉艾日克最高的王，虚无的王。我牧着雪白的羊群晚归，落日如驴蛋。和维吾尔族姑娘，并让其胸口牧我，换一种姿势，以芳唇牧我，暗暗地震颤。

颠沛至此。

仿佛是苦涩的圣途。抽烟、饮酒、修剪枣树，我是其中的一株，有自己的尖锐和信仰，朴实的肉身不放弃在风暴之间绽开细小的甜蜜的花朵。

神赐的花朵。

在黑夜凶猛的南疆闪烁。

（选自"散文诗界微信公众平台"中国好散文诗 2017 年 8 月）

暗　伤

徐金秋

1

贫穷是乡村难以治愈的伤。

为了找到治愈的偏方，他们不得不背井离乡，隐忍负重。

这些年，只记得清点零钱。从未清点过身体。比如，一截再也不属于自己的手指，一条腿，以至碰碎一地的尊严。

2

门前的狗尾草，似乎替孩子摇曳了一百个愿望，仍未找到合适的理由来安慰幼小的心灵。

爸爸妈妈不在家的日子，天空总像被什么扯去一角。眼看天就要黑，那些出游的虫鸟是否能原路返回，会不会迷路？

黄花菜、地米草、野菊花，年年为躬守的老人看住那块没有完成的土地，为村庄守住一份不老的寂静。

3

都走远了。

雪要来之前，找不到一个可以通信的人，就告诉一头系在大树下的老水牛，告诉风，告诉没有了玻璃的窗格，告诉半截残垣，告诉光秃秃的枝丫，然后开始整日整夜孤独地抒情。

没人知道，那来到村庄的白，少有的白，像隔世的情人。

没人知道，那来自天国的白，来自一个人内心深处的白，像一场盛大而空旷的祭礼。

4

会有梦般崛起的几座高楼。

夜静到一个人的灵魂时，风声的叶子哗啦啦传言，那楼潜伏易碎的筋骨，醉生梦死，和一个女孩永远回不去的青春和坚贞。

传言归传言。

一辈子没走出村庄的老人，看那高耸的楼房，赞叹不已。

星星在一座城市，撞见被虚拟、放大、变形的光芒，它简单纯洁的光亮，似乎再也不愿照耀到一座城市，独自回到村庄的黑，一言不发。一闪一闪的光，深藏坚强的暗喻。

尽管，有视那楼为红颜的墓碑。这些年，星星没有揭穿事实，没有告诉村庄任何一位老人。就这样安静地，让他们带着永远的干净和良善，自然老去。

5

把所有的事做好，安排好，剩下夜，夜是空的。有月亮，月亮是凉的。

此刻的村庄是那么谦卑。

一个以每月收到生活费当他依然存在的人，一个灰头垢面的人，一个紧握锄头扁担取暖的人，已不管那座城市有多繁华，有多魅惑。年复年，日复日。

继续维持表情：呆滞、衰老。

6

油菜花开了，零零散散。

它们多像一群失散的孩子。它们一直在寻找。

多想手拉着手，一起奔腾，一起热爱，一起喊出祖辈们大片大片的金黄与光亮。

桃花开了，树下，空荡荡。

花还是那年月的花。不管怎样，它们都得守住一棵树的忠贞，脚不挪半步。

它们还得像从前一样爱，一样笑，一样美。一定不让春天看出破绽，看出时间的伤。

7

种子是点燃土地的火把，是照亮苦难人的灯盏，是延续人类生存的重要凭据。

那些古老而骄傲的生命图腾啊！山神一般舞蹈、神秘、先知；雨水一般密布、纯洁、丰盈。

是谁忘记自己肩扛一座山、一条河流和一个农人最忠实的祖国梦？

是谁学会移情别恋，让李子爱上桃子，让丝瓜爱上冬瓜，让葡萄爱上大枣？

是谁灵魂出窍，以高产和光鲜欺骗农人的本分和善良，让那么多的粮食果蔬学会说谎，让所有村庄跟着背黑锅？

8

暮色将晚，鸟儿们站在低矮的电线上，久久没有离去。有彷徨不安的、昂首尖叫的、眯眼混沌的……似一群垂头丧气的孩子，又似打着瞌睡的老人。

是不是发现油菜花越来越少了，麦子越来越少了，炊烟越来越少了，山林越来越稀薄？村庄越来越没有了村庄的味道。

什么时候，一只自由快乐的鸟也变得这么没自信？

（选自"徐金秋新浪博客"2017年9月）

秋天深了

虞锦贵

深秋，风起的时候，你携带满目伤感，一句句和唱萧瑟。

七星瓢虫，在草丛中寻找出路。碰壁，无处可逃。

生活中有一种痛，欲说还休。

回首望，岁月涂满苍茫。

从南岸到北岸，舟横野渡。

你的身影隐在时光影壁，留下我独自聆听风语。把破碎的梦，编成一条柔软的绳子，自我禁锢。

青山半枯半荣，万物蜷伏或昂首，各有各的姿态。

掬一捧秋水，那里有我的守候，还有对你不变的期盼。

趁秋色迷离，沿着那条梦幻的路来吧！你来，风停雨住。

看，江水之上，有我为你准备的新鲜晨露，洗净你体内郁积的陈旧。

从此，世界剥落沧桑，你的眼眸比星辰明亮。

站在秋天深处，漂泊的灵魂在等待栖息、升华。

（选自《文学作品欣赏公众平台》2017 年 8 月）

灯　光

赵宏兴

雨，还在下着，细细的，像看不见的风。

窗户前的灯光一亮，外面的黑暗就退了一步。

灯光安静着，是一只吃饱了的羊羔。

手边的书，打开着，长时间没有落下一缕目光。

收破烂的老人回来了，他黑色的衣服淋了雨更增加了一层黑色，他的身体里储满了摇了一天的拨浪鼓的声音。他弓着身子，就着窗前漏下的丝微的光亮，把破烂的平板车，使劲地往院子拉。

他从乡下来，租住在对面一间低矮的瓦房里。

楼上的灯光把那片黑色的屋顶，映出一层朦胧的釉彩。

时光淋了一天的雨水，像一床浸了水的老棉被，沉重得提不起来。

（选自"中国散文诗研究中心微信平台"2017 年 10 月 17 日，中国散文诗研究中心）

贺兰山岩画（选章）

喻子涵

一

月光迷蒙，选择这样的夜晚，走进你陌生的面孔。大概你也一样，选择整个浑茫的背景，穿越时间，然后独自舞蹈。

每一个动作，像闪电一样说明一种语言，像石头一样冷峻而多思。但我不认为你稚拙而单调，反而欣赏你的纯净与真诚。

你把手伸进岩石深处抓取一枚太阳，而脚踩着月亮，在石壁的阴暗处，神情肃穆，独坐黄昏。

岩石淳朴，你的微笑也淳朴，像我有月光倾泻在湖里一般。时间忘掉的是它自己，而你，它没有忘掉。看着我们，你讥笑你自己。而我们讥笑的是我们本身。

一种比牛角还充满激情的声音传过山冈，传过你的耳际，把你全身的薜衣纷纷撩起。

每走一步，你都跟随我们。你以不同的表情，告诉我们一些远古的往事。你想走出岩石，从深奥走向单纯，从浑茫走向明朗，从远古走向现在。

你带领一群少女走向我们。笑声隐匿于岩缝，而目光在柔和的舞姿里，远远地沉思。

（选自《散文诗博览》微信公众号 2017 年第 4 期）

岁月有泪

舒　婷

看，关山千里，光阴在白马前奋蹄。

等，莺红柳绿，一滴露珠在一朵花上老去。

上天写好的剧本里，刻意篡改的台词，始终逃不过"命中注定"的结局。原来的隔岸风华，竟是无舟可渡，揽水照花。

红尘千丈，陪君痴笑三千场。

红尘之外，我以茶自醉，坐饮飞花似雪，笑看叶落成殇。

时间的褶皱里，有风穿过弄堂，有骨节在黑暗中生长，每一个缝隙，都刻着想望。

把沧桑还原为青春的模样，我们退回火，退回光，退回燃烧，退回希望。

我们从初见处相遇，从出发处出发，让想望繁衍出希望，让理想成长为信仰。

愿信仰，能妥帖地安放。

（选自"广东散文诗学会微信公众平台"2017 年 8 月 11 日）

桃 花 初 绽

成　春

　　群鸟已飞过寒冬，百灵鸟正寻觅着华丽的辞藻，表述自己与春天的友爱。

　　怯生生的嫩芽探出鹅黄的脸，好奇地张望那仿佛一夜间从千里之外赶来的春天。

　　枯藤老树童年又再，干涩了许久的泉眼，因春天的到来而热泪盈眶。河流的交响曲，又开始由低音部向高音部推进。

　　风儿轻轻撩拨春的衣裙，嫩绿开始丰满原野，像少女紧身衣内萌动的青春。

　　一树桃花惊醒一山睡眠，万种春色涌向一树桃花。桃花开亮了少女的视野，她那感着了春天的明眸，尽是蝶翼花瓣的色彩。

　　春天对大山的昭示永远是那样鲜嫩光洁，早春的桃花一脸初见恋人的表情。

　　桃花之唇吻向春之额，桃花下粉红而长的少女，默默谛听蓓蕾初绽的生命之春。

（选自"广东散文诗学会微信平台"2017 年 11 月）

一江春水

阿　鹏

这是我的世界，我来了，春也来了。

在春的中心，目光游离眉外，一滴水穿过石头，一条河穿过了石头，一条鱼穿过了石头……

于是，源于一滴水，水里的、土里的、梦里的……一切的一切因此生机，与我有关。

我生于人间，土生土长，听到骨骼的拔节声，母亲一直在身后含香而笑。

只是于自然，于情怀，一捧红土轻托，一眼高天，有雨水出没于头顶，而父亲在我的乳名里注入了丰沛的阳光，不需要什么暗示什么，我交出口中的梅花，只是一苞，已是柳暗花明，已是春回大地，已是福满人间。

身前，一阵阵晴雷响起，花开是花；

身后，一些影子退去，还有半截子的白梦留了下来。

相信自己，我的天空从这一刻起装满了火，还有云朵。

——我的模样有眼心高，一路喊火名字的人在身后，因为红尘滚滚，她的眉宇间有一滴泪已经转世，只有月亮看到了我的眼神穿过了那颗冰冷的心。

于是，岁月有极有痕，在我的一心一掌一握中，一茧生花。

抓住春风，我遇见了最早的雨水，扶桑树下，一帘雨淋淋，再次呼唤梦中人，她们一个一个眉心向上，姿势是破茧，出世出壳，在我的目光巡睃到的地方化蝶，在五颜六色的花朵之上共与舞翩跹。

而我不语，在左明媚与右明媚中守着春光，阳光正好，雨水正好，春色正好，欢喜于怀，快乐于心。

只是，我是布衣而已，手有高低，心有高低，眼有高低，我有眼福，我有心福，眼笑四方，在春天的高枝上，看一朵花开，在风起时，听一朵花落，一波一波快乐的笑声如浪，此伏彼起。

其实，风雨在低处，读懂的人在民间。母亲告诉我的时候，我已经交出一些岁月给流水，我的天空已经云淡风轻。

我本来是扶弦人，面朝天香百合在风中含笑的方向，握紧生命之弦，无论奔跑，或者舞蹈，因有一斗七星挂在眉宇，我的一前与一后，有丹凤朝阳，方向之方向的前方，人间常态，记忆长生。

来不及封装的季节勒口处，有淑女的声音和身影穿过，她是原乡人的女儿，因为遇见，我之所求，她交出三千缠丝，而我聘花为媒，感动了自己，一滴眼泪穿过眸子，在红尘中飞。

这一切的一切，因为把爱说出了口，笑声爽直，高过身后的烟与尘土。

而我无须借贷春风，无须租赁春色，无须透支春光，记忆连接着记忆，思想连接着歌唱，高光留影，两足之下一马平川，暗香浮涌，花红一地。

流连春光，我在东，岁月在西，开心眉外，一笑大方。

一对眼神扫视，四处皆春，狂欢的雨水匍匐于地，半江春梦半江水，一路向西而去。

（选自《文学网作品》2017 年 6 月 15 日）

雪　韵

芷　兰

一片片雪花，带着一颗颗诗心，娉婷而至。

一春的梦想，开成绯红的梅花。

雪魂，涌荡不息褶皱尘世，轻吟一曲温婉。

天上。人间。

宁静的心，绝美芳华间安放，感悟一场生命成殇，抑或成飑。

漫步雪原，浮躁与喧嚣，皆已远去，唯余洁净。

心，畅然在尘埃荡尽的国度，自由呼吸，自由飞翔。宁静与安恬中恪守素色与信约，亘古不朽。

静静地倾听春的足音山间踏响，穿越时空，飘进心扉。

一朵禅意的莲花，伴随一曲约翰·施特劳斯的《春之声》，袅袅生烟……

（选自芷兰微信平台 2017 年 10 月）

我将要与雨水告别

冯向东

我将要与雨水分手，与今生所有的雨水告别。

与春的迷蒙，与夏的激荡；与秋的淅沥，与冬的清冽；与白天歌唱着的，与夜晚低诉着的；与幸福缠绵着的，与痛苦交织着的。与甘醇的，与酸涩的；与时光记忆般的，与生活遗忘般的；与岁月所发生的，与命运相攸关的。

我将因与雨水的最后告别，而使自己比雨水更加纯粹。

即便我曾经那么深情地感念于此。雨水，天地之精灵。浸润众生，繁衍智慧；万物纷呈，生机盎然。雨水，红尘之眼泪。世间的爱恨情仇终将沉醉其中。而我已解体，已出离，已放逐心灵于外物的边缘。

我想在自己的干涸里，完成对世界的渴望。

（选自"冯向东新浪博客"2017 年 9 月）

乡 愁（节选）

乔书彦

6

远古的音符，遍布村庄的角落。

磨砺生活的黄土是最倔强的诺言，承载祖先坚定的信念，淋漓着热烈而智慧的生命繁衍，奔腾着胸怀敞开后的真诚。南方，如糖果，搅闹得村庄的儿女心神不宁，他们重新组装梦想，加上与生俱来的勇气，让脚步成为重复绽放的蒲公英。

哦，时光的摆渡者，风景不断变换，路程再变幻，风景也会有交集。

朝家赶的时候，迎头而来的日落让人心焦。我宁愿是村口的白杨，左边是村庄，右边是田野，远古走来的日光，淋透迢遥的乡愁。不管如何漂泊，旅人最终会出现在旧宅院前。出现在旧宅院前的还有吱扭的推门声。

老村的房门从不上锁。老村，是一碗热气腾腾的浆面条。

（选自"中国散文诗研究中心公众号"2017 年 7 月 20 日）

登岸。在旷野之地独步人生（节选）

素　素

8

远去的流水无法截留，过往淘出的金子也画不出盛开与不败。手心抵达手心的路途已经裂开。夜色成全冰冷的火焰，只余灰烬。制造幻影的人羽翼被折，跌落人间，来不及捡拾的哭声，洇透一夏的雨季。人世无常。再优美的片尾曲，也挽救不了命定的结局。

9

某个时刻。洪流翻滚，人事浮沉，潮落潮涨。热在余光里，尚未散去。流淌不止的月色洒在风后的山冈。吹走了吹不化的。吹开了吹得动的。潮水在后半夜突破梦境，呓语说出等待和缓慢。那么多的叶子，一夜由黄转绿。掠过树旁的雀鸟只轻轻一瞥，没心没肺的绿叶，便又忙着换行头，化淡妆，尽管树下空无一人。

（选自"武冈作家网"2017 年 8 月 3 日）

雨中漫步莫斯科街头

冷先桥

夏天已经逝去，秋天也还不像个秋天，柔水的月色尚需等候。

莫斯科一个再正常不过的下午，雨滴不经意地说落下就落下来了。

虽然遥远的祖国还是炎热尚未褪去，莫斯科善变的初秋一如既往给人一种凉凉的感觉。

清凉的小风一吹，路边高大的白桦树随风摇摆着手臂，一阵惬意感袭来，我一下就精神了，那种感觉就像你做梦突然睡醒了的感觉，但是我明明一直清醒的！

这个秋天，自己从远在万里之外的老家，来到这个以前从未来到过的城市。

昙花生之灿烂不曾降临，沉睡多年的巨石也不曾苏醒，乔木照常摇曳青翠，细雨紧挨着我的平仄。

无边的苍茫，即刻笼罩异乡客。

无须空谈生死，既入世尚须出世，关山千重，秋之锋芒已现，光阴不为人知，雨滴已落下，街头的现实如此分明。

即使没有牵手之人，秋风还是说来就来，绵绵不绝的相思，也会如期在莫斯科街头长久凝视。

记忆里一些乐器轰然响起，莫斯科不相信眼泪，坚强的骨骼，隐隐作响。

不觉间，头脑里就浮现出刘禹锡《秋词》的句子来。

我肯定清楚伏特加只是一种润滑液，让诗句圆润而灵动，站在莫斯科伽玛酒店客房窗口，张望万千灯火打湿记忆。

两条铁轨在窗外静静延伸，没有轰鸣的汽笛，周边是如此之清静，初秋的微风拂过异乡和心跳，清苦了岁月，沧桑了夜色。

一些记忆拼命消逝，一些记忆又拼命泛起。

和平的天空星光微凉，远处有飞鸟，越过森林河流越过湖泊，这样的夜突然就怀念起了俄罗斯诗歌的太阳——普希金。

如今，思念浩荡公墓苍凉，骨头里默默生长一些太阳石，扩散成万千里河山。

一声脆响突然汹涌而来，打碎了夜的帷幕，仰脖子灌下一大口伏特加，俄罗斯的疼痛感染了我的夜色。

阴晴圆缺凋零盛开，诗者的灵光美好的花瓣，生动浮起的尘埃，十万虔诚溶入酒杯，十万星斗在天宇追奔，显赫饮尽忧伤饮尽，一战二战的硝烟饮尽，横跨时空的苦楚，和文字一起荡漾，悲伤的火车日夜飞驰，体内的铁轨挂满隐痛。

夜色如诗吟哦江湖寒士的心声，牵扯出暗藏多年的肃杀之气，莫斯科大剧院的帷幕缓缓降落，战火的欧洲歇脚在美人睡着的瞳孔，荒诞世界内心波澜壮阔，悲悯浸在伏特加中，立场站在鹅毛笔尖，骨头里，一些质地坚硬的气息，叮当作响，不能无动于衷的是战争的瘀青，时时保持鲜活的脸孔。

（选自"冷先桥微信"2017 年 10 月）

一半绿一半黄

王力强

立在日头下的影子，有动的有静的。

动的，是有血液在蹿红，静的，不一定没有血脉在奔涌。

本真无须有生命，光中留下的无法躲藏的踪影，远近高低各不同。

活着的，不一定是真的在活着，逝去的，不一定是真的已离开。

是苍白地活，还是精彩地走，抉择的是输赢的胜负，而不是简简单单的草稿。

活着的绿色，风景不一定独好，逝去的黄色，菊花不知是哭是笑。

还有一半绿一半黄，阴阳着黑白两道。

有这样的一张脸，一半阴一半阳，瞪眼的一半才敢面朝光。

暗处时，变脸着蹩脚的 AB 版双簧，明处时，贴片着或善或恶的伪装。

在孩子好奇的蜡笔下，扭曲的阴阳脸，半真半假半抽象。

生、旦、净、末、丑。

紧锣密鼓，呀呀着大花脸的嚣张，看不见油彩下的脸怎样，却净着京戏里的阳刚。

缩版的小面孔，丑化着舞台上的百态洋相。

大小不一的尺寸，花脸着天壤的唱腔。

一半绿一半黄，半生苦乐一纸悲凉。

史如人，一张阴阳脸，泼墨了杜撰，戏说了历代朝皇。

读史，不看花脸看素颜，千疮百孔透沧桑。

（注：大花脸，京剧的净，小花脸，京剧的丑。）

（选自《美篇》微信平台 2017 年 8 月）

在长城的烽燧前，点燃影子里的火把（节选）

在我的心里，长城是孤独的。在我的生命里，长城是豪壮的。

——题记

1

我预谋这次行程太久，以致想不起当初的眼眸。

历史与我在烽燧里相逢，大风刮断全部的思想，残存的碎片，只留下教科书影印清晰的兵马——

生命挣扎太久，西出阳关的诗句拎起我所有的行囊，向北，向西，向南，唯独缺少了向东的号令——

长城就在眼前，是石块堆砌的圣旨，是熟土高筑的八百里加急文书，刚拿起文书，一支弓箭就随之而至。马蹄扬起的灰尘，挡住一弯新月探头观风云的念想，在孤山里照耀孟姜女寻夫的背影——

势不可挡的朝代，在秦的率领下一字排开，神武的判官早已断定，影子在阳光下趋炎附势，在夜色里飞扬跋扈，无一具说……

4

游人如织。登攀自我的高度。

我随人群穿过烽燧（影子焦躁不安，灵魂如此安静），我执念地在影子里点燃火把，我与书页透过的历史，站在壕堑边，等待点将台的战鼓擂起，歼灭来犯之敌——

请珍惜世间的美好。手捧长城的风雪，猛然发现：热爱无限！

（父亲的那顶遮阳帽，还在我梦里的长城上，检阅来往的游人。）

车过山海关时，我决定北上；车过嘉峪关时，我向西挺进。

北上，西进，都需钻越灵魂里的关隘，生命中的烽燧，沿途上的壕堑……

长城的自我堆砌，我看到一面欲言又止的铜镜：游人与枕戈待旦的将士向长城涌去，在抉择胜败的路口，那些守住了故土的士兵，成了悠闲的歌者，浅唱属于和平的光阴的故事！

（选自"汪志鑫的微信平台"2017年9月）

在医院陪护的冥想

仕　凉

你的疼痛，在肌肉里、骨骼里。

疼痛，早已病入膏肓。

那是岁月的镰刀，将要把你的生命收割的征兆。

你的生命，早已有若熟透欲落的麦穗。等待收入大地的粮仓。

我的疼痛，在眼眸里、心坎里。

疼痛，早已麻木不仁。

那是命运的冷酷，将要把我的牵挂收走的肇端。我的牵挂，早已有如手心紧攥的沙漏。

乡情的心园濒临荒芜。

（选自"广东散文诗学会微信公众平台"2017 年 7 月 23 日）

归　鸟（外一章）

杨　芳

走近乡村，我的脚步如落叶般轻浅。暮色的变换比季节来得更快。

一片叶子为了自我的救赎，完成了轮回的飘落。

被母乳浸润过的土地，无数次被游子呼唤过的土地，和默不作声的山峦，正要疲惫地沉入梦乡。

耳畔一些熟悉的声音传来，模糊又清晰。在黑暗来临之前，我用目光将你，举过头顶，沿着村头那条，不会变更路途的河流，搜寻一些生疏的词语，和方言。

远去的不只有篱笆，光亮和逐渐长高的童年，还有你，曾无数次停留于视线的影子。你的身姿，那样熟悉，掠过我的心，至今依旧游荡在，故土的上空，不曾迷失。

而我，如同你曾攀爬过的，老去的窗棂，日渐晦暗的，不仅是，风霜渐染的脸容，还有，伤成刻骨的，印痕。

此刻，我们相对无语，相互观望却依旧用自己的方式，穿越瘦削的岁月，你的目光触及已够遥远，但我的依旧不能够抵达。

水　井

草的心事已经长到半腰，花的姿容被尘埃所遮蔽，漂泊的脚步需要一些停顿，一些暂留，一些洗濯。

指点的文字返璞归真，停泊在细节深处，泊成光阴中抹不去的，印记。

从那时起，水井就抚慰我们整个天空。一棵棵绿色的芽儿，用阳光的汁水润染、滋长，水井用最淳朴的方式，一口一口地，喂养……

井里不光藏着水，还藏着一片锅盖大的星空和动荡的月亮，藏着，我们探头探脑的童年，人马座、白羊座……都没超过一口井的尺寸。

井当然认识村庄的每一只水桶，那声声清脆的撞击，像肩挨肩的童年的小伙伴，叮—当，亲密无间。

井沿上深深浅浅的坑凹，是年轮，是笃实，是确定，是的，井在，村庄就在，井在，心就安。

相亲的血脉，相像的面容，相同的语言，源于井的塑造，井的活力，井的滋养。

我停驻了，舀一捧清凉，涤去动荡的心情，然后，继续上路。

迂回流畅，不盈不竭，甘于卑下，水井至今依旧荡漾着亲切淳朴的乡歌，给我启悟，给我绵亘不断的温暖。

注：广东德庆多古井。其中位于德庆县新省级农村示范片内的古井有沙旁村内大井，清代开凿，井内壁为砖结构，井圈为花岗岩。井深 2.5 米，井口直径 80 厘米，井圈高 45 厘米；官墟金林村内的谢姓古井从开凿以来直至现在村民还在饮用，对研究清代村民生产、生活用水方式有一定的价值。

（选自"广东散文诗学会微信公众平台"2017 年 6 月 26 日）

十一日谈（节选）

赵目珍

1

面目全非的风吹得出类拔萃。深藏一种利器，而自身毫无觉察。

这多么像一个无知的暗箭伤人者。

我无小小的怪癖。然而有一些深不可测则让人不得不忌惮。

2

江山如此宏阔。有的人已经老了。

谈论一下虚无的重要性吧。如此再也不用去担忧那些正值盛年的事物。

虚无是春风吹来的真实，无论是白天还是黑夜，你都无法抗拒。

虚无是对风马牛不相及的反叛，它让不可能变得黯然失色。

虚无是大海逆流而回般的转身，打破了火焰燃烧与熄灭的二元格局。

虚无是一场瓢泼大雨，觉醒了荒谬的悲观者。

欲得解脱。先让虚无溢满存在的疆域吧。

当虚无变得灿烂，人世的劳作便也接近尾声。

4

夜风喃喃自语。暗影之外，历史在闭目养神。

无意间瞥见含混不清的颤动，却恍惚带有强烈的自由之感。

我不能知晓，有多少事物坐落在变幻无形的对岸。

只有月闪现在水中，印遍万川。

对于暗夜，我曾经采取过无数种方式来加以婉拒。

然而自然的统治，让你备感徒劳。

如果你耽于荒凉的颜色，北斗星也若隐若现。

那么还有什么值得斤斤计较呢？

深不可测的天空，枕戈待旦。

另一个纵横的世界，正悬置在辽阔的寒意中。

7

曲终人散，并非一生最好的结局。

然而世俗的生活却难以容忍哪怕是极其有限的苛求。

独处羁旅，饱受孤寂之苦。

而秋风秋雨，却恰好可以用来为睥睨者安排悲凉的谢幕。

故乡一头雾水。
看起来真的是一次忍辱负重的坏天气！

其实人生哪有什么傲岸的朋友或者故地值得炫耀？
落地归根时，桑梓即使再强大，也必须化为乌有。

停止波涛汹涌的意志吧。不过是瞬间的栖居。
唯有与万物建立起对饮的关系，才能救赎逐渐肆虐的愚蠢。

（选自《散文诗世界》2017 年第 3 期，"广东散文诗学会微信公众平台"
2017 年 9 月 26 日）

散文诗观

广东海丰县委副书记、广东散文诗学会微信平台编委柳成荫：散文诗有自己的美学特征。创新是必须的，但决不能逾越它的基本特征。散文诗是有源之水。主要源于传统，任何创新倘若宣称与传统决裂，那就是自欺欺人而已。

中外散文诗学会副主席、中国诗歌学会理事、嘉兴市南湖区作协主席晓弦：散文诗作为文学的一种样式，以其特有的特质区别于其他文学样式，自然也起到其他文本所没有的作用。我很认同当代一位散文诗人说过的一句话，大意是散文诗是情感的瀑布从思想的悬崖潇洒地跃下，击中生活的基石所飞溅起的绚丽的浪花。散文诗阅读时可带来精神层面的共振，她是情感的浪花而非呆板的化石。散文诗必须回归文学必备的人文精神，以更大的责任和担当提升散文诗的力量，以博大的人文情怀去审视周遭世界，使散文诗创作能站在更高的视角，以更强的力量传导人类的精神诉求。我比较看重散文诗的灵魂。我认为，一首散文诗给人以震撼，不是遣字造句的唯美，也不是谋篇布局的精巧，而取决于散文诗内在灵魂的高度。至于其表现形式，实在没必要太过苛求。创作时我会更多地考虑，如何让散文诗灵魂更加鲜活，并力求做到与形式相适应。借鉴于当下好的口语诗作，我更注重散文诗的朴素、通俗与简约，因为它具有直击人心的力量。——节选自《星星》2017 年第 8 期《文本内外散文诗问题》。

中外散文诗学会副主席王成钊：散文诗可以吟风弄月、浅吟低唱，满足于"小我"陶醉。但更可以充满时代激情、家国情怀、民族气节，敢于纵横"大我"，抒发大爱，善于采撷生活中的真善美，做到与时代精神同行。我选择了后者。

河南省散文诗学会副会长兼秘书长王猛仁：散文诗作为一种新的文学创作样式，还没有真正地融入文学这个大家庭，还不能与主流文坛肩并肩，或多或少缺乏的是一种职业操守和心灵归属。散文诗如何创作时代高峰，不是我们兴之即来的呐喊和喧器，也不是找几个所谓的评论家对某些人的作品进行过分拔高。但是，我们每一个创作者需要的是树立远大的理想，也就是精神境界、思想理念、品格操守和文学视野，等等。有了这些东西，我们的散文诗才会成就大家气象，才能登临时代高峰。生活是创作的源泉。没有生活的散文诗作品，如同无源之水，无根之本。我们每一个贴近散文诗现场的人，只有真正深入生活，到大自然中去、到最基层的老百姓中去，从中汲取创作素材、激发创作灵感，我们的作品才有底气，才能经得起时代和历史的检验，才能在文学的天地间自由地驰骋，最终找到自己的一席之地。

中国散文诗年选主编夏寒：散文诗，其实是把诗的种子，种植在散文的土地上，而长出的一种不可替代的多年生木本植物，它远比散文更精练更富于哲理，又比诗高度自由而放松，因此，它更能抒发丰富的感情，更能表达出深刻的思想内涵。它对应了中国人的现代情感结构，施展着其他文体无以替代的功能，它可以深刻地反映社会现象，表现并讨论人生、自然与历史等诸多问题。散文诗，抒写对万事万物的体悟，辗转生发，盘旋用笔，在种种情势的创设和层层情绪的发展中而呈现诗人情感的深密暗示，但应远离故弄玄虚而晦涩或怪异，摈弃那种非诗状态的拙劣与苍白。相对自由诗而言，它所反映的问题更具体，也更易懂，但易懂绝非是肤浅，而是深刻的另一种形式的再现。散文诗的形式，可直抵更多读者的心灵并容易与其心灵产生共鸣，因此也更有条件冲破狭小圈子的牢笼，走向更加广阔的空间。

中国文联出版社诗歌分社总监洪烛：散文诗不是诗的边角料，更不是酒糟，它是另一种酝酿的方式。散文诗像开花一样露脸，那是一张凭借自身能量而发光的脸。

山东省诗歌创作委员会委员高伟：不管这个时代进化到何种程度，我灵魂的食物，永远来源于自己对于词语的手工劳动。

中国散文诗研究中心特聘研究员催国发：散文诗不能因为追求深度而概念化、理性化地写作，但我们也确实可以通过诗者与蜂、花、山、木的对话中，感受到"在、我、物、思、言、诗的同一"，这便是诗人于内心的深悟中通透出的诗性智慧。

福建省长泰县纪律检查委员会陈海容：唯有直击心灵，内观外化，以思辨的洞见，探索世界的本源，以自我砥砺的要求，将生活之悲欣抑而后发，方能写好散文诗。

山东省枣庄市山亭区政府刘向民：散文诗以诗和歌的语言，表达自己的理念。散文诗是美的、含蓄的、洁净的、浑厚的，是最接近太阳和心灵的语言。散文诗是激昂的、铁质的，具有青铜的铮铮之声。没有散文诗，世界将是乏味和无奈的。散文诗使世界永远成为春天。

文学博士、青年诗人、批评家赵目珍：散文诗有它独立的精神和气质所在，这种精神和气质根植于人类性情的萧散及其诗意栖居的理想欲求。散文诗是艺术之神对汲汲于存在之镜像的人类心灵感应的一种无限靠近，是一种基于心理同构的文学抚慰，是一种原始性的精神款待。

吉林省镇赉县人民医院主任医师、中国散文诗网副主编月光雪：散文诗源自心灵灵动的域点、哲理朴素的感悟、情感的流程、自由行走的诗行。

甘肃甘南散文诗人阿垅：始终眷恋这块土地，眼含感恩的泪水，以诗歌的方式冥想。